FRIEDERIKE SCHMÖE

Falsche Versprechen

FRIEDERIKE SCHMÖE

Falsche Versprechen

Ein neuer Fall für Kea Laverde

GMEINER SPANNUNG

Bisherige Veröffentlichungen im Gmeiner-Verlag:
Dohlenhatz (2017), Die viel zu lange Lüge, E-Book only (2016),
Von Zimtsternen und Zimtzicken (Hrsg.) (2016),
Die Bernsteinburg, E-Book only (2016),
Stille Nacht, grausige Nacht (2015), Kirchweihleichen (2015),
Zuträger (2015), Oberfranken (3. überarb. Auflage 2015),
Ein Toter, der nicht sterben darf (2014),
Wer mordet schon in Franken (2014), Schaurige Weihnacht überall (2013),
Du bist fort und ich lebe (2013), Still und starr ruht der Tod (2012),
Rosenfolter (2012), Wasdunkelbleibt (2011), Wernievergibt (2011),
Süßer der Punsch nie tötet (2010), Wieweitdugehst (2010),
Bisduvergisst (2010), Fliehganzleis (2009), Schweigfeinstill (2009),
Spinnefeind (2008), Pfeilgift (2008), Januskopf (2007),
Schockstarre (2007), Käfersterben (2006), Fratzenmond (2006),
Kirchweihmord (2005), Maskenspiel (2005)

Besuchen Sie uns im Internet:
www.gmeiner-verlag.de

Im Ehnried 5, 88605 Meßkirch
Telefon 07575/2095-0
info@gmeiner-verlag.de

1. Auflage 2017

Lektorat: Claudia Senghaas, Kirchardt
Herstellung: Julia Franze
Umschlaggestaltung: U.O.R.G. Lutz Eberle, Stuttgart
unter Verwendung eines Fotos von: © Manfred Steinbach/shutterstock.com
Druck: GGP Media GmbH, Pößneck
Printed in Germany
ISBN 978-3-8392-2154-9

*Personen und Handlung sind frei erfunden.
Ähnlichkeiten mit lebenden oder toten Personen
sind rein zufällig und nicht beabsichtigt.*

20. NOVEMBER

KAPITEL 1

Wenn du zwölf bist, sind alle Augen Messer. Alle Hände Prügel. Wenn du zwölf bist, erstickst du am grauen Himmel, der sich wie eine Decke auf dich legt, schwer und klebrig. Wenn du zwölf bist, wiegt der Körper deiner kleinen Schwester mehr als das Leben, das in ihr ist. Sie ist zu klein für ihr Alter, schon weit über ein Jahr ist sie; wenn ich sie trage, fühlt sie sich an wie ein Spatzenskelett.

Sie muss essen, und deshalb stehe ich zwischen den Männern, stehe ein zweites Mal an, Gadi an mich gedrückt, das funktioniert. Die können uns Kinder nicht voneinander unterscheiden, da fällt es gar nicht auf, wenn man zweimal Essen nimmt, und Gadi mag den Quark, der schmeckt süß. Das Einzige, was sie isst. Ich stehe also zwischen den Männern, und manchmal bemerken sie mich gar nicht oder sie tun zumindest so. Ich starre auf ihre Hintern und halte Gadi fest. Von zu Hause kenne ich es anders: Wenn da ein kleines Kind ist, machen alle Scherze und lachen und reißen Grimassen, bis das Kind auch lacht. Hier nicht.

Gadi strampelt und quengelt, aber ich kann sie nicht runterlassen, dann flitzt sie irgendwo hin, und ich bin meinen Platz in der Schlange los.

Gadi kreischt. Der Mann vor mir dreht sich um.

Augen. Dunkel. Hart. Voller Zorn und zugleich voller Feigheit. Voller Scham, es geschafft zu haben.

Als sie mich fragten, warum ich allein bin, nur mit Gadi und Abdul, habe ich gesagt, es gibt niemanden mehr. Meinen Vater haben sie erschossen. Der Opa ist zu alt, um wegzugehen, der schafft es nicht mal mehr allein aufs Klo. Mama hat ihn gewickelt wie Gadi, aber dann gab es bald nichts mehr, keine Windeln, kein Wasser, kein Waschpulver; draußen rauschten die Bomben wie Regen, und wir hockten in der Wohnung, weil es keinen Platz zum Verstecken für uns mit dem Opa gab, nirgends.

Wenn Opas Gesicht vor mir steht, dann sehe ich seinen Schnurrbart und den zahnlosen Mund, ich sehe das, was tot ist in einem Menschen, bevor er stirbt.

Es ist warm im Speisesaal, es riecht nach Verkochtem, mein Magen knurrt, ich habe immer Hunger wie Gadi, doch Gadi isst nicht, sie scheißt nur, gelbes, wässriges Zeug, und sie geben mir Windeln und fragen: »Warum bist du denn allein?«, und ich wiederhole, dass sie meinen Vater erschossen haben.

»Und deine Mutter?«, fragen sie, aber dann sind meine Lippen steif und lahm, und ich kann nichts mehr sagen.

Mit Abdul war sowieso nie zu rechnen.

»Kleine, hör auf zu drängeln!« Der Mann vor mir ist genervt, Gadi zappelt, die stupst ihn immerzu mit ihren kleinen Füßen in den Hintern. Dabei kann ihm das nicht wehtun, er ist ein Mann mit einem kräftigen Rücken und einem breiten Arsch. Ich senke den Blick und murmle eine Entschuldigung.

Die Schlange rückt vor.

»Das Kind stinkt«, sagt der Mann.

Ich hebe Gadi hoch und rieche an ihrem Po. Gadi isst schlecht, nur Quark, nur Zucker, nur Süßes, sie hat viel Bauchweh, deswegen schreit sie nachts. Ich kann nicht schlafen, drücke sie an mich, doch sie schreit, sie schreit. Die anderen im Schlafsaal sind stinksauer. Manchmal kommt eine Frau, sie hat drei Kinder dabei und keinen Mann, und sie nimmt mir Gadi ab und trägt sie herum, dann fallen mir die Augen zu, und ich träume.

Der Traum ist wie eine Ohnmacht. Bis der Lärm kommt, das Dröhnen, die Explosionen. Ich reiße den Kopf hoch und schreie. Am Anfang zumindest habe ich geschrien. Laut. Da haben die anderen mich geweckt, und manchmal habe ich eine Hand auf meiner Stirn gespürt oder einen Arm um meine Schultern und nach Mama gerufen. Jetzt nicht mehr. Ich wache auf, da halte ich schon beide Hände vor meinen Mund.

Ich kann nicht träumen, ich habe versprochen, für Gadi zu sorgen.

Manchmal sitzt die Frau, die drei Kinder hat, auf meiner Liege und hält Gadi und legt eine Hand an meine Wange. Gestern hat sie erzählt, sie kommt bald weg, in eine andere Gegend, in ein anderes Haus, wo weniger Leute zusammenleben, nur Familien und keine Männer und keine Afghanen.

»Das Kind stinkt!«, wiederholt der Mann, seine Stimme lodert.

»Ich wickle sie gleich«, murmle ich.

»Hau ab aus der Schlange!«, knurrt er.

Ich starre auf den Boden. Grauer Boden. Wenn du zwölf bist.

Die Schlange rückt vor; der Mann geht nicht mit. Er durchbohrt mich mit seinem Blick. Er stinkt selbst. Wir stinken alle.

Ich luge an ihm vorbei zur Essensausgabe. Die Frau mit den kurzen roten Haaren steht dahinter, schiebt Schälchen auf Tabletts. Sie ist nett. Sie gibt mir manchmal was. Extra. Ich bleibe in der Schlange.

Der Mann stößt mich an die Schultern. »Hau ab!«

Ich drücke Gadi fester. Sie merkt, es wird ernst. Sie zappelt nicht mehr.

»Meine Schwester ist jetzt ganz brav«, sage ich.

Er schlägt mir mit den Händen an die Brust. Ich zucke zusammen vor Schmerz.

»He«, sagt einer hinter mir. »Lass die Mädchen in Frieden!«

Aus den Augenwinkeln sehe ich die Frau an der Essensausgabe. Nur noch drei Leute zwischen ihr und mir.

»Sei ganz still, Gadi«, flüstere ich meiner Schwester ins Ohr. Sie hat kaum Haare. Die wachsen nicht. Ganz zarter Flaum, wie bei einem Vogeljungen, kitzelt meine Nase, als ich ihr dumme Wörter zuwispere. Nur noch drei Leute zwischen uns und dem Quark, Gadi, nur noch drei Leute bis zu dem Essen, das du willst und das du verträgst. Sei jetzt still, sei ganz still, zapple nicht, wimmere nicht, schrei nicht. Das gehört dazu, weißt du, wenn man in der Schlange bleiben will.

Der Schmerz in meiner Brust flaut ab. Ich hieve Gadis Körper noch ein bisschen höher. Der Mann vor mir funkelt mich an. Er wird es nicht wagen, ein Kleinkind zu schlagen.

»Beruhige dich, Mann!«, sagt der hinter mir. »Das sind Kinder.«

Die Schlange rückt vor.

Der Mann vor mir dreht sich wütend murmelnd um.

Als ich dran bin, lächelt mich die kurzhaarige Frau an. Sie hat in jedem Ohr drei Stecker. Lachend zeigt sie auf Gadi und sagt etwas. Ich gebe das Lächeln zurück, das geht ganz von selbst, wenn du zwölf bist und der böse Mann vor dir weg ist.

Sie gibt mir zwei Schälchen, sagt wieder etwas, bedeutet mir, zu warten, kommt zurück und schneidet von einem großen gelben Laib etwas ab. Ich greife nach dem Käse, sie gibt mir ein Stück Brot dazu, legt das Messer auf der Theke ab, streichelt Gadi über den Kopf und sagt Wörter, von denen ich hoffe, dass sie das bedeuten, was sie immer bedeuten: Ein hübsches Kind, möge Gott es schützen und ihm Glück und Gesundheit schenken.

Der Mann hinter mir sagt: »Jetzt geht mal weiter, ja?«, aber es klingt geduldig.

KAPITEL 2

Du sitzt im Hörsaal, und um dich wogt das Meer des Vergessens.

Ungewohnt schnell hatte mich im Unigebäude in der Münchner Leopoldstraße das alte Studentenlangeweilegefühl eingeholt. Die Tatsache, dass Nero vortrug, mein Lebenspartner, Gefährte, vermochte doch nicht die bleierne Müdigkeit wegzuwischen, die mich langsam, aber zuverlässig einlullte. Ich kritzelte Kästchen auf meinen Block. Irgendwo hatte ich gelesen, dass Zeichnen die Aufmerksamkeit erhöhte. In einem Test merkten sich Versuchspersonen, die während eines Vortrags kritzelten, mehr von den Inhalten als die Personen in der Vergleichsgruppe, die dem Vortrag beiwohnten, ohne zu kritzeln. Das war Wasser auf meine Mühlen. Nero sperrte sich gern gegen solche Einsichten, aber im dunklen Hörsaal, der nur vom Licht des Beamers erhellt wurde, konnte er mich ohnehin nicht erkennen. Schlimm genug, dass ich kurz vor Weihnachten selbst ein Seminar hier halten würde. Meine alte Fakultät hatte mich angeworben. Man versuche, den Studierenden mögliche Berufsbilder nahezubringen. Ghostwriterin, meine derzeitige Beschäftigung, gelte als gleichermaßen exotisch und geeignet für zukünftige Philologen. Ich hatte zugesagt, im Hinterkopf die Finanzlage; zudem würde mein nächster Kunde, der derzeit in Mosambik lebte, erst nach Silvester bei mir zum ersten Interview aufschlagen. Nun war ich mir nicht mehr so sicher, ob ich mich wieder – wenn auch nur auf Zeit – in den akademischen Alltag stürzen wollte. Obwohl ich mein Studium genossen hatte, war mir diese Welt stets eng und verkorkst erschienen.

Der Raum war gesteckt voll. Nero vertrat Europol auf einem Symposium, zu dem ein *Think Tank* eingeladen hatte. Kluge Köpfe steuerten ihre Ideen zu Fragen der Integration von Migranten bei. Nero referierte als Außenseiter, sprach darüber, wie klug strukturierte Datenbanken ihren Beitrag leisten konnten, als Flüchtlinge getarnte Bösewichte zu finden. Ich kannte den Vortrag auswendig. Er hatte ihn x-mal geprobt. Nero war ein Pedant. Es kam nicht infrage, dass er 32 Minuten sprach, wenn er laut Programm 30 zur Verfügung hatte. Wie üblich bei solchen Veranstaltungen, war die Zeit schon vorausgeflogen. Weil sich eben kein anderer Redner an die Vorgaben hielt.

Seit einem halben Jahr beriet Nero Europol in Sachen informationelle Netze. Zu Hause sprach er nur über wenige Aspekte seiner Arbeit, war zu Geheimhaltung verpflichtet. Diese Migrationssache musste er nicht diskret behandeln, im Gegenteil. Man wollte die Migranten, die vor dem Gesetz aufgefallen waren, im Auge behalten, und dazu leistete Nero einen Beitrag als Polizist und Programmierer. Er flog oft nach Brüssel zu seinem Team, aber einen Teil der Arbeit, die in reichlich Recherche und Programmierkram bestand, erledigte er am heimischen Schreibtisch.

Ich ließ den Stift sinken und warf einen Blick auf mein Handy. Warum auch immer. Wahrscheinlich suchte ich einen Kontakt zum wahren Leben da draußen. Was ja tief blicken lässt, wenn man die Nachrichten auf einem Handy für das wahre Leben hält.

Ein Fenster zum Rausgucken gab es nicht. Ich fragte mich, welcher vernebelte Architekt Studenten und Dozenten einen Bunker zum Lernen gebaut hatte. Neben mir wippte ein Mann mit dem Knie. Das Klapptischchen vor mir wackelte. Seufzend legte ich das Handy weg.

Ich sollte mich freuen. Nero war wieder topfit. Den Herzinfarkt hatte er auskuriert. Das schlimme Ereignis war verblasst, aber noch zu gegenwärtig, um es ganz außer Acht zu lassen. Ihm gefiel seine neue Tätigkeit, und er hatte sie nach langen, zermürbenden Jahren bei der Mordkommission und schließlich im LKA redlich verdient.

Und ich. Ich griff nach meinem Stift und kritzelte Muster auf den Block. Mich interessierte das alles nicht. Neros Chiffren, Verknüpfungen und Algorithmen gingen mir am Körperteil vorbei. Das Tamtam, mit dem Deutschland die Migration und die Flüchtlingspolitik Woche für Woche erneut aufkochte, berührte mich überhaupt nicht. Das Land würde nicht implodieren, und die meisten Lösungen für akute Probleme fanden sich ohnehin von selbst.

Das Gewinsel über den Untergang des Abendlandes ging mir furchtbar auf die Nerven. Als hätte man nicht schon Schlimmeres überstanden als ein paar Leute mehr, die nicht an Sprachkursen teilnehmen wollten, und den einen oder anderen Schlawiner, der sich Sozialhilfe erschlich. Du meine Güte.

Wahrscheinlich, so sagte meine Freundin Juliane oft, lag es an meiner Versehrtheit, dass ich mich über Luxusprobleme echauffieren konnte. Versehrtheit. Was für ein grauenvolles Wort. Aber Juliane stand in den 80ern, sie durfte dumme Wörter verwenden. Ich hatte Übles hinter mir. Hatte einen Bombenanschlag überlebt und eine lange Rekonvaleszenz. Ich wusste, was das Leben wert war. Wirklich wert. Und Nachrichten über Machetenangriffe in Vorortzügen blendete ich lieber aus.

Sollte eine Frau, die bei einem Attentat beinahe ums Leben gekommen ist, gezwungen sein, in einem abgedunkelten Hörsaal zu sitzen und sich Dinge anzuhören, die sie erstens nicht interessierten und die sie zweitens schon kannte?

Ich lehnte mich zurück. Der Wipper neben mir stellte seine Attacken ein.

Ich griff wieder nach dem Handy.

*

Mama.

Wenn ich das nur sagen könnte. Dieses eine Wort. Nur zwei Silben.

Kann ich nicht. Da drehe ich durch. Wenn man nicht weiß, was eine Mutter ist …

Alle diese Lügen. Ich kann sie nicht mehr ertragen, sie

sind wie Steine, die mich runterziehen, und dann ist es kein Wunder, wenn ich untergehe. Wenn mir das Atmen unmöglich wird. Ich halte ein bisschen die Luft an. Das geht ganz gut. Ungefähr zwei Minuten. Dann wird es hart. Dann sehe ich rote Punkte, und mein Herz fühlt sich an wie ein Blasebalg, der gleich platzt. Also atme ich wieder. Ich kann es ja später wieder versuchen.

Meine Mutter hat mich hergebracht. Sie hat mit den Ärzten geredet, dafür gesorgt, dass ich ein besseres Zimmer bekomme, nicht das über der Küche, wo der Abzug die ganze Zeit den Gestank von Lauch und Zwiebeln absondert.

Als wenn mich der Abzug sonderlich interessiert. Oder der Lauchgestank.

Mich interessiert gar nichts mehr.

Ich wollte sterben. Na und? Warum denn nicht? Sterben müssen wir alle.

Meine Mutter hat das nicht zugelassen. Angeblich weil sie mich liebt, aber was ist schon Liebe?

Ich soll nicht stigmatisiert werden. Soll an die Zukunft denken. »Das wird jetzt so gemacht!«

Sie zogen mich aus dem Fluss, zerrten an mir herum. Wenn sie wollen, dass ich lebe, kann ich dann nicht nach meinen Vorstellungen leben? Ganz bestimmt würde ich mir nicht so einen beknackten Ort aussuchen.

Wir sind zu zweit im Zimmer. Das andere Mädchen ist käseweiß, als wäre sie seit Jahren nicht aus dem Haus gekommen, und sie hat Nasenlöcher, die aussehen wie die Nüstern eines Drachen. Ich mag sie nicht. Sie macht den Mund nicht auf, erzählt nichts von sich, bloß dass sie das Fach im Schrank, das mir zusteht, nicht räumen will, da habe ich einfach ihren Krempel auf den Boden geschmissen und meine Sachen in das Fach gelegt. Was für eine blöde Tussi. Ich bin keine, die sich einschüchtern lässt. Mit Mädchen, die Drachennasenlöcher haben, rede ich gar nicht erst.

Die Wände sind gelb gestrichen und die Vorhänge gelbgrün gestreift. Die denken anscheinend, dass uns das heiter stimmt. Dabei ist der Himmel ständig grau, es regnet in Strömen, und dann sieht das Gelb aus wie ausgekotzt. Danke, nein.

Ich habe genug zu lesen dabei. Wenn ich mit den Büchern durch bin, fange ich wieder von vorne an. Ich werde das Nasenlochmädchen und die gelben Wände nicht anstarren. Lieber starre ich auf die Buchstaben in den Büchern, und wenn ich nur glotze.

Das Wasser war schrecklich kalt. Ich konnte nicht untergehen. Ich kann ja schwimmen. Das habe ich nicht bedacht. Diese Kälte. Dass der Körper sich bewegt, unwillkürlich, dass er nicht locker lässt, Arme und Beine wie von selbst zucken. Der Plan war, mich einfach treiben zu lassen. Hat nicht geklappt, und schließlich haben sie mich rausgezogen. Irgendwann hätte mich die Strömung vielleicht unter Wasser gedrückt. Dann hätte ich den Atem angehalten, bis mein Körper endlich den Reflex des Atmens ausgelöst hätte, und so hätte ich Wasser in meine Lungen gesaugt, wie eine Irre hätte ich gesaugt, und dann wäre ich ertrunken. Aber ich habe die Kälte unterschätzt. Hätte bis zum Sommer warten sollen.

Meine Mutter hat dem Mann, der mich rausgezogen hat, Geld gegeben. Der hat sich nämlich den Anzug und die Schuhe und alles versaut. Das war schlimm für sie. Dass einer sich dreckig gemacht hat! Meinetwegen! Dem noch größeren Stück Dreck zuliebe. Dem Miststück, das man anlügen kann. Lebenslang anlügen.

Daran sollte die Psychotante mal denken, die mit mir redet. Die Sitzungen sind ganz witzig, wir hocken in ihrem Büro, aus einer Schale kann ich mir Schokolade nehmen, so viel ich will. Sie fragt nichts über den Fluss und die Kälte und den Mann, nichts über meine Mutter. Sie nennt es: die Patientin reden lassen.

Ich bin keine Patientin. Ich bin nicht krank. Die anderen sind krank. Meine Mutter und alle, die lügen. Allerdings werde ich einen Teufel tun und auch nur einen Piep zum Thema Lügen sagen. Ich höre erst mal zu. Dann kriege ich raus, was ich sagen muss, damit ich hier schnell raus bin. Momentan ist es okay, hier zu sein. Wenigstens sehe ich meine Mutter nicht und muss ihren Putzwahn nicht ertragen.

Die passen hier gut auf mich auf.

Doch in dieser Bude schlitze ich mir bestimmt nicht die Pulsadern auf. Im Sommer versuche ich es wieder mit dem Fluss. Dann ist das Wasser wärmer, und ich kann treiben, ohne dass Arme und Beine von selbst anfangen zu strampeln. Blöd bin ich nicht.

22. NOVEMBER

KAPITEL 3

Gadi hampelt herum. Gadi will auf die Rutsche. Gadi will auf die Wippe. Gadi weint endlich mal nicht. Sie hampelt nur.

Ich setze mich auf das eine Ende der Wippe, mit ihr auf dem Schoß. Sie stößt mich weg. Das schafft sie natürlich noch nicht, ich bin stärker. Ich lache und wühle meine Nase in ihren Kopfflaum. Ich sage ihr kosende Worte, wie Mama sie ihr gesagt hat.

Gadi zappelt. Gadi will allein hier sitzen. Gadi macht einen Aufstand.

Sie ist ein Zwerg voller Kraft.

Wir wippen nicht, denn niemand kommt und besetzt den zweiten Wippenplatz. Ich hüpfe auf und nieder mit Gadi, aber sie kriegt spitz, dass wir nicht richtig wippen.

Sie hört auf zu zappeln und weint.

Ich weine beinahe mit. Schlucke die Tränen. Ich will nicht an Mama denken, nicht an den Opa. Dann schaltet nämlich etwas in meinem Kopf aus, und ich treibe wie im Nebel. Der Nebel macht mir Angst. Mein Magen knurrt.

Die Männer waren nicht mehr fies zu Gadi und mir. Wenn mein Onkel noch hier wäre, würde sich keiner trauen, uns anzugreifen. Aber Abdul ist weg. Ich frage nicht nach ihm. Abdul wird Gründe haben. Das hat Mama immer gesagt, wenn der Opa schimpfte. Abdul wird seine Gründe haben, lass ihn.

Der Tag ist grau und still wie alles in mir drin. Regentröpfchen setzen sich auf Gadi und mich, sie sind ganz dünn. Leicht. Und kurz darauf sind unsere Kleider schon durchnässt. Ich halte meine Hand über Gadis Kopf. Sie braucht eine Mütze. Ich muss in der Kleiderkammer fragen, da geben sie einem was. Nur Babymützen hatten sie neulich nicht, bloß ganz kleine, die passten selbst Gadi nicht, obwohl sie wirklich winzig ist.

Ich hüpfe auf und ab, und Gadi quengelt. Kein anderes Kind ist in Sicht. Ich drücke ganz viele müde Küsse auf Gadis Köpfchen.

Eine Frau steht da.

Sie drückt ihre Hand auf das andere Ende der Wippe. Wir heben uns ein bisschen. Meine Füße stehen immer noch auf dem Boden.

Gadi lacht.

Die Frau drückt mit mehr Kraft und stemmt ihr Knie auf den Sitz. Eine Kraft hebt uns in die Höhe, die Gadi zum Juchzen bringt. Ich halte sie ganz fest.

»Das ist lustig, nicht?«, fragt die Frau. Sie spricht wie wir. Wie die Leute aus Raqqa. Ihr Gesicht ist vom Kopftuch eingerahmt, auch den Mund sehe ich nicht, gegen den Regen hat sie sich einen dicken Schal umgebunden. Vielleicht ist sie eine von den Flüchtlingen, die gestern mit dem Bus gebracht wurden.

»Sag doch, Gadi! Das macht Spaß, was?«, feuere ich meine Schwester an.

Gadi gurgelt vor Lachen, während wir auf und nieder hüpfen. Die Frau gibt Acht, dass wir nicht zu dolle wippen. So, dass ich mich selbst festhalten kann und Gadi dazu. Sie lässt uns manchmal, wenn wir oben sind, eine Weile schweben, dann sausen wir in die Tiefe, Gadi jubelt, ich halte sie und presse meine Lippen auf ihr Köpfchen.

»Was für ein hübsches Kind!«, sagt die Frau.

»Danke. Das sagen alle.«

»Möge Gott sie segnen. Sie ist doch ein Mädchen?«

»Ja. Sie heißt Gadi.«

»Das bedeutet: mein Glück.«

Weiß ich doch! Der Opa war so entzückt über Gadis Geburt. Er wählte ihren Namen aus. Unser Vater war schon tot.

Manchmal träume ich, eines Tages in Gadis Gesicht das meines Vaters zu sehen. Sie hat sein Kinn, so ein festes, rundes Kinn. Das hat der Opa immer gesagt und gelächelt.

»Bist du ganz allein hier?«, fragt die Frau.

»Nein. Unser Onkel ist mit uns gekommen.« Das ist die Wahrheit, und was nach unserer Ankunft geschah, brauche ich niemandem zu sagen. Vielleicht kommt Abdul ja wieder. Ab und zu steht er am Zaun und winkt. Er bringt Essen, ein Spielzeug für Gadi, für das sie noch viel zu klein ist.

»Sie sollte eine Mütze haben«, sagt die Frau.

Ich nicke.

Wir wippen, ich lege meine Hand über Gadis Kopf. Wippen. Wippen. Gadi wird müde davon. Ihr fallen die Augen zu.

Als die Frau aufhört, die Wippe zu betätigen, wird sie wieder hellwach und fängt zu weinen an.

»Hör mal. Die Kleiderkammer ist jetzt offen. Willst du nicht schauen, ob du eine Mütze für deine Schwester findest? Und auch was für dich. Deine Sachen saugen sich ganz mit dem Regen voll.«

Ich nicke. Steige von der Wippe. Gadi brüllt.

»Ich passe solange auf sie auf. Das dauert keine Viertelstunde, bis du was Passendes gefunden hast, was meinst du?«

Das kann ich nicht machen, sagt eine Stimme in mir.

»Übrigens geben sie im Speisesaal für Kinder ein paar Extras aus.«

Ich nehme Gadi besser mit. Aber die tobt in meinen Armen. Will wieder auf die Wippe. Ich setze sie auf den Boden. Die Frau streckt die Arme nach ihr aus. Gadi watschelt auf sie zu.

»Na komm, meine Kleine, meine Süße, Sonnenscheinchen!« Sie streckt die Arme nach meiner Schwester aus, und Gadi lacht.

Sie wird gar nicht merken, dass ich weg bin. Nur kurz. Ich bin ja nur kurz weg.

KAPITEL 4

Juliane Lompart, die ihr Alter gern mit »ein klein wenig über 80« angab, ließ sich im Sessel nieder und betrachtete ausgiebig ihr hageres Gesicht im Spiegel. Sie sollte ein wenig zunehmen. Allmählich wirkte sie wirklich wie ein mit Haut überspanntes Knochengerüst. Und der Lidstrich aus den 60ern, musste der wirklich sein? Sie nestelte an ihren Kreolen.

»Wie immer, Frau Lompart?«

»Hm«, machte Juliane. Kathi Deusel schnitt ihr seit Jahr und Tag die Haare. Fedrig, kurz, mit langen Koteletten. Überflüssig, zu fragen.

»Haben Sie gehört, Frau Lompart? Da soll es im Flüchtlingslager richtig einen Auflauf geben.«

»Heim.«

»Wie?« Kathi rollte Julianes Federgewicht mitsamt dem schweren Sessel zum Waschbecken. »Bitte zurücklehnen, Frau Lompart.«

»Es ist ein Flüchtlings*heim*. Kein Lager.«

Wasserrauschen.

»Ist es so angenehm, Frau Lompart?«

Juliane sagte nichts. Mit Kathi Deusel verband sie eine Beziehung ausdauernden, gleichwohl respektvollen Kleinkriegs.

»Jedenfalls, das haben sie in der Zeitung geschrieben, kommt die Suttner nach Ohlkirchen. Die Landtagsabgeordnete, die sich starkmacht für Kinderrechte.« Kathi massierte Julianes Kopf. Der Duft von Neroliblüten breitete sich aus. »Schrecklich, nicht wahr, die armen Würmer, verlieren die Heimat, ertrinken beinahe im Mittelmeer und landen in unserem allerschlimmsten oberbayerischen Wetter.«

Juliane schwieg. Der Druck von Kathis Händen an ihrem Schädel tat wohl. Sie spürte förmlich, wie die Anspannung der letzten Wochen von ihr gekratzt wurde. Dabei hatte sie sich freiwillig bereit erklärt. Und war immer noch mit dem Herzen dabei.

»Sie sind doch dort engagiert, im Lager, nicht, Frau Lompart?«

»Heim.«

»Sind dort viele Kinder?«

»Schon.« Juliane war seit drei Tagen nicht mehr dort gewesen. Ein Minivirus. Konnte man sich im November leicht einfangen. Nachher würde sie wieder zum Dienst antreten. Der Umtrieb fehlte ihr. Eine einsame Wohnung war nicht der atmosphärische Höhepunkt des persönlichen Daseins.

»Die armen Kleinen.« Kathi spülte das Shampoo aus Julianes Haar. Das Neroliblüten-Aroma verflog.

Juliane fand das Wetter am wenigsten bedrückend, wenn sie an die Kinder im Ohlkirchener Flüchtlingsheim dachte. Sie sah die Bedrohungen eher von innen, nicht vom Himmel kommen.

»Andrea von Suttner?«, fragte Juliane, während Kathi ein Handtuch um ihren Kopf schlang.

»Genau die. Groß angekündigt. Pressetermin. Politiker und was weiß ich für Prominente werden erwartet.«

Halten ihren Rüssel in die Kameralinse und sind wieder weg, wenn's brenzlig wird, dachte Juliane. Flüchtlingshelferin war genau ihr Ding. Sie war abgeklärt genug, um bereits vor Dienstantritt zu ahnen, dass es mit reiner Menschlichkeit nicht getan war. Sie hatte sich nicht getäuscht. In den vergangenen Monaten war sie mit zwischenmenschlichem Dreck umströmt worden. Schmutz, Schuld, Wahnsinn, Trauma. Und mittendrin navigierten die Kinder. Wie viel von den Tragödien um sie herum sich für immer in ihren Seelen einbrennen würde, wusste niemand. Verstörend. Aber in ihrem Alter warf Juliane nichts mehr um. Nicht mehr viel.

Kathi rubbelte ihr Haar halb trocken und begann zu schneiden.

»Da treiben sich eine Menge junge Männer herum. Wissen Sie, das macht mich unsicher.«

»Männer sind potenziell immer Störenfriede.« Und Gefahren für die Allgemeinheit, fügte Juliane im Stillen hinzu.

»Da gibt es jetzt eine WG. In der Waldstraße. Nur Männer. Ich wohne zwei Straßen weiter. Wenn ich nach der Arbeit heimfahre, ich sage Ihnen, Frau Lompart, da kann eine Frau wirklich Angst bekommen. Selbst bei diesem Schmuddelwetter lungern die vor dem Haus herum.«

»Waldstraße, sagen Sie?«

»Sie wohnen nicht so weit weg von da, wie?«

»Hm.«

»Und es sind immer wieder andere. Meine Freundin ist Sekretärin bei der Zeitung, und die sagt, da kommen täglich Anrufe rein, weil Anwohner sich beschweren. Die fühlen sich verunsichert. Nur Männer. Kommen Sie da mal nachts nach Hause, als Frau, wenn Sie Spätschicht arbeiten zum Beispiel. Also ich möchte das nicht!«

Ich möchte auch vieles nicht, dachte Juliane. Nur kümmert es die Welt leider gar nicht, was ich will.

»Jedenfalls sagt Rosi, meine Freundin, dass diese ganzen Beschwerden nicht aufgegriffen werden. Die Redakteure hören sich alles an und vertrösten. Da wird was verheimlicht, glauben Sie nicht, Frau Lompart?«

Schnipp, machte die Schere. Belustigt betrachtete Juliane, wie weißes Haar auf den dunkelblauen Frisierumhang herabrieselte. Gefühl der Befreiung. Loslassen. Sich nicht mit Überflüssigem abgeben. Und wenn es sich um Haare handelte, die anderthalb Zentimeter zu lang geworden waren.

»Ich bin überzeugt, dass vieles nicht an die Öffentlichkeit kommt, damit die Stimmung nicht kippt. Die Koteletten wieder spitz, Frau Lompart, nicht wahr?«

»Waldstraße, sagen Sie.« Nicht, dass Juliane Angst vor arabisch aussehenden Männern hatte. Über das Alter war sie hinaus.

»Waldstraße 36, wenn ich mich nicht irre.«

Kathi irrte sich in solchen Dingen nie. Mit ihrem Salon war sie die Börse von Ohlkirchen, mehr sogar als das »Méditerranée«, kulinarischer Geheimtipp des Münchner Speckgürtels. Die Landeshauptstadt lag nur eine halbe Stunde Autofahrt entfernt. Der Jetset hatte das kultige Restaurant des kanadischen Kochs Claude-Yves vor Jahren für sich entdeckt, wodurch der kleine Ort im Fünf-Seen-Land auf der Landkarte der Reichen aufgetaucht war. So entstand Kult. Juliane musste grinsen, wenn sie daran dachte, dass ihre Freundin Kea Laverde, Wahl-Ohlkirchnerin, dem Kanadier ein Kochbuch geghostet hatte, das sich verkaufte wie geschnitten Brot. Sie beschloss, bei Gelegenheit in der Waldstraße vorbeizugehen. Gut möglich, dass …

»Frau Lompart, den Pony schön fransig? Und ein wenig von der Seite her geschnitten, wie?«

»Exakt, Kathi.« Juliane schmunzelte, und das Gesicht im Spiegel zerfiel in 1000 Fältchen.

KAPITEL 5

Alle lügen.

Mama hat gelogen. Sie hat gesagt, in Europa ist alles besser.

Bestimmt hat sie auch gelogen, als sie gesagt hat, Opa wird wieder gesund.

Was, wenn der Opa stirbt, und Mama ist ganz allein zu Hause? Warum bin ich nicht dort?

Ich renne in die Kleiderkammer und habe ruckzuck ein Mützchen für Gadi ergattert. Die Frauen sind nett da. Die meisten haben kurze Haare und tragen bunte Westen über ihren Sachen. Sie lächeln viel.

Alle lügen.

Im Speisesaal gibt es keine Extras für Kinder. Nur ein paar Frauen sitzen an den Tischen. Sie haben Papiere vor sich und reden. Ich stehe eine Weile unschlüssig an der Essensausgabe, aber da ist niemand, und schließlich kommt die rothaarige Frau und sagt etwas. Wenn ich sehe, wie sich ein Mund bewegt, wie Lippen sich runden und spreizen, und wenn ich nichts verstehe von dem, was aus dem Mund kommt, möchte ich davonlaufen. In irgendein Dunkel.

Nach Hause.

Die Frau rudert mit den Händen, sie zieht die Schultern hoch, ihre Handflächen zeigen nach oben. Ich verstehe. Es gibt jetzt nichts zu essen. Sie deutet auf die Uhr. Vielleicht denkt sie, ich kann die Uhr nicht lesen, doch ich weiß auch so, dass erst am Abend wieder Essen ausgegeben wird. Plötzlich ist mein Kopf voller Luft. So viel, dass der Kopf bestimmt gleich platzt.

Ich habe versprochen, auf Gadi aufzupassen, ich kann mir keinen geplatzten Kopf leisten. Ich muss zu Gadi.

Gerade jetzt rast Angst wie ein Blitz durch mich hindurch. Ich renne. Raus aus dem Speisesaal, durch den kalten Flur, zur Tür, wo der böse Typ in dem schwarzen Overall steht, ich stoße die Tür auf, raus! Wind, Regen, Nässe, Grau.

Der Spielplatz. Matsch. Sand. Die Rutsche. Die Wippe.

Keine Gadi. Keine Frau.

Ich schreie. Die Luft schießt aus meinem Mund, und mein Kopf ist leer. Ich habe es versprochen, versprochen, auf Gadi aufzupassen.

Mama!

Etwas schlägt in meinen Bauch, ich muss mich zusammenkrümmen.

Zum Klettergerüst! Keine Gadi!

Zurück zur Rutsche. Keine Gadi.

Zur Wippe. Nichts.

Die Frau ist mit Gadi reingegangen. Bestimmt ist sie das. Es regnet immer stärker, ich habe ein nasses Gesicht, das Mützchen für Gadi ist durchtränkt vom Regen, ich presse es an meine Wange, es ist kalt, eisig.

Ins Haus. Schlafsaal. Speisesaal. Duschen. WCs. Der Gang. Der Gang.

Ich keuche. Angst. Schweiß. Die Nässe des Mützchens an meiner Wange.

Leute kommen gerannt. Ich höre Kreischen, Weinen, Brüllen.

Das bin ich. Safiye. Zwölf Jahre alt. Aus Raqqa, Syrien.

Gadi ist weg. Sie ist verschwunden und mit ihr die Frau.

KAPITEL 6

Resmi hatte darum gerungen, zu vergessen; sah nur noch nach vorn. Deshalb tat er das hier. Er fuhr in einem Auto über die Autobahn zum Flughafen. Etwa zehnmal pro Monat. Er kannte die Autobahnen, steuerte regelmäßig München, Stuttgart, Frankfurt an. Er tat es für die Kinder und die Zukunft. Zwang sich, das Gute zu sehen. Das, was sie für diese Kinder taten.

Er fragte nie nach. Er trank auch nicht. Er war Muslim, aber mitunter hatte er sich ein Glas Wein gegönnt. Er sah das nicht so eng. Was hatten sie gefeiert, er und seine Frau und die Freunde. Damals. Nein, es war nicht lange her. Und zugleich Äonen.

Jetzt trank er nicht mehr. Sein Führerschein war ihm heilig. Er ermöglichte ihm den Broterwerb, und er hoffte immer noch, wenigstens seine beiden kleinsten Töchter nach Deutschland holen zu können. Die Hoffnung schwand, zu viel Bürokratie, außerdem kamen die Mädchen ohne einen männlichen Verwandten nicht aus Raqqa raus, geschweige denn, dass sie Passierscheine besaßen, um bis in den Libanon zu kommen. Doch die deutsche Botschaft in Beirut hatte erst im nächsten Jahr wieder Termine für die Antragstellung frei. Im Sommer 2018! Bis dahin waren die Mädchen unter Umständen nicht mehr am Leben.

Die Frau, die er im Rückspiegel beobachtete, war schön. Eine Syrerin, sie trug das Haar blond gefärbt und kurz, wie es die europäischen Frauen scheinbar bevorzugten. Er fand, die sahen allesamt aus wie Männer, hässlich gekleidet waren sie, trugen keinen Schmuck und derbes Schuhzeug. Aber die hinten auf der Rückbank: eine Schönheit. Eine moderne Syrerin, solche, wie es sie hunderttausendfach gegeben hatte, damals, in jenen Tagen, in denen er sein richtiges, sein echtes Leben gelebt hatte. Seither war er nicht mehr in Syrien gewesen.

Seine Frau war auch eine moderne Frau gewesen, eine studierte, hatte als Architektin gearbeitet, bis der IS losgelegt hatte und sie in Raqqa nur noch mit Gesichtsschleier und bodenlangem Umhang auf die Straße konnte. Trotzdem war sie rausgegangen, und da hatte es sie erwischt. Kein Abschied. Nur Leere. Höllenleere.

Er würde nicht an Saida denken. Nicht jetzt. Manchmal dachte Resmi an sie, trauerte, an Tagen, an denen er niemanden fahren und die winzige Wohnung nicht verlassen musste; und dann waren da seine Töchter, von denen er Tag und Nacht träumte, beständig umlagerten sie ihn, seine drei Augensterne. Die Älteste hatte geheiratet und lebte mit ihrem Mann in einem Lager in der Türkei. Die beiden Jüngeren schlugen sich durch, mithilfe der Großeltern. Er war erst anderthalb Jahre in Deutschland, seitdem kämpfte er darum, die Mädchen holen zu können.

Deutsch hatte er schon ganz gut gelernt. Im Alltag kam er zurecht, nur mit dem Lesen und Schreiben haperte es. Er konnte sich verständlich machen, sodass er in der Apotheke die Kapseln gekauft hatte. Die Frau sprach zwar auch Deutsch. Womöglich besser als er. Doch die Anweisungen lauteten ganz eindeutig. Er war zuständig für die Medikamente und fürs Fahren. Er würde sie an einem Hotel am Münchner Flughafen absetzen. Dort würde sie mit dem Kind übernachten und am nächsten Morgen in ein Taxi steigen und zum Terminal fahren. Einchecken und die Sicherheitskontrollen absolvieren. An der Passkontrolle würde sie ein schlafendes Kind im Arm wiegen.

Manchmal stand er, wenn er einen Auftrag zu Ende gebracht hatte, eine Weile an dem Wanderweg bei Schwaig, direkt an der Rollbahn, und beobachtete die Flugzeuge, die eines nach dem anderen davonzogen, so elegant, so leicht. Er war noch nie geflogen, aber er stellte es sich grandios vor, in so einem Riesenvogel zu sitzen und getragen zu werden, ohne sich sorgen zu müssen, wie der nächste Schritt aussehen würde.

Das kleine Mädchen hatte sich gegen den Kindersitz gewehrt und geschrien und getobt. Die Frau hatte das ganz klug gemacht. Sie hatte gesungen, gescherzt, gelacht. Das Medikament hatte das Seine getan. Sie würden zur Not als Paar mit einem Kleinkind durchgehen, aber das mussten sie gar nicht, alles lief ganz legal. Nicht wie vor 18 Monaten auf seiner Flucht, wo er selbst beinahe zum Kriminellen geworden war.

»Sie schläft«, sagte die Frau.

»Ja.« Schon eine ganze Weile tut sie das, dachte er, aber er war froh um die Unterbrechung seines Gedankenrinnsals, das sich wahrscheinlich bald zu einem mächtigen Strom ausgewachsen hätte.

»Ihre Schwester ist ein hübsches Mädchen.«

»Ihre Schwester?«

»Ja, sie ist mit ihrer Schwester gekommen. Sie ist erst zwölf.«

Er zögerte kurz. Es gab keine Alternative zu dem, was sie hier taten.

»Wie heißt sie?«

»Dieses Kleine hier?« Zärtlich strich die Frau dem Kind über den Kopf. »In den Papieren heißt sie Sonia. Aber ihre Schwester nannte sie Gadi.«

»Mein Glück«, murmelte Resmi.

»Schöner Name, nicht wahr?«

Sie schwiegen beide. Umso lauter trommelte der Regen auf die Windschutzscheibe. Er überholte einen Lkw. Gischt hüllte den Wagen ein, ihn, die Frau, das Kind.

Mein Glück.

»Möge Gott sie segnen. Möge sie ein helles, gesundes, glückliches Leben haben, dort, wo sie hingeht. Mögen viele Menschen sie lieben«, brach es schließlich aus ihm heraus.

»Hm.«

Im Rückspiegel sah er das träumerische Lächeln der Frau.

Er verdiente gut. Ziemlich gut für die einfachen Dienste, die er tat. Fahren, einkaufen, Leute abholen, abliefern. In ein paar Monaten hätte er genug gespart. Er würde seinen Töchtern alles ermöglichen: Schule, Ausbildung. Dass sie ein helles, glückliches Leben hätten. Das wünschte er. Mochte Gott sie segnen. Wenn er sie nur endlich bei sich hätte.

»Wie sind Sie nach Deutschland gekommen?«, fragte er, während er den Blinker setzte, um auf die A 92 abzubiegen.

Sie lachte auf. »Ich habe geheiratet.«

»Einen Deutschen?«

»Ja. Einen Deutschen.«

»Was macht er beruflich?«

»Er ist Arzt.«

Aha. Arzt war ein guter Beruf. Aber die syrischen Ärzte durften in Deutschland nicht arbeiten, jedenfalls nicht sofort. Er war Ingenieur, Wasserbau. Hier fände er nie einen Job.

»Und Sie?«

»Ich?«

»Sind Sie auch Ärztin?«

»Hebamme.«

»Ach.«

»Ja.«

»Haben Sie selbst Kinder?«

»Zwei. Zwei Jungen.«

»Möge Gott Ihre Familie segnen.« Er sah ihr Lächeln im Rückspiegel.

KAPITEL 7

Seine Cousine hatte ihn so gebeten. Dabei blickte er nicht einmal durch, wie genau sie verwandt waren. Irgendwie war sie seine Cousine, so weit gut. Nur deshalb trieb er sich in den Schatten herum. Weil er das Versprechen nicht ganz vergessen konnte, das er gegeben hatte. An einem heißen, staubigen Abend in Raqqa.

Genau genommen hatte er es erfüllt. Der Cousine und ihrem sterbenden Vater in die Hand versprochen, die Kinder nach Europa zu bringen. Na gut, sie waren hier, so weit alles erledigt.

Abdul kratzte sich am Kopf. Wie er dieses Wetter hasste! Diese Dunkelheit, selbst tagsüber, da brach nie die Sonne durch, nur trübes Licht sickerte durch eine dicke Wolkendecke, jeden Impuls löschend, überhaupt die Augen zu öffnen. Wenigstens die Jacke hielt die Nässe ab. Die Alte in der Kleiderkammer hatte sie ihm beinahe nicht geben wollen. Miststück. Mit der hatte er ohnehin noch ein Hühnchen zu rupfen. Die wollte die Jacke einer Frau geben!

Kaum war er angekommen, hatte er ein Angebot erhalten. So schien das zu laufen. Er hatte davon läuten hören, sich jedoch nicht genau vorstellen können, wie es funktionierte. Sie hatten ihm ein Handy gegeben, eine Unterkunft, Taschengeld. Und ihn dazu verdonnert, zu warten. Nicht lange, das wurde ihm zu verstehen gegeben.

Auch nicht anders als im Lager, dachte er zunächst; wenigstens war er die heulenden Kinder los und Safiyes Blick, in dem er den der Cousine wiedererkannte. Diesen Moment, wo sie die Kinder in den Minibus schob. Das innere Sterben. Dabei hatte er eine Menge Leute sterben sehen, neben sich, über sich, unter sich. Er hatte gekämpft, bis sie ihm die halbe linke Hand wegschossen, dann war er mit einem Fußtritt ins Abseits befördert worden.

Zum Trost schickte er während der Flucht der Cousine WhatsApp-Messages, in denen er schrieb, dass sie vorankamen und es den Mädchen gut ging, dass Safiye Freunde gefunden habe und Gadi gut esse. Er bekam fast nie eine Reaktion, wahrscheinlich, weil sie in Raqqa selten Strom hatten und das Internet oft zusammenbrach. Die letzte Textmessage von ihr war vor zwei Wochen reingekommen. Die Nachrichten, die er sich abrang, beruhigten sein Gewissen.

Abdul hatte als Sportlehrer gearbeitet. In seiner Jugend war er ein ziemlich hoffnungsvoller Fußballer gewesen, hatte einen Trainerschein gemacht, war zu einem Workshop in die Türkei geschickt worden. Das war vorher. Bevor in Syrien alles in die Brüche ging, bevor man nicht mehr wusste, wer gut und böse war, und sich schlussendlich doch entschied für eine Seite, denn weitergehen musste das Leben. Der Wille, die Überzeugung musste ein Ziel finden. Etwas, wofür es sich lohnte.

Falls er jetzt eine Menge Geld machte, könnte es noch was werden mit der Trainerkarriere. Er benötigte Kontakte, und die Leute, die ihn angesprochen hatten, würden ihm diese Kontakte vermitteln. Mittelfristig könnte er die Cousine nachholen.

Nein. Besser nicht.

Wieder einmal war etwas dazwischengekommen. Nichts, das seine Pläne direkt durchkreuzte, aber etwas, was auf ihn rückwirkte wie ein Tintenfleck auf den Fingern. Oder Schlamm an den Schuhen. Fröstelnd zog Abdul die Schultern hoch. Es war nicht seine Schuld. Er hatte nichts tun können, und dass Safiye jetzt durchdrehte, das hatte er gesehen, sie hatte einen von den Security-Typen gebissen. Kluges Mädchen, die Kleine. Auf der Flucht hatte sie sich betragen wie eine Erwachsene. Ihre Mutter wäre stolz auf sie. Alles hatte sie für die kleine Schwester getan. Bis zuletzt.

Abdul durchschaute nicht ganz, was wirklich los war, aber Gadi war ein Klotz am Bein gewesen, insofern konnte er froh sein, dass sie weg war. So ein Kleinkind auf einer Flucht, noch dazu krank, das war ein Risiko. Sie hatten es gemeistert, er und Safiye. Oder vielmehr: Safiye allein hatte es gemeistert.

Selbstverständlich würde er für Safiye sorgen. Er beobachtete sie. Er wusste, wie es ihr ging, und wenn man sie wegbrächte, würde er in Erfahrung bringen, wohin. Er verdiente ja jetzt Geld. Bislang nicht so viel, es reichte gerade für ihn selbst, doch es würde mehr werden, sobald man ihn in verantwortlichere Position holte. Das konnte nur eine Sache von Wochen sein, er achtete auf absolute Zuverlässigkeit, er hielt sich an alle Anweisungen, drehte kein eigenes Ding.

Safiye würde klarkommen. Sie war tough. Ein richtiger Brecher, wenn nötig. Falls er eingreifen müsste, hatte er ein paar Scheine parat. Die Security konnte man kaufen, das hatte er selbst mitbekommen, so waren er und zwei weitere Männer ausgelöst worden, direkt nach der Anwerbung. Man bezahlte, und der Mann im Overall drehte sich in die andere Richtung. Wie hoch der Preis war, wusste er nicht. Er würde es herausfinden. Nur nicht jetzt gerade.

Einen Blick auf die Uhr werfen: noch Zeit haben. Noch eine halbe Stunde, um zu warten, ob Safiye nicht doch rauskäme, in den Garten, dann würde er kurz mit ihr reden, ihr sagen, sie solle nicht so ein Tamtam machen, er würde sich um alles kümmern, und schließlich würde sie die kleine Schwester vergessen, nach und nach, weil die in Wahrheit eine Last war und ein zwölfjähriges Mädchen in die Schule sollte, anstatt Babysitter zu spielen. Und hätte Gadi nicht viele Male auf der Flucht sterben können? An dem Virus? Im Boot? Ertrinken oder erfrieren? Wenn in jener einen Nacht die Kleine, warum auch immer, über Bord gegangen wäre, hätte sich vieles einfacher dargestellt.

Abdul wartete. Genau 29 Minuten. Dann drehte er sich um und glitt durch den Regen davon.

KAPITEL 8

Manchmal überkommt einen so ein Gefühl. Der innere Wendepunkt. Du ahnst, jetzt ändert sich etwas. Unwidersprochen. Es hat dich keiner gefragt. Du hast keine Chance zu sagen: »Mein Name ist Kea Laverde, und bleibt mir vom Leib.«

Juliane rief an. Es war schon spät an jenem 22. November. Einem trüben, verregneten, nasskalten Abend. Ich hatte eine Flasche Chianti geöffnet. Nero brauchte Streicheleinheiten. Wir diskutierten seinen Vortrag rauf und runter. Ich fand ihn wirklich gelungen und wusste, dass er beim Publikum gut angekommen war. Neros Einlassungen vom Typ »Vielleicht hätte ich« und »Wäre es nicht sinnvoller gewesen, wenn« parierte ich gelassen. An seine Selbstzweifel war ich gewöhnt. Ich war beim zweiten Glas und griff gerade in die Schale mit den Oliven, als das Telefon klingelte.

»Gehst du ran?«, fragte Nero. Er kritzelte etwas auf seinem Tablet.

»Okay.« Seufzend quälte ich mich aus dem Küchensofa und tastete auf dem Büffet nach dem Apparat. Wie meist war das Festnetztelefon unter einem Haufen Bäckertüten, alten Zeitungen und Geschirrtüchern verborgen. Es rief mich kaum jemand mehr auf diesem Anschluss an.

»Hallo?«

»Kea?«

»Juliane! Alles roger?«

»Hör endlich auf, dich um mich zu sorgen. Ich bin noch nicht zu verwirrt, um abends nach Hause zu finden.«

»Witzbold.« Ihre Anspielung war mir peinlich. Sie war über 80 und dürr wie ein Vogelskelett, sollte ich da nicht besorgt sein, wenn sie mich nach 22 Uhr anrief?

»Bist du zu Hause?«

»Scheint so. Du hast mein Festnetztelefon angerufen.«

»Kannst du vorbeikommen?«

»Was ist los?«

»Ich möchte nur deine Meinung in einer bestimmten Sache hören.«

»Ich kann nicht mehr fahren, fürchte ich«, gab ich kleinlaut zu. »Nero auch nicht.«

»Säuferbande! Wartet auf mich, ich schnappe mir ein Taxi.«

Klick. Aufgelegt.

Nachdenklich legte ich das Telefon beiseite und machte mich ans Aufräumen. Nicht, dass Juliane Wert auf Ordnung legte. Aber ich musste mich mit etwas beschäftigen.

»Nero?«

»Ja?« Er sah nicht auf.

»Juliane kommt.«

Jetzt guckte er hoch. »Ist etwas passiert?«

»Frag sie das bloß nicht selbst. Sie will was besprechen.«

Ich nahm Käse aus dem Kühlschrank und schnitt Brot ab. Nicht, dass mein täglicher Kalorienbedarf noch nicht erfüllt gewesen wäre.

20 Minuten später hielt das Taxi in meiner Auffahrt. Ich wohnte »jwd«. In der Pampa, außerhalb von Ohlkirchen. Allerdings wucherte die kapitalistische Zivilisation in Gestalt von Einkaufsmärkten mit enormen Parkplätzen, verbreiterten Straßen und neu ausgewiesenem Bau-

grund auf meine Einöde zu. Nicht allzu lang war es her, dass ich mein Haus beinahe verkauft hätte. Um in letzter Sekunde einen Rückzieher zu machen. Nero besaß immer noch seine Wohnung in Schwabing, residierte aber die meiste Zeit bei mir.

Ich riss die Haustür auf. Eine nasse Bö wehte Juliane herein. Hinter ihr, oben am Hang, ahnte ich die Wipfel der Bäume sich im Winde wiegen.

»Komm rein.«

»Habt ihr was in der Flasche gelassen?«

Ich küsste sie auf die Wange. »Worauf du dich verlassen kannst.«

Sie spazierte in die Küche. Ihre Gummistiefel hinterließen braune Wasserflecken auf dem Parkett.

»Nero, mein Liebster.« Sie verwuschelte ihm das Haar, bevor sie die Gummistiefel wegkickte und sich auf das Sofa sinken ließ.

»Bedien dich.« Ich stellte Käse und Brot vor ihr ab.

Sie griff nach einer Olive. »Von Claude-Yves?«

»Er hat einfach die besten im Angebot.«

»Und macht einen Riesenreibach mit deinem Buch.«

»Es ist *sein* Buch«, korrigierte ich. »Ich bin nur der Geist.«

Sie winkte ab. »Kinder, ich brauche eure Meinung.«

Endlich legte Nero das Tablet weg. Gentlemanlike goss er Juliane Wein ein. »Worum geht's?«

»Eine Geschichte im Heim.«

Ich hockte mich neben sie, zog die Beine an. Der Regen klatschte gegen das Küchenfenster. Ohne Rotwein gab es in diesen verdreckten Monaten kein Leben. Seit Jahren zermarterte ich mir das Hirn, wie ich es schaffen könnte, den Winter in wärmeren Gefilden zu verbringen. Ich war kein Winterkind. Arbeiten konnte ich überall. Ein Laptop genügte. Allein Nero verweigerte sich. Mit guten wie schlechten Argumenten. Und dann war da Juliane. Sie allein in Ohlkirchen zurückzulassen – völlig ausgeschlossen.

»Also. Ich bin doch Flüchtlingshelferin. War ein paar Tage allerdings nicht im Dienst. Und heute komme ich wieder hin. Gewaltiger Aufruhr! Ein Kleinkind ist verschwunden. Einfach nicht mehr aufzufinden. Wir sind bewacht wie ein Flughafen. Wie also kann das sein?«

Nero schenkte sich Wein nach. »Zeugen?«

»Niemand. Das Kind hat auf dem Spielplatz gespielt.«

»In dem Dreckwetter!«

»Was glaubst du, Kea, wie es da drin abgeht. Die Säle überfüllt, überall Kindergeschrei, der Geruch auch nicht vom Feinsten.« Juliane trank einen Schluck und griff nach der nächsten Olive. »Da kriege selbst ich ab und zu den Koller, und ich bin widerstandsfähig. Und nur wenige Stunden am Tag dort.«

»Habt ihr die Polizei gerufen?«

»Haben wir. Die haben den Vorfall aufgenommen. Suchen jetzt. Apropos Zeugen: Die Schwester der kleinen Gadi, Safiye, sie ist zwölf, ist vollkommen durchgedreht. Schrie, weinte, tobte. Die Verwaltung hat einen Arzt geholt. Der hat das Mädchen sediert.«

»Bitte *was*?«

»Sie war hysterisch, hat hyperventiliert. Ich kam zum Dienst, als der Arzt schon ganze Arbeit geleistet hatte.«

»Kann jemand von außen in das Heim rein?«, fragte ich.

»Eigentlich nicht. Alles abgesichert.« Juliane zuckte die Achseln. »Aber ich selbst habe oft Leute auf dem Gelände gesehen, die da nicht hingehörten.«

»Wie geht das?«

Juliane zuckte die Achseln. »Bestechung? Die Securityleute sind nicht gerade die Ausgeburt der Intelligenz, wenn du mich fragst. Das sind teils recht unangenehme Typen. Nero, sag mal: Mich interessiert, ob das schon öfter passiert ist. Dass Kleinkinder aus Flüchtlingsheimen verschwinden. Einen Fall habe ich aus der Presse im Kopf, ein Bub, der von einem Pädophilen mal eben mitgenommen wurde. Gibt es weitere Vorfälle? Wo? Wie alt waren die Kinder?«

»Ich recherchiere das«, versprach Nero.

»Wann?« Sie wies auf sein Tablet. »Jetzt gleich?«

»Wenn du darauf bestehst.« Er lächelte. Er fraß Juliane aus der Hand.

»Bist ein Schätzchen.« Juliane gab das Lächeln zurück. »Der Dolmetscher kam erst, nachdem Safiye von der Beruhigungspille schon etwas benommen war. Sie behauptet, eine Frau hätte angeboten, auf ihre kleine Schwester aufzupassen, und sie wäre nur kurz in die Kleiderkammer gegangen, um eine Mütze für die Kleine aufzutreiben. Als sie zurück zum Spielplatz kam, waren Gadi und die Frau weg.«

»Haben die Kollegen Einbruchsspuren gefunden? Das Heim hat ja ein relativ großes Grundstück.« Nero nahm sich ein Stück Käse.

»Soweit ich weiß, nicht.« Juliane schüttelte den Kopf. In ihren Kreolen blitzte das Licht. Sie sah müde und frustriert aus. »Aber die Freifläche ist wirklich groß und schlecht einzusehen.«

»Ich bitte dich, die haben überall Kameras!«, unterbrach ich.

»Die nicht funktionieren. Nicht alle. Nur die Innenkameras.«

»Warum das?«

»Zu teuer. Die Kameras am Zaun sind ein Bluff, bis auf die beiden, die den Eingangsbereich vor der Linse haben.«

»Ich glaube, mein Schwein pfeift!« Stöhnend lehnte ich mich zurück. »Das darf es doch nicht geben.«

»Ist aber Tatsache. Das Freigelände soll bald noch mit zusätzlichen Wohncontainern ausgestattet werden. Wahrscheinlich schieben sie die funktionsfähige Videoüberwachung nach, wenn das realisiert ist.«

»Was für eine Schlamperei!« Ich trank meinen Chianti aus und stand auf, um eine neue Flasche zu holen. »Es könnte also ein Idiot über den Zaun auf das Gelände gekommen sein, sich das Kind geschnappt haben und auf dem gleichen Weg wieder abgezogen sein?«

»Möglich. Safiye allerdings besteht darauf, dass eine Frau anbot, auf Gadi aufzupassen. Kein Mann.«

»Vielleicht hat sie sich das ausgedacht.« Nero strich nachdenklich durch seinen Bart.

»Warum sollte sie? Sie ist zwölf, da hat man ein stabiles Verhältnis zur Wirklichkeit entwickelt«, widersprach Juliane.

»Stammt die Frau aus dem Heim?«

»Safiye sagt nein. Sie kennt sie nicht.«

»Kann sie alle Frauen kennen?«

»Das bezweifle ich. Nur: Eine Frau aus dem Lager, wieso sollte die ein Kind stehlen? Das klingt jetzt verächtlich, aber die haben mit ihren eigenen Kindern alle Hände voll zu tun. Außerdem wäre Gadi in dem Fall noch im Heim.«

Ratlos sahen wir einander an.

»Ich nehme an, das verläuft im Sande«, sprach Juliane schließlich weiter. »Ein entführtes Kleinkind von anderthalb Jahren wird nicht mehr gefunden.«

»Aber was ist das Motiv? *Wenn* es eine Entführung ist?«, hakte ich nach.

»Wartet. Ist Safiye die einzige Verwandte des Kindes? Wenn die beiden unbegleitet sind, muss das Jugendamt …« Nero sah zwischen Juliane und mir hin und her.

»Die Mädchen sind mit ihrem Onkel gekommen.«

»Aha. Und der Onkel …?« Mir schwante etwas.

»Der Onkel ist registriert, hat jedoch das Lager verlassen.«

23. NOVEMBER

KAPITEL 9

Er war mit den Büros in Freimann nie sonderlich glücklich gewesen. Zu wenig mondän. Das Business lebte von einer gewissen Aura, dem Anschein von Leichtigkeit, Glück, Fröhlichkeit, das funktionierte nicht gut in einem Betonblock. Von dem Umzug versprach er sich steigende Umsätze, und sie mussten jetzt expandieren, denn jetzt war etwas zu holen; man wusste nie, wie die Dinge umgesetzt wurden, wenn die Politik sich endlich überlegt hatte, wo die Reise hingehen sollte. Zwar hatte er mit den Mitarbeitern in Eritrea gute Leute an Land gezogen, und er hatte Scouts in Panama und Guatemala. Allerdings gab es genug andere, die den Braten rochen und sich selbst ein saftiges Stück abschneiden wollten. Nun gut, für ihn fielen die Filetstücke ab, dafür hatte er gesorgt, und das mit einer Sache, die alle Welt nicht anders als menschenfreundlich nennen konnte. Gutes tun und dabei reich werden – wem würde das nicht gefallen!

Das Maklerbüro hatte ganze Arbeit geleistet, in Kürze säßen sie in Bogenhausen, und damit würden sie maßgeschneidert die Klientel anziehen, um die es hier ging. Er sah sie vor sich, die Männer mit ihren schönen Frauen, herausgeputzt … und die Pressevertreter erst!

Seine Mitarbeiter hatten mit dem Packen begonnen. Die meisten Aktenordner konnten sie letztlich wegwerfen, er hatte die Daten im PC, in der Cloud und an ein paar sicheren Orten, von denen selbst seine Frau nichts ahnte. Seine Ex-Frau, sozusagen. Die Scheidung war so gut wie durch. Er trat ans Fenster und betrachtete den Schnürlregen, der München zu ertränken schien, die Rinnsteine waren voll, die Straßen teils unter Wasser, keine schöne Sache, aber der Umzugsfirma war es egal, ob ihre Leute Kartons durch Regen oder Sonnenschein trugen. Nur noch das Empfangszimmer und sein Büro sahen aus wie immer. Selbst die Sekretärin hatte angefangen, ihre private Habe einzupacken.

Ja, die Ordner – die waren mehr Dekoration, beschriftet mit Ländernamen. Im Lauf seiner Tätigkeit hatte er sich immer weiter von Europa entfernen müssen. Wen störte das, die Welt wuchs zusammen. Er riss den Blick von der nassen Trostlosigkeit vor seinem Fenster los und wandte sich um. Er würde jetzt die Fotos abnehmen, die glückliche Kinder zeigten, die Rahmen mit den rührenden handgeschriebenen Briefen, dann würde er …

Das Telefon klingelte. Seines. Nicht das der Sekretärin. Er meldete sich mit einem scharfen »Hallo?«

»Das Kind konnte nicht reisen«, sagte ein Mann.

»Was?«

Der Mann nannte einen Namen. Er las eine Geburtsurkunde vor. Sein Akzent war auszuhalten. Einer von den Klugen.

»Warum konnte das Kind nicht reisen?«

»Ein plötzliches Fieber. Sehr hoch.«

»Genauere Daten, Mann!« Er erinnerte sich nicht an den Namen seines Mitarbeiters, seit ein paar Jahren ließ ihn sein Namensgedächtnis immer weiter im Stich. Vielleicht hatte er mit zu vielen Menschen gearbeitet.

Der Regen legte zu und trommelte auf den Fenstersims, als der Mann berichtete:

»Die Betreuerin rief heute sehr früh am Morgen aus dem Hotel an; das Kind hatte hohes Fieber. Sie geriet in Panik und rief einen Arzt.«

Er unterdrückte den Fluch. Es machte sich nicht gut, vor den eigenen Leuten mit dem F-Wort aufzuwarten. Im Büro war es jetzt so dunkel wie zur Abenddämmerung. Er schaltete die Schreibtischlampe ein.

»Und?«

»Er verabreichte Zäpfchen. Die halfen nicht. Das Kind hat immer noch Fieber. Über 40. Es konnte nicht fliegen. Unmöglich.«

»Wo ist es jetzt?«

»Noch im Hotel.«

Stümper! Aber das waren keine ganz unvertrauten Hindernisse. Kinder wurden leicht krank. Ebenso schnell wurden sie wieder gesund, im Anschluss waren Flüge umzubuchen, Leute zu beruhigen, Mitarbeiter in Bewegung zu setzen.

»Warum höre ich erst jetzt davon?«

»Die Betreuerin war extrem nervös. Dem Kind ging es wohl so schlecht, dass sie Angst hatte, es würde sterben.«

»Verdammt!« Er explodierte. »Wir haben Krankenhäuser in Deutschland, Kinderkliniken, alles leicht zu organisieren. Warum habt ihr euch nicht sofort gemeldet?«

Die Antwort war eine Form von Ausrede, die viele Menschen involvierte und ihn ermüdete. Er würde seine Sekretärin bitten, das nächstgelegene Krankenhaus mit einer guten Kinderklinik ausfindig zu machen und dort telefonisch um Unterstützung zu bitten. Es brauchte jemanden, der am Zielort die Beteiligten beruhigte. Den Flug umzubuchen, war das geringste Problem. Die Rechnung zahlten die Endabnehmer.

Er legte auf und rief nach seiner Sekretärin.

KAPITEL 10

Peter Jassmund mochte seine Arbeit. Er hatte sich in ihr eingerichtet wie in einer behaglichen Wohnung, wo er die abblätternde Tapete unter »Gemütlichkeit« verbuchte. Mordkommission, na gut, da lernte man das Hässliche kennen, aber er kam zurecht, weil die meisten Fälle aufgeklärt wurden. Darin lag das Positive. Tatsächlich hatte er in seiner Tätigkeit bei der Fürstenfeldbrucker Polizei bisher kein einziges Tötungsdelikt ungelöst zu den Akten geben müssen.

Diesmal allerdings war er sich nicht so sicher. Instinkt?

Er trat näher an die Leiche heran. Die Frau war verblutet. Die Wunde selbst wäre nicht tödlich gewesen, wenn man das Opfer früher gefunden hätte.

»Wie alt wird sie sein?«, fragte Jassmund die Rechtsmedizinerin.

»Mitte 20, schätze ich. Sie ist seit gut zwei Stunden tot.«

»Und liegt hier neben dem Spielplatz?« Jassmund hob den Blick. »Habt ihr Fotos gemacht?«, fragte er seine Leute.

Die nickten bestätigend.

Jassmund ging in die Knie. Er war massig, sein Bauch zu schwer, jedes Frühjahr nahm er sich vor abzuspecken, aber er kam nicht voran, legte stattdessen weiter zu. Die vielen Weißbiere, das war ihm klar.

»Nur ein einziger Stich.«

»Genau in die Milz.« Die Ärztin packte ihre Sachen zusammen. »Hat es hier nicht schon mal eine Messerstecherei gegeben?«

»Im September, ja. Woher wissen Sie das?«

»Ein Studienkollege von mir, Doktor Schwertführer, hat die Erstversorgung der Verletzten gemacht.« Sie zögerte.

»Heißt im Klartext?« Jassmund hockte immer noch vor der Leiche und musterte die Einstichstelle.

»Dass sie Frauen niederstechen, ist eher ungewöhnlich, nicht wahr?«

»Sie?«

»Die … Täter.«

Jassmund seufzte innerlich. Wenn sie darauf anspielte, dass Flüchtlinge potenzielle Messerstecher waren … Andererseits war ein Messer eine leicht zu beschaffende Waffe. Sie hatten das Messer bisher nicht gefunden, zumindest nicht auf dem Gelände des Heims, und sie würden drinnen noch eine Weile beschäftigt sein. Ein Mord, das gab großen Aufruhr. Über kurz oder lang konnte man die Tatwaffe jedoch nicht verstecken. Sie würden sie finden, sofern sie sich noch auf dem Grundstück oder im Gebäude befand.

»Nein, Frauen sind seltener Opfer von Stichattacken als Männer, zumindest meiner Erfahrung nach.« Von Statistiken hielt er sich fern.

Sie griff nach ihrem Koffer. »Ich melde mich bei Ihnen.«

Er nickte. Wie hieß sie gleich? Sein Namensgedächtnis wurde immer schlechter.

»Boss?« Einer seiner Leute trat auf den Plan.

»Hm?«

»Die Frau ist erst heute Morgen mit einem Bus angekommen. Eine von 20 Flüchtlingen aus Syrien, hauptsächlich Frauen mit Kindern.«

»Sie hat Kinder?«

»Nein, sie ist mit ihrer Schwester gekommen, und die hat vier.«

Zwei Männer verluden die Leiche. Mühsam wuchtete sich Jassmund hoch. Den hilfreich ausgestreckten Arm seines Mitarbeiters ignorierte er.

»Habt ihr schon was?«

»Keine Spur von der Tatwaffe. Wir haben uns auf die persönlichen Sachen der Männer konzentriert. Nichts. Auch keine anderen Spuren. Duschräume und Toiletten haben wir durch. Mit den Frauen und den Familien wird es schwieriger. Die Kinder schlafen alle.«

Jassmunds Instinkt meldete sich erneut. Sollte der Täter einem Baby das Messer unter die Matratze gelegt haben?

»Sie ist seit circa neun Uhr tot. Hat seitdem jemand das Lager verlassen?«

»Das *Heim*, Boss.«

Jassmund zuckte die Achseln. Es war ein Lager. Baracken, Notdürftigkeit, schwächliche Hoffnungen.

»Also?«

»Laut Security ist niemand weggegangen. Mieses Wetter, und die Geschäfte sind ohnehin seit sieben zu. Die meisten gehen nur weg, um Kinkerlitzchen zu kaufen, Handyguthaben aufzuladen …«

Der Fall würde schwierig werden. Er beschloss, einen Mitarbeiter auf die Security-Männer anzusetzen. Womöglich fand sich dort ein alter Bekannter.

»Noch was, Boss.«

»Ja?«

Der Regen, der barmherzigerweise ausgesetzt hatte, seit sie die Spuren zu sichern begonnen hatten, legte wieder los. Jassmund zog den Kragen hoch.

»Gestern ist hier ein Kleinkind verschwunden. Anderthalb Jahre alt.«

Jassmund hatte davon gehört, aber der Fall fiel nicht in sein Ressort.

»Weiß man dazu schon was?«

»Eben nicht. Gar nichts. Die Kameraüberwachung hier draußen ist ein Fake.«

»Verdammte Schlamperei.«

»Sie sagen es.« Der Kollege steckte sein Notizbuch ein und stülpte die Kapuze über den Kopf. »Ich dachte nur …«

Jassmund setzte sich Richtung Heimgebäude in Bewegung. Drinnen brannte fast überall Licht. Er fragte sich, wie die Kinder zurechtkamen. Sein Sohn war ein echter Horrorschläfer gewesen, nur mit Tricks dazu zu bewegen, in Morpheus' Arme zu sinken. Wie das wohl auf so einer Flucht funktionierte? Da schliefen sie vermutlich irgendwann vor Erschöpfung ein. Und wer nicht schlief, dem war nicht zu helfen.

»Was?«

»Dass es seltsam ist. Das kleine Mädchen ist genau hier verschwunden. Vom Spielplatz weg. Und einen Tag später liegt eine Frau da. Tot.«

*

Ich finde den Tod nicht besonders furchterregend. Die Lügen schon.

Meine Zimmergenossin zum Beispiel lügt wie gedruckt. Sie erfindet ständig neue Ausreden. Ob sie das Bad geputzt hat, wenn sie dran war? Ja. Dabei habe ich geputzt und die langen Strähnen aus dem Abfluss rausgeklaubt. Die müssen von ihr sein, meine sind keine drei Zentimeter lang.

Vor gut zwei Monaten habe ich mir alle Haare abrasiert. Die Psychologin hat das Haarproblem neulich angesprochen. Ich habe gesagt, ich wollte das so, weil ich wieder mit Basketball angefangen habe und superkurze Stoppeln praktischer sind.

Das war nicht gelogen! Zum Schuljahresanfang hatte ich mich breitschlagen lassen, wieder in die Schulmannschaft einzusteigen, weil die Sportlehrerin mich gebeten hat und weil ich sie mag. Ich mag sie sogar sehr. Basketballtraining bedeutet, dass ich sie öfter und länger sehe als nur für zwei Stunden regulären Sport in der Woche. Sie hat mich gefragt, ob ich mitmache, weil ich ziemlich treffsicher bin.

Das fand die Psychologin interessant; in der Klinik gäbe es die Möglichkeit, Basketball zu spielen. Eine Teamsportart. Dabei hat sie das Wort »Team« so doof betont. Klar sollte ich von selbst draufkommen, wie wichtig es ist, sich in eine Gemeinschaft einzugliedern. Ich habe so getan, als würde ich das nicht merken, und stattdessen lieber ein wenig über das Körbeschießen geredet. Ein Team funktioniert nur, wenn alle ehrlich sind. Ich sehe nur Lügen. Von wegen Bad geputzt!

Es gibt ein paar Patienten hier, die sich abends treffen und spielen. Sie nennen es Basketball, aber sie hängen eigentlich nur auf dem Sportplatz herum und schleudern den Ball Richtung Korb, ohne jemals zu treffen. Das ist mir zu blöd. Andere hocken im Gemeinschaftsraum und malen Bilder aus. Im Büro der Psychologin liegen einige von diesen Ausmalbüchern. Bin ich ein Kleinkind?

Meine Mutter kommt immer samstags. Ich ahne, dass sie danach herumläuft und allen möglichen Leuten erzählt, dass ich mich bessere, dass es positive Zeichen gibt. Ich will hier nicht bleiben, nicht allzu lang, andererseits darf ich mich nicht zu handzahm geben, denn in dem Fall schicken die mich vielleicht zu bald nach Hause. Und da wohnen die Lügen, da will ich nicht sein.

Meine Mutter hat sich noch nie dafür interessiert, wie es mir geht. Nur hinter meinen Schulnoten war sie her wie die Motten hinter den Pheromonen. Jetzt plötzlich stürzt sie sich auf mein Wohlbefinden. Aber anstatt *mich* zu fragen, was mit mir los ist, löchert sie die Experten. Lach! Die wissen natürlich ganz genau, was ich fühle.

Ich weiß nicht, ob sie den Offiziellen hier gesteckt hat, dass ich geklaut habe. Einige Male in der Schule. Selbstverständlich weiß ich selbst, dass Klauen Mist ist. Aber ich habe so ein Faible für Stifte. Vor allem für schöne Füller, und da habe ich einen in der Klasse mitgehen lassen. Das ist blöd, gebe ich zu. Sogar gemein, richtig hinterrücks. Es war ein Füller, mit dem man flüssige Tinte aufzieht, in einen Kolben, zum Schluss einen einzelnen Tropfen wieder rauslässt, und dann kann man schreiben. Meine Mutter würde mir nie so einen kaufen, ich hätte ja schon mit den normalen Füllern eine Sauklaue.

Das Schreiben mit dem Füller machte echt Spaß! Nach ein paar Tagen nagte mein Gewissen brutal an mir. Zuerst dachte ich, ich tue so, als hätte ich den Füller von meinem Taschengeld gekauft, doch meine Mutter neigte bereits damals dazu, alles zu kontrollieren, und das hätte sie mir nicht geglaubt. Sie hätte mich gefragt, wo und wann und warum und mich angesehen wie eine Kranke.

Ich legte den Füller schließlich schweren Herzens im Klassenzimmer ab, und zwar hinter dem Kasten mit den Gewürzpflanzen, die wir in Bio pflegen mussten, da wurde er gefunden, es gab einen Riesenaufstand, weil niemand sich erklären konnte, wie der Füller in diesen staubigen Winkel geraten war.

Ich hielt den Mund. Tat so, als ginge mich das alles nichts an, doch das Mädchen, dem der Füller gehörte, hatte mich in Verdacht. Man kann lügen, selbst wenn man nichts sagt.

Dann klaute ich im Sport einen Tintenschreiber. Aus der Tasche eines Mädchens, die vor der Stunde schneller mit Umziehen fertig war. Ich trödelte herum und ruckzuck konnte ich an die Taschen. Den Stift habe ich immer noch. Zu Hause, gut versteckt.

Schließlich stahl ich in einem Geschäft. Klaute eine ganze Packung Faserschreiber. Wurde nicht erwischt. Es war leicht. Bloß konnte ich die Sachen niemandem zeigen.

Ich schrieb nur heimlich damit. Meine Mutter hätte sofort gemerkt, dass die Sachen neu sind. Und in der Klasse, fürchtete ich, ahnten alle, dass irgendwas im Gang war, wegen diesem mistigen Füller und weil ich so blöd gewesen war, ihn hinter den Gewürzkasten zu legen.

Das ist alles lang her. Die Psychotante fände meine Vergangenheit als Diebin bestimmt faszinierend. Garantiert gibt es in irgendeinem Therapiehandbuch ein Kapitel über exakt meine Symptome.

Meine Zimmergenossin und ich, wir haben jeweils ein abschließbares Fach an den Nachtkästchen, und darin habe ich dieses Tagebuch. Sonst nichts. Es gibt nichts Wertvolles, was ich wegschließen müsste.

Das Drachennüsternmädchen hat ihr Fach vollgestopft mit Dingen, sodass sie es kaum zubekommt. Da muss ich echt lachen!

24. NOVEMBER

KAPITEL 11

»Seit Beginn der Flüchtlingswelle sind 10.000 Minderjährige verschwunden. Europaweit.« Nero stellte die Kaffeekanne auf den Tisch.

»Du hast recherchiert?«, fragte ich ihn.

Ich für mein Teil hatte geschlafen. Zugegeben, wenn ich mit Juliane in die Nacht sackte, stellte ich keine brauchbare Partnerin da. Weder für Recherchen noch für andere Dinge.

Juliane dagegen, aufgrund ihrer senilen Bettflucht, hatte Nero assistiert.

»Dein Liebster hat seine Europol-Quellen angezapft«, verkündete sie stolz wie ein Schnitzel.

»10.000 ist die Minimalannahme.«

»Moment. Wohin verschwunden?« Ich goss mir Kaffee ein.

»Unklar.«

»Was?« Dafür arbeiteten sie bei der europäischen Polizeibehörde? Sie sammelten unklare Daten?

»Der Verdacht besteht, dass sich die organisierte Kriminalität auf minderjährige Flüchtlinge spezialisiert hat.« Nero griff nach einem Brötchen. »Gib mir mal den Honig.«

»Um was mit diesen Minderjährigen zu tun?« Meine Gehirnzellen warteten noch auf die Koffein-Flutwelle. »Okay, verdammt blöde Frage. Aber das Mädchen, von dem du erzählt hast, Juliane, war erst anderthalb Jahre alt!«

»Je jünger, je teurer. Jedenfalls in den Pädophilen-Netzwerken.«

Ich nahm einen Schluck Kaffee gegen den Würgereiz.

»Nur mal die nackten Zahlen.« Nero hatte sich Notizen gemacht. »2015 kam in etwa eine Million Flüchtlinge nach Europa. Geschätzt 27.000 davon sind Minderjährige.«

»Begleitet oder unbegleitet?«

»Unbegleitet. Also zehn Prozent.«

»Um Himmels willen. Und ein gutes Drittel aus dieser Gruppe verschwindet mir nichts, dir nichts?«

Juliane schenkte sich Kaffee nach. »In Europa gibt es ausreichend kriminelle Netzwerke, denen es nicht schwerfallen dürfte, sich auf ein neues Geschäftsmodell zu spezialisieren.«

In meiner Fantasie konnte ich mir alles Mögliche ausmalen. »Nero, habt ihr konkrete Erkenntnisse?«

»Vermutlich haben wir es mit Banden zu tun, die Kinder für sexuellen Missbrauch kaufen, oder mit solchen, die Kinder als Gratis-Arbeitskräfte einsetzen.«

»Vermutlich?«

»Nix Gwiss woass ma ned«, imitierte Juliane den bairischen Dialekt, was ihr schlecht gelang.

Nero griff nach einem Blatt Papier. »In den vergangenen zwei Jahren hat sich eine kriminelle Infrastruktur herausgebildet, die speziell die Flüchtlinge ins Visier nimmt. Es geht immer um den schnellen Gewinn. Kinder sind die Gruppe, die sich am wenigsten selbst zu schützen weiß. Sie sind durch die Flucht geschwächt, traumatisiert, vereinsamt. Vermutlich muss man sie nicht einmal mit Gewalt entführen.«

»Der Punkt ist«, unterbrach Juliane, »dass ein Kind auf der Flucht behandelt wird wie ein Erwachsener. Ich habe neulich mit unserem Dolmetscher darüber gesprochen. Auf Kinder wird keine Rücksicht genommen. Weder auf ihre physische Schwäche noch auf die Trauer und die Ängste, die sie nach der Trennung von ihrem Zuhause beschäftigen. Flüchtlinge reisen in wechselnden Gruppen. Ein Kind hat dort keinen Vertrauten. Niemanden, der es beschützt. Die Kinder wissen nie, was als Nächstes geschieht. Ihnen wird beispielsweise eingeschärft, irgendwie nach England zu gelangen, weil dort eine Cousine lebt. Wenn die Kinder hier bei uns schließlich registriert oder in Heime weitergeleitet werden sollen, verstehen sie die Prozedur überhaupt nicht.

Sie haben nur im Kopf, was die Mutter oder der Vater ihnen eingeschärft hat: Schafft es nach England! Daran setzen sie alles. Was Sozialarbeiter oder Offizielle ihnen erklären, zählt nicht. Sie wollen den verlorenen Eltern gegenüber loyal sein.«

»Du meinst«, überlegte ich, »dass ein Teil der als verschwunden deklarierten Kinder sich allein weiter auf den Weg gemacht hat, um ein Ziel zu erreichen, das letztendlich nichts als ein schwarzes Loch ist. Ein Ort, wo sie nie ankommen werden.«

»Könnte sein«, bestätigte Nero. »Wie groß dieser Anteil ist, das wissen wir nicht. Hier fehlt einfach die Kommunikation.«

»Ein Anderthalbjähriges kann aber nicht zu einer Tante nach England weiterreisen.« Ich stellte meine Tasse ab.

»Die Balkanroute ist – vielmehr war – ein mörderisches Konzept«, machte Nero weiter. »In diesen Ländern konnten Kinder leicht verloren gehen. Wir haben Hinweise, dass kriminelle Banden sich bereits in den Transitländern holten, was sie wollten.«

»Aber niemand weiß, wo diese Kinder geblieben sind?«

»Jedenfalls nicht in irgendwelchen Wäldern. Sie sind vermutlich Opfer inmitten der Städte. Nur wissen wir nicht, wo. Wir haben keinen Anhaltspunkt.«

»Ich glaub's nicht.«

Juliane sah mich warnend an. Sie wusste, wie schnell Nero sich verantwortlich machte für Dinge, die nicht liefen, wie man es sich erhoffte.

»In Deutschland und Ungarn bestehen manche Haftanstalten fast ausschließlich aus Insassen, die im Zusammenhang mit Verbrechen rund um Flüchtlinge gefüllt sind«, fuhr Nero fort. »Ob uns das gefällt oder nicht ...«

Und deine Datensammelei?, wollte ich loslegen. Ich biss mir auf die Zunge. Natürlich traf Nero keine Schuld. Das Gute hinkte immer hinterher. Vor allem in einer so unübersichtlichen Situation.

Nero zeigte auf sein Handy. »Peter Jassmund hat vorhin angerufen.«

»Dein früherer Kollege bei der Mordkommission?«

»Genau. Im Flüchtlingsheim ist eine Frau erstochen worden.«

KAPITEL 12

Er tat es für die Familie.

Und vielleicht auch, weil er die Schuld schwerer werden spürte. Verdammt, er war am Stück 24 Stunden durch Schnee gelaufen. Hatte sich halb schlafend weitergeschleppt. Hatte sich tagelang von Sonnenblumenkernen ernährt, das letzte Geld an Leute gezahlt, die ihn beinahe umgebracht hätten, als Faustpfand drei Tage in einem Bunker verbracht, bis er sie überzeugen konnte, ihn gehen zu lassen. Aber sein Versprechen hatte er gehalten. Bis zum Schluss.

So kannte er sich nicht. Sich selbst, als Menschen. Dass er so hart sein konnte, war neu. Zu Hause war alles leichter gewesen. Bevor er aufgebrochen war, hatte er sich gedacht, es könnte nur besser werden. Es stimmte einerseits. Hier fielen ihm keine Bomben auf den Kopf und er wurde auf der Straße von niemandem vom Fleck weg rekrutiert. So etwas gab es hier nicht. In Europa wurde es auf andere Art kompliziert. Hier stand er ganz allein da. Das war ernüchternd. Auf der Flucht hatte er sich eingeredet, die Einsamkeit wäre nur vorübergehend, so wie all die Landschaften und Menschen, an denen er vorbeizog; zudem hatte er sich langes Grübeln nicht leisten können. Das Ziel war ihm immer vor Augen gestanden. Wie hatte er sich die grenzenlose Erleichterung ausgemalt, die ihn ergreifen würde, wenn er erst einmal die deutsche Grenze überquert hätte!

Doch sie war ausgeblieben. Wie fast alle Gefühle. Die Ängste, die Hoffnungen, die Trauer um die Toten und Zurückgelassenen – sie steckte irgendwo tief in ihm fest, ohne sich groß bemerkbar zu machen. Er wusste, sie war da, obwohl er sie nicht richtig spürte. Stattdessen hockte etwas Kaltes in ihm. Dieses verfluchte Alleinsein inmitten von zu vielen Menschen, die ihre Träume sich auflösen sahen in dem alles verflüssigenden Regen.

Zum ersten Mal war er dankbar für die Dunkelheit, als er den Ort verließ. Das Messer musste verschwinden. Er hatte es bereits zu lange mit sich herumgeschleppt. Mülleimer kamen nicht infrage, da würde es früher oder später jemand finden. Seit mehr als 24 Stunden trug er es in einer Plastiktüte mit sich herum. Er hatte die Blutspuren abgewaschen und den Griff mit einem Handtuch abgerieben. Passte auf, dass seine Fingerabdrücke nicht erneut drankamen. Es musste weg.

Er hatte den Fluss kurz nach seiner Ankunft entdeckt. War einige Male zu dem Ufer gegangen, weil er das Wasser mochte, wie es über die Steine glitt und hüpfte. Weil er den Singsang des Plätscherns mochte, der ihn an etwas erinnerte, was lange vorbei schien. Aber zu guter Letzt hatte er im Regen nur noch gefroren und sich geschämt. Vor sich selbst. Was er nicht verstand. Deshalb ging er eine Weile nicht mehr zum Fluss. Erst jetzt wieder.

Der Weg war schmal und verdreckt. In seinen Sneakers rutschte er immer wieder aus. Er erreichte das Wäldchen. Es war so finster, dass er es jetzt doch wagte, das Display seines Handys leuchten zu lassen. Schon nach acht. Er sollte zusehen, dieses verfluchte Messer loszuwerden. Irgendwann würde der Anruf kommen. Heute oder morgen. Er musste bereit sein.

Im fahlen Schein des Handys betrachtete er die Klinge. Made in Germany.

Seine Träume: leer. Ausgehöhlt.

Es würde weitergehen. Er hatte es bis hierher geschafft. Er würde vorankommen. Geld verdienen. In einem, zwei, längstens drei Jahren hätte er wieder ein Leben. Mit einem Einkommen, einer eigenen Wohnung. Er würde eine Familie gründen, obwohl er dafür dann recht alt wäre – im Vergleich zu den Verhältnissen in seiner Heimat.

Er hörte den Fluss, bevor er ihn sah. Das leise Gurgeln. Aus einem solchen Fluss hatte er getrunken. Halb verdurstet sich auf den Bauch geworfen und das Gesicht in das flüssige Kalt getaucht.

Er hatte einmal Menschen geliebt. Konnte sein, dass davon noch etwas übrig war. Manchmal, da umspülte ihn so ein warmes Gefühl.

Eigentlich hatte er vorgehabt, das Messer in den Fluss zu werfen; er zögerte. Schließlich grub er mit seinen anderthalb Händen den Waldboden auf. Das ging leicht, die Erde war nass und ganz locker und sie roch gut, mein Gott, wie gut sie roch! Er ertappte sich bei einem Lächeln, als er seine lehmigen Finger an seine Nase hielt und tief einatmete.

Anschließend schob er das Messer tief in das Loch, mit dem Schaft nach oben.

Er tat es nicht für sich, und was geschehen war, war geschehen.

Er schob die aufgehäufte Erde zurück in die kleine Grube und trat alles mit den Füßen fest.

Dass viele von ihnen so endeten, war eine Schande.

Er hatte längst aufgehört, an Gott zu glauben.

25. NOVEMBER

KAPITEL 13

Ohlkirchen, das nahe gelegene Fünfseenland und – nicht übertrieben – ganz München drehte am Rad.

Ein Mord in einer Flüchtlingsunterkunft verhieß besten Medienwirbel. Facebook und Co. waren voll mit Verschwörungstheorien, Hasstiraden und Wehgeschrei. Böse Muslime wurden ins Feld geführt, die eine Ehebrecherin auslöschen wollten, Ehrenmorde fanden sich auf der Liste der Vermutungen ganz weit oben, zudem rechte Hetze sowie Geheul über die Schlechtigkeit und Unmenschlichkeit der Welt. Ich klinkte mich nach einer kurzen Tour über diverse Plattformen aus dem Netz und erkundigte mich bei Juliane. Sie behauptete, die Lage im Heim sei an der Oberfläche ruhig, unterschwellig jedoch herrsche Panik. Was mich nicht wunderte. Die Bewohner dort hatten keine Chance, den Ort des Unheils zu verlassen, beäugten einander mit Misstrauen und der unausgesprochenen Frage, wer der Täter war. Juliane und ihre Kollegen taten alles, um für ein gewisses Gefühl an Sicherheit zu sorgen.

»Aber wie soll das gehen, wenn die Leute uns nicht verstehen und wir sie nicht?«, fragte Juliane matt. »Sie hören uns in einer fremden Sprache reden und wittern Schlechtes. Ich verstehe das. Sie sind abhängig und in einer miserablen Position.«

Ich fragte bei Peter Jassmund an. Kurz angebunden gab er durch, dass niemand auch nur irgendeinen kleinen Hinweis hatte. Keine Tatwaffe, keine brauchbaren Spuren bis auf einen Durchschlupf im Zaun an einer vom Haus aus nicht einsehbaren Stelle, der offenbar seit Monaten bestand und aufgrund der schludrigen Security nicht aufgefallen war.

Dabei hätte ich es bewenden lassen und mich in mein eigenes Leben zurückziehen können. Wenn nicht Nero angerufen und mich um einen Gefallen gebeten hätte, kurz, nachdem ich das Telefonat mit seinem Exkollegen Jassmund beendet hatte.

»Ich muss nach Brüssel.«

Das kam öfter vor und beunruhigte mich nicht. Gegen ein, zwei ruhige Abende in meinem Haus am Ende der Welt, das nicht mehr lange das Ende der Welt sein würde, hatte ich nichts einzuwenden.

»Verstehe. Wie lange?«

»Ein paar Tage.«

»Gibt's was Neues?«

Nero arbeitete auf Abruf. Sein Herzensprojekt, die Vereinheitlichung und Verlinkung aller Anti-Terror-Datenbanken der Polizeibehörden in Europa, verlangte vollen Einsatz, gepaart mit einer idealistischen Weltsicht. Von Einheitlichkeit konnte selbst in Deutschland keine Rede sein. Bayern tickte anders als Thüringen. War nun mal so.

»Meine Reise hat nichts mit den Flüchtlingen zu tun, falls du das meinst«, erklärte er gehetzt. »Allerdings habe ich heute Morgen einen Anruf von einer Kinderschutzorganisation bekommen. Sie sind bei dem Symposium vor drei Tagen in München auf mich aufmerksam geworden.«

»Klingt super.«

»Die Dame, die mich kontaktiert hat, heißt Patty O'Brian. Sie meinte, sie hätte ein paar interessante Infos für mich. Sie möchte ihre Sachen auf keinen Fall mailen, deshalb habe ich ihr vorgeschlagen, die Unterlagen bei dir vorbeizubringen.«

Es war nicht das erste Mal, dass ich Neros konspirativen Briefkasten spielte.

»Geht klar.«

Ich dachte nicht weiter an die Dame, sondern rang mich dazu durch, mein Uni-Seminar vorzubereiten. Wobei ich über mein Business, das Ghostwriting, theoretisch nicht viel wusste. Wenn ich mit einem neuen Kunden arbeitete, konzentrierte ich mich auf ihn als Mensch und fing an. Der Job funktionierte über Instinkt, es ging darum, das eine besondere Motto im Leben eines Menschen zu finden und die Ereignisse darum zu gruppieren. Ich sammelte ein paar Ideen, wie ich das Seminar strukturieren könnte, und notierte Themen für Referate. Dabei flimmerte mir der eine oder andere zusätzliche Gedanke durch den Kopf, und ich legte eine Tabelle mit weiteren Fragestellungen an. Vielleicht könnte ich die Studierenden mit ein paar Schmankerln aus meinen bisherigen Ghostingprojekten unterhalten. Eine Alzheimer-Patientin, die schnell noch ihr Leben aufgeschrieben haben wollte, bevor die Nacht des *Oblivion* sie umwölkte, war jedoch nur bedingt lustig, und eine Gräfin, die während des Projekts ermordet wurde, auch keine Garantie auf einen Lacherfolg. Also googelte ich nach Sekundärliteratur und bestellte ein paar Bücher im Netz. Es war nie falsch, etwas über den eigenen Job zu lernen. Von Profis, die sogar Bücher über das Bücherschreiben schrieben.

Als Nero mir eine Nachricht vom Flughafen schickte, waren schon zwei Stunden vergangen:

Boarding geht gleich los.

Meine Güte, wie hatte ich das gehasst, als ich noch professionell verreiste! Boarding war gleichbedeutend mit einer Tortur, die nur durch die Prozedur des Aussteigens nach der Landung getoppt wurde. Quetschen Sie mal 150 Leute in ein Flugzeug, wenn alle die Bitte ignorieren, die hinteren Reihen zuerst einsteigen zu lassen.

Guten Flug!, simste ich zurück.

Ich braute mir einen Americano. Trotz allem ein seltsames Gefühl, Nero so oft durch die Welt jetten zu wissen. Eine Form der Fortbewegung, die ich seit dem Anschlag nicht mehr ertrug. Allenfalls mit Beruhigungspillen. Patty O'Brian hatte ich vergessen, als ein Wagen in meine Einfahrt bog.

Ich ging zur Tür, riss sie auf, ehe meine Besucherin die Vortreppe erreicht hatte. Sie war um die fünfzig, steckte in hochhackigen Stiefeln und einem Trench.

»Grüß Gott.« Sie wischte sich den Regen vom Gesicht.

»Verdammtes Wetter! Ich stamme aus Irland, ich müsste diese Unsitte locker hinnehmen, aber man gewöhnt sich einfach nicht dran.«

»Kommen Sie rein. Sie sind Patty O'Brian?«

»Richtig. Ich hatte mit Herrn Keller telefoniert, und er hat mir in die Hand versprochen, dass ich Ihnen vertrauen kann.«

»Bitte.« Ich ließ sie ein. Ihre Absätze klackerten auf dem Parkett. »Kaffee?«

»Am liebsten schwarz.«

»Lässt sich machen. Legen Sie ab.« Ich ging in die Küche, stellte eine Tasse bereit und betätigte ein paar Knöpfe.

»Schön haben Sie es hier.« Sie war nachgekommen, auf Socken. Ihre schwarze Hose saß eng auf der Hüfte, und ich hatte den starken Verdacht, dass die Bluse marineblau war und nicht schwarz. Neugierig sah sie sich um. Stupsnase, blaue Augen. Ein rausgewachsener Pixiecut, am Hinterkopf standen ein paar Strähnen hoch wie ein Hahnenkamm.

»Danke. Eigentlich hatte ich zwischendurch vor zu verkaufen.«

»Tatsache? Dann sagen Sie mir Bescheid.« Sie lachte. Grübchen dellten ihre Wangen ein.

»Ist nicht alles Gold, was glänzt. Die Straße war früher ein Flurbereinigungsweg. Durchgangsverkehr gab es hier nicht. Hat sich ziemlich geändert.« Ich reichte ihr den Kaffee.

»Arbeiten Sie von zu Hause aus?«, fragte sie neugierig.

»Ich bin Ghostwriterin.«

»Oh.« Sie sah mich an, als würde dieses Bekenntnis das Vertrauen, das sie in mich setzte, trüben.

»Zuvor war ich Reisejournalistin, aber das ist lang her.« Sie brauchte nichts zu wissen von dem Bombenanschlag auf das Hardrock-Café in Scharm el Scheich vor Jahren. Ich vergaß den Wahnsinn selbst von Zeit zu Zeit. Ich hatte überlebt, eine künstliche Hüfte ersetzte die Trümmer, die die Bombe in meinem Körper hinterlassen hatte. Ich war mobil und gesund, und wenn die medizinische Hochtechnologie irgendwann schwächelte, würde man mir noch mal ein Ersatzteil einbauen. So einfach war das.

»Klingt interessant.«

»Und Sie?« Ich war eigentlich davon ausgegangen, dass sie mir ihre Unterlagen auf den Küchentisch legte und wieder abdampfte.

»Ich arbeite für *Children only*. Vor ein paar Tagen nahm ich an dem Symposium in München teil und wurde auf Ihren Mann aufmerksam.«

Er ist nicht mein Mann, wollte ich sagen, schwieg jedoch. Feinheiten waren nicht unbedingt meins.

»Es ist so. Wir – meine Organisation, meine Mitarbeiter und ich – sind auf ein Problem aufmerksam geworden und suchen starke Partner, um ihm zu begegnen.«

Ich lehnte mich zurück. Das musste ich meinen künftigen Studenten unbedingt beibringen. Eine weiche Interviewtechnik entlockte dem Gegenüber oft mehr an Information, als man ihm mit Gewalt aus der Nase ziehen konnte. Gezieltes Nachfragen schränkte den Redefluss zu sehr ein. Also hatte ich doch ein wenig Theorie über meinen Job drauf.

Patty zauberte eine Visitenkarte aus der Handtasche und legte sie mir hin. »Unser Hauptaugenmerk liegt auf dem Wohlbefinden von Kindern. Seit Anfang 2015 engagieren wir uns verstärkt für Flüchtlingskinder. Wir sind alle durch den Ansturm ein wenig überrascht worden. Eigentlich unverzeihlich, es hat Hinweise gegeben, dass immer mehr Flüchtlinge den Weg nach Europa finden und sich nicht so leicht von der gefährlichen Reise abbringen lassen würden. Mit *Europa* meine ich Kerneuropa, nicht Griechenland oder Italien, Länder, die ohnehin mit der Herausforderung kaum fertig werden. Langer Rede kurzer Sinn: Für Kinder gibt es viel zu tun, noch mehr zu verbessern, und da kommt Ihr Mann ins Spiel.«

»Sie haben seinen Vortrag gehört?«

»Mit allerhöchster Aufmerksamkeit. Ich wollte ihn im Anschluss noch ansprechen, wurde leider aufgehalten, und dann war er weg.« Sie räusperte sich. »Mir ist natürlich klar, dass er als Mitarbeiter von *Europol* zuvörderst die Straftäter im Blick hat. Und Kinder sind keine Straftäter. Sie sind Opfer.«

Mir fiel auf, dass Patty ein zartes Oberbairisch sprach. Kein Akzent, der auf ihre Herkunft schließen ließ.

»Das ist ja wohl immer so.«

»Schlimm genug, nicht?« Sie sah mich irritiert an. »Merkwürdigerweise verschwinden Minderjährige auf der Flucht nach Europa. Meistens solche, die ohne Eltern oder Begleitperson reisen. Wir arbeiten seit geraumer Zeit daran herauszufinden, wo diese Mädchen und Jungen geblieben sind. Manchmal tauchen Eltern auf und suchen ihre Kinder. Oft aber gibt es keine Eltern, jedenfalls nicht in Europa, weil die Kinder ohne Begleitung gekommen sind oder mit einem entfernten Verwandten, der irgendwie von dem Kind getrennt wurde.«

Zufall? Hatte ich nicht gestern erst mit Nero und Juliane über das gleiche Thema gesprochen?

»Kommen unbegleitete Migrantenkinder nicht in besondere Einrichtungen?«

»Sie stehen unter dem Schutz der Jugendämter, aber mit den enormen Flüchtlingszahlen von Ende 2015 konnte eben nicht immer so sauber gearbeitet werden, wie man das in Deutschland gern tut. Außerdem beschränkt sich die Zahl von 10.000 verschwundenen Kindern nicht auf Deutschland. Sie ist eine Schätzung für ganz Europa.«

»Die Dunkelziffer ist um einiges höher.«

»Sie kennen sich aus?«

»Wir haben gerade erst gestern darüber mit einer Freundin diskutiert«, sagte ich nachdenklich. »Ist denn keines dieser Kinder je wieder aufgetaucht?«

»Einige schon. Sie sind zum Beispiel bei anderen Verwandten untergekommen. Leute, denen zuvor die Flucht gelungen war. Oder sie wurden mehrmals registriert, dann war es ein Fehler im System. Was ich vor allem von Ihrem Mann wissen will: Ist es möglich, mit seinen Datensätzen an die Kinder heranzukommen, die nirgendwo mehr auftauchen?«

»Da bin ich überfragt.« Alle möglichen Szenarien geisterten durch meinen Kopf. »*Europol* konzentriert sich auf Täter. Und Nero arbeitet mit Datenbeständen, deren clevere Vernetzung dafür sorgen soll, dass Informationen dann, wenn sie noch heiß sind, dort ankommen, wo sie nützen.«

»Dass wir Täter suchen, steht außer Frage. Wenn Kinder spurlos verschwinden, steckt eine Mafia dahinter, die meint, sie könnte sich für lau bedienen.«

»Pädophilennetzwerke.«

»Davon ist die Rede.«

»Möchten Sie noch einen Kaffee?«

»Danke nein. Ich wollte Sie eigentlich nicht aufhalten.« Sie entnahm ihrer Tasche einen Umschlag. »Dies sind Kopien mit Quellenangaben. Wenn Sie die bitte Ihrem Mann so schnell wie möglich geben würden.«

»Er wird ein paar Tage in Brüssel sein.«

»Die machen das Kraut nicht fett.« Sie ging zur Tür und schlüpfte in ihre Stiefel.

»Haben Sie davon gehört? Im Ohlkirchener Flüchtlingsheim ist ein Kind verschwunden. Kurz darauf wurde eine Frau ermordet.«

Patty, die nach ihrem Mantel griff, wandte sich zu mir um. »Von dem Mord habe ich eben im Radio gehört. Aber ein verschwundenes Kind?«

»Zwischen dem Kind und der Frau gibt es keine Verbindung.«

»So.« Sie schlüpfte in ihren Mantel. »Was … nun … Danke für den Kaffee.«

»Keine Ursache.«

Ich sah ihr nach, wie sie ins Auto stieg, aus meiner Einfahrt bog und hinter der nächsten Kurve außer Sicht geriet.

KAPITEL 14

Mein Bett ist warm. Draußen höre ich den Regen gegen das Fenster prasseln. Das Geräusch ist laut wie brüllendes Feuer. Ich habe alles an, was ich draußen anhabe, und mir ist heiß. Mir ist so heiß.

Vielleicht ist der Regen in Wirklichkeit ein Feuer.

»Du musst essen, Kleine«, sagt die Frau, die drei Kinder hat und deren Augen jeden Tag dunkler werden. Sie stellt einen Teller mit Essen neben mich, aber ich nehme nichts. Meine Fingerspitzen sind so heiß, sie würden das Essen verschmoren. Die Frau geht zu ihrem Bett und stillt ihr kleinstes Kind.

Bestimmt werde ich sterben. Bald. Ich denke an die tote Frau und an die scharfen Stimmen, an die Rufe in der fremden Sprache und die vielen Leute. Ich denke an das Blut. Ich denke an die schmutzverschmierten Fenster, aus denen wir gestarrt haben, während draußen am Spielplatz riesige Scheinwerfer aus der Nacht einen gleißenden Tag gemacht haben. Ich denke an Gadi.

Vielleicht ist Gadi tot.

Was werde ich Mama sagen? Falls ich sie je wiedersehe? Dann sind alle weg, Vater, der Opa wahrscheinlich auch, und Gadi. Und ich?

Soll ich überleben?

Der Polizist, der mit mir gesprochen hat, war nett. Und die Frau auch. Sie hatte auch eine Uniform an. Die sah schön aus zu ihrem blonden Haar. Aber die haben mir nicht geglaubt. Vielleicht nicht mal, dass da eine Frau war am Tag, als Gadi verschwand.

Und jetzt kann ich gar nicht mehr mit ihnen sprechen. Weil es keinen Sinn hat. Weil sie Gadi nicht zurückbringen. Ich möchte meinen Kopf gegen das Kopfteil des Bettes schlagen. Ich möchte weg hier.

Ich starre auf den Teller mit dem Essen. Alles verschwimmt vor meinen Augen. Immerzu habe ich geweint in der letzten Zeit, ohne Pause, bis ich keine Luft mehr bekam, und da haben sie mich zum Arzt gebracht.

Ich will keinen Arzt, ich will meine Schwester zurück. Ich kann doch nichts dafür, dass ich manchmal wütend auf sie war. Dass ich sie geschimpft habe. Ich wollte sie doch nicht verlieren, niemals!

Hat die Frau sie mitgenommen? Wohin? Sie sprach wie wir. Wie die Leute aus Raqqa. Aber ich habe sie hier noch nie gesehen.

Ich drücke Gesicht und Hände in das Kissen. Es ist angenehm kühl und saugt alle Tränen weg und den ganzen Rotz.

Hat Abdul Gadi geholt? Er hat immer gesagt, er holt uns, sobald er eine richtige Wohnung hat, können wir bei ihm bleiben. Ehrlich gesagt: Ich habe ihm das nicht abgenommen. Niemand in der Familie hat je richtig mit ihm gerechnet. Sie haben zwar nicht gesagt: Abdul ist unzuverlässig. Wenn er was ankündigte, spielte immer so ein Lächeln um Mamas Lippen. Und auf der Stirn vom Opa stand eine steile Falte.

Der Schmerz ist so groß. Was, wenn Mama nicht mehr lebt? Die Tränen rollen über mein Gesicht.

Zwei Männer haben mir das Smartphone abgenommen, irgendwann auf der Reise. In Raqqa haben sie so oft keinen Strom, können ihre Handys nicht aufladen. Auf der Flucht habe ich höchstens dreimal eine Nachricht von Mama erhalten. Abdul hat versprochen, er schreibt ihr. Ich schiebe das Kissen weg, drehe mich auf die Seite.

Abdul. Wann hat Abdul eine eigene Wohnung? Wann kommt Abdul uns holen?

Abdul hat Gadi nie im Leben abgeholt. Warum denn Gadi und mich nicht? Und wieso hätte er das heimlich tun müssen? Mit der Hilfe einer fremden Frau? Er würde mit meiner Schwester gar nicht zurechtkommen, ihr Weinen nicht verstehen, ihre Essenswünsche. Er kann sie nicht mal wickeln, ganz bestimmt nicht, und was, wenn niemand bei Gadi ist, der sie füttert und ihr das gibt, was sie mag? Sie verträgt doch nichts! Sie ist so klein, viel kleiner als das Kind von der Frau, das sich jetzt an seine Mutter kuschelt und nörgelt. Obwohl es nur wenig älter ist als Gadi. Auch ein Mädchen.

Gadi ist so dünn von der ganzen komischen Esserei. Von dem vielen Scheißen. Gadi hält gar nichts mehr aus. Gadi braucht mich.

Die Tränen versiegen. Vielleicht, weil der Regen Nässe genug auf uns herunterspeit. Wozu dann noch die ganze Heulerei? Ich setze mich auf. Die Frau legt ihren Säugling zurück ins Bett. Lächelt mich an. Sie denkt, vielleicht esse ich jetzt was.

Ich habe keinen Hunger.

In meinem Kopf säuselt was, als ich aufstehe und in meine Schuhe schlüpfe.

»Ich muss aufs Klo«, murmle ich und bin zur Tür draußen. Über den Korridor renne ich. Vor den Waschräumen steht eine Frau in einer Uniform. Sie ist plump und nicht so schön wie die Polizistin, die mit mir gesprochen hat. Ich betrete die Waschräume. Gehe aufs Klo. Ich wähle die hinterste Kabine. Spüle.

Das Fenster ist schmal, zu schmal für einen Erwachsenen, aber ich passe durch. Rutsche auf der anderen Seite runter und lande im Matsch. Sofort durchtränkt er meine Schuhe. Ich ziehe die Kapuze gegen den Regen über den Kopf. Die Tropfen hämmern auf mich ein. Das sind keine Tropfen, das sind Zacken, spitz, eisig. Ich laufe zum Zaun.

Seit der Sache mit der Frau stehen hier draußen oft Wachleute. Sie gehen einmal den Zaun entlang und schauen sich um. Verschwinden im Haus. Irgendwo flammt ein Licht auf, ich schlage einen Haken und renne weiter, immer weiter, bis ich das Gebäude nicht mehr sehen kann. Werfe mich auf den Boden und schlüpfe unter dem Zaun durch. Der Zaun ist aus einem seltsamen Geflecht, das ist ganz weich, das kann ich wegdrücken.

Ich renne auf der anderen Seite vom Zaun wieder zurück. Dorthin, wo Abdul manchmal steht, wenn er denkt, er kann uns beobachten und wir merken es nicht. Ich habe ihn sofort bemerkt. Er hat manchmal mit ein paar Männern geredet, die aus unserem Heim zu ihm rauskamen. Deswegen weiß ich, wo er wohnt. Waldstraße. Ich weiß nicht, wie ich die finden soll, aber irgendwie schaffe ich das. Und Abdul wird mir helfen, Gadi zu finden. Und Mama eine Textnachricht zu schicken.

KAPITEL 15

Es war acht Uhr abends, als ich die Lektüre von Pattys Unterlagen beendet hatte. Eigentlich hatte ich, nachdem die Tagesjobs abgearbeitet waren, nur kurz einen neugierigen Blick auf die Kopien werfen wollen.

Ich hing am Haken.

Verdammte Axt! Wenn nur die Hälfte davon zutraf, was Patty da zusammenkochte …

Mir brummte der Kopf. Ich ließ kaltes Wasser in ein Glas laufen. Der Regen hatte noch zugelegt und trommelte wütend gegen die Scheiben. Gierig trank ich.

Mein Blick fiel auf den Scotch. Nero hatte ihn neulich geschenkt bekommen. Ich goss das Wasser weg und gönnte mir einen Daumenbreit von der bernsteinfarbenen Flüssigkeit. Der Alkohol holte mich runter.

Himmel Herrgott Sakra! Das gab es nicht.

Aber es passte wie die Faust aufs Auge zu den Ereignissen im Ohlkirchener Flüchtlingsheim. Na gut, es erklärte nicht den Mord, doch durchaus das verschwundene Kleinkind.

Ich schenkte Scotch nach. Ein Wagen fuhr draußen vorbei, das Scheinwerferlicht spiegelte sich in der nassen Straße. Als er weg war, starrte ich in die Dunkelheit hinaus. Der November schluckte alles. Blieb nur eine triste Mischung aus Schwarz und Grau. Womöglich fraß der November auch Hirn. Ich rieb mir die Schläfen.

Beinahe hoffte ich, Nero würde sich melden und mir ein Gespräch aufhängen. Außer einer kurzen Message vom Flughafen, dass er gut angekommen war, ließ er nichts von sich hören. Vermutlich hockte er in einem von den hässlichen Büros des *European Counter Terrorism Center*, zu denen er nur über den Eingang für die Müllabfuhr gelangte, weil die Bauarbeiten an dem Betonklotz noch nicht beendet waren. In dieser provisorischen Umgebung wollten sie mittels Hightech Datenbanken verschmelzen, um Terroristen abzuwehren. Zum Schmunzeln. Eine Mäuseinvasion hatte es ebenfalls schon gegeben, bis die Mitarbeiter in Eigenregie Fallen aufstellten.

Ich rief Juliane an.

»Was liegt an?«, erkundigte sie sich.

»Was Verrücktes.«

»Ist nichts Neues.«

»Trinkst du einen Scotch mit mir?«

»Wenn's weiter nichts ist. Soll ich mit dem Taxi …?«

»Den Roller würde ich dir nicht empfehlen. Die nächste Sintflut scheint nicht weit zu sein.«

Sie lachte. »Ja, da kommt einiges runter. Ich rufe die Zentrale an. Bis gleich.«

Ich kontrollierte den Inhalt des Kühlschranks. Morgen musste ich aus dem Haus, Sintflut hin oder her, und endlich was Frisches zum Essen einkaufen. Ich mutierte wirklich zum Stubenhocker. Erledigte alles von zu Hause aus dank dem weltweiten Web. Fast nahm ich an, dass die Kriminellen es genauso machten. Sie zogen die Strippen via Bildschirm.

Wenn ich an das verschwundene Kleinkind dachte, wurde mir schlecht. Aber wer hatte die Frau getötet?

Kurz entschlossen rief ich Peter Jassmund an.

»Ach, Kea!«, sagte er müde.

»Wie geht's?«

»Du kennst das Geschäft. Keine Ruhe, kein Schlaf. Man wird älter und nimmt sich die Dinge zu Herzen. Mehr als früher. Kann nicht mehr so abschalten.«

Eine lange Rede für einen wie Peter Jassmund.

»Habt ihr Erkenntnisse?«

»Du wirst verstehen, wenn ich dazu nichts sagen kann.«

»Ich gebe es ja nicht an die Presse weiter.« Mein Blick fiel auf Patty O'Brians Papiere. Die Mordkommission fände bestimmt das eine oder andere recht aufschlussreich. Aber ich konnte nicht Informationen weitergeben, ohne Patty zuvor gefragt zu haben. Zumal offiziell anscheinend nichts Kriminelles an der Sache dran war.

»Wir haben die Tatwaffe noch nicht gefunden, aber in der Heimküche fehlt ein Messer.« Er seufzte tief. »Wir haben nichts. Wir haben keine Aussagen, die uns irgendwie weiterbringen würden, und bei den Flüchtlingen kommen wir genauso wenig voran. Wir versuchen es mit allen Tricks – mit Dolmetschern, Psychologen und anderen teuren Experten. Die Leute sagen nichts. Sie haben nichts gesehen, und dabei bleiben sie.«

»Womit sie vielleicht nicht einmal lügen. Es ist finster draußen, das Wetter ist zum Kotzen, also hat keiner da rumgestanden, geraucht und in die Welt geguckt.«

»Das stimmt, Kea. Ist genau der Punkt. Es ist logisch, es ist verständlich. Aber auch seltsam. Da sitzen ein paar Hundert Leute auf engstem Raum, haben nichts zu tun, und keiner guckt nur für eine Sekunde mal aus dem Fenster.«

Ich verstand seinen Frust.

»Sie misstrauen der Polizei«, fügte Jassmund hinzu, als müsste er die besonderen Umstände des Falles ganz von vorne erklären. »Das LKA sitzt uns im Nacken, die schicken uns morgen einen Beamten raus, der uns unterstützen soll, weil wir Provinzbullen zu blöd sind, um einen Mord aufzuklären.«

»Das Umfeld der Frau …«

»Sie ist mit ihrer Schwester gekommen. Keine weiteren Verwandten. Keiner im Lager kannte sie. Die Aussage der Schwester ist glaubhaft, zudem war die Schwester zum Tatzeitpunkt mit einem ihrer Kinder beim Kinderarzt. Sie kann also nicht zugestochen haben.«

»Das Opfer lag stundenlang im eigenen Blut …«

»Meine Leute checken noch die Security-Fritzen durch. Manchmal sind alte Bekannte dabei. Jungs, die schon mal angezeigt worden sind wegen Belästigung und so weiter.«

In meinem Kopf entstand ein Szenario, in dem die Frau Minuten, bevor sich ein Messer in ihren Körper bohrte, die Annäherungsversuche eines Security-Mannes abwehrte.

Am anderen Ende der Leitung schrillte etwas.

»Ich muss Schluss machen, Kea.«

Er legte auf, bevor ich mich verabschieden konnte. Kaum ließ ich das Telefon sinken, rief Juliane an.

»Kea, mein Herzchen, leider müssen wir das mit dem Scotch verschieben.«

»Was ist passiert?«

»Ein Mädchen aus dem Heim ist verschwunden.«

»Schon wieder?«

»Safiye, die große Schwester der kleinen Gadi.«

»Und wieder hat niemand was gesehen.«

»Eine Frau aus dem Heim, die mit ihren drei Kindern allein gekommen ist, hat Safiye ein bisschen unter ihre Fittiche genommen. Safiye sagte, sie wollte auf die Toilette, und dann ist sie dort aus dem Fenster geklettert und abgehauen. Die Fenster sind schmal, ein Kind allerdings passt durch.«

KAPITEL 16

Gestern war der Anruf nicht gekommen. Also würde es heute so weit sein. Länger konnten sie ihn am ausgestreckten Arm nicht verhungern lassen.

Dabei hungerte er gar nicht. Bloß das Warten machte ihm zu schaffen. Langsam aber sicher wurde er nervös. Er bekam die Muffen, wenn er daran dachte, dass er womöglich versagte. Das durfte auf gar keinen Fall passieren.

Abdul bekam aus den Gesprächen der anderen Männer das eine oder andere mit. Man erhielt zuerst eine Chance bei einer kleineren, einfachen Sache. Man würde Erfahrungen sammeln und sich verbessern. Wie Schule. Wie Ausbildung. Wie Fußball. Training ist alles. Du kannst Bücher über Fußball lesen, aber wenn du keinen Ball vor den Schuh bekommst, sieht es duster aus.

Er war allein. In der Wohnung war es still. Nur der Regen prasselte gegen die Scheiben. Das Wasser schien jetzt von allen Seiten zu kommen. Abdul war den ganzen Tag nicht draußen gewesen. Das Wetter machte ihm irgendwie Angst. Er wollte es nicht zugeben, redete sich ständig ein, dass es kindisch wäre, sich von ein bisschen Regen ängstigen zu lassen, wo er zu Hause so oft um Regen gefleht hatte.

Hier flehte man um Licht. Es würde noch schlimmer werden, hatte einer gesagt, der sich Alfred nannte und aus Aleppo kam. Niemand wusste viel über die anderen, die hier untergekrochen waren. Abdul war der jüngste Neuzugang, und er ahnte, dass noch viel fehlte bis zur eigenen

Wohnung. Er wollte sich endlich beweisen! Die verkrüppelte linke Hand, das hatten sie ihm versprochen, machte nichts aus. Sie nahmen ihn trotzdem. Cleverness, Mut und Reaktionsschnelle seien viel wichtiger. Zudem war er nicht allein. Immer drei wurden zu einem Einsatz geschickt.

Ein Auto bog in die Einfahrt des Hauses gegenüber ein. Eine Familie lebte da mit zwei Kindern und allem möglichen Kram. Dafür brauchten sie eine Garage, die größer war als jede Wohnung, die Abdul jemals bewohnt hatte. Er verstand das nicht so ganz, er dachte sich seinen Teil. Das Klima fraß die Sachen auf, und deswegen verbarrikadierte man alles.

Er beobachtete, wie sich das Garagentor öffnete, ganz automatisch, und das Auto langsam in die Garage fuhr. Licht ging an, die Frau und die zwei Kinder stiegen aus. Er dachte, er würde auch gern in so einem Auto nach Hause kommen.

Drüben schloss sich das Garagentor. Die Leute würden direkt aus der Garage ins Haus schlüpfen und kein bisschen nass werden. Leute wie die … Mit solchen würde er es zu tun bekommen.

Die Garage war beinahe zu, nur noch ein klein wenig Licht drang durch den Schlitz am Boden, da huschte etwas aus dem Garten des Hauses hinaus auf die Straße. Löste sich im Regen auf. Wurde unsichtbar.

Abdul runzelte die Stirn. Ein Tier? Unsinn. Dazu war es zu groß. Für einen Menschen zu klein. Ein Kind.

Das brachte ihn auf das unangenehmste Thema. Safiye und Gadi. Er hatte es versprochen, aber wie sollte er für die beiden sorgen, ohne Geld, als Bittsteller, als einer, der immer nur wartete? Im Heim hatte er die Zeit totgeschlagen, und hier hockte er genauso dumm rum, starrte Löcher in die pitschnasse Dunkelheit, kochte Tee, kaufte Zucker im Laden, lag auf dem Bett, immer das Handy neben sich, bloß den Anruf nicht verpassen.

Sie hatten gesagt: zehn Tage. Länger als zehn Tage dauerte es nie, wenn man aufgenommen war. Er war seit neun Tagen dabei. Heute Nacht. Sie würden ihn einbeziehen, er bekäme seine Chance, er würde sich bewähren.

Alfred hatte ihm den Tipp gegeben, untertags möglichst zu schlafen, damit er fit war und aufmerksam. Aber er hatte heute keine Ruhe gefunden, und dann der viele Tee. Außerdem ging ihm das Messer nicht aus dem Sinn. Unwahrscheinlich, dass es jemand dort am Ufer ausgrub. Er hatte alle Spuren beseitigt. Die würden das Messer niemals mit ihm in Verbindung bringen. Er hatte es nur aus Mitleid dort verscharrt. Mitleid war nicht das Schlechteste. Fand er. Wenigstens hatte er so bewiesen, dass er noch ein Mensch war.

Müde presste er seine Stirn gegen die Scheibe. Er fröstelte.

Etwas Hartes knallte gegen das Fenster und er fuhr zurück.

Nur der Regen, dachte er und überlegte, ob er in die Küche gehen und sich noch einen Tee aufgießen sollte.

KLICK.

Abdul zögerte. Er griff zum Handy. Keine Anrufe, keine Nachrichten. Nein, er bewachte das Handy wie ein Falke, da ginge ihm nichts durch die Lappen …

KLICK.

Abdul riss das Fenster auf und beugte sich hinaus. Sofort durchnässte der Regen seinen Hinterkopf, seinen Kragen, seine Schultern. Das waren keine Tropfen, das war wie eine Dusche.

»Au!« Er zuckte zusammen. Etwas hatte seine Stirn getroffen. Schützend hielt er die Hände vors Gesicht.

»Onkel!«

Verflucht! Dreimal verflucht!

»Safiye?«, rief er halblaut. Das durfte nicht wahr sein. Er konnte kein Kind gebrauchen. Nicht jetzt. Und überhaupt nicht in der nächsten Zeit. Jede Minute würde ein Anruf kommen, es war nach zehn, solche Dinge waren straff organisiert, sie würden wer weiß wo eingesetzt, viele Kilometer weit weg. Jemand würde ihn abholen; dann mussten sie sofort losfahren, wer weiß, wie lang sie im Auto wären.

»Onkel!«, rief sie jetzt lauter. Nur eine Frage von Minuten, bis jemand auf sie aufmerksam wurde. Die Männer in Nummer 36 standen sowieso unter Beobachtung. Die Leute hier misstrauten ihnen, er verstand das sogar irgendwie. Daheim hätte er sich selbst misstraut, dachte er, während er, ohne sich um das offene Fenster zu kümmern, aus der Wohnung rannte und die Treppe hinunterstürzte.

Safiye hockte neben der Eingangstür. Sie sah noch kleiner und dünner aus als sonst, wie ein Tier, dem das nasse Fell am Körper klebte.

»Was machst du hier?«

»Weißt du, wo Gadi ist?«

»Wie sollte ich?« Er bemerkte, dass er die Hand nach dem Mädchen ausstreckte, obwohl er das gar nicht wollte.

Sie stand auf und drängte sich an ihn. Verdammt, sie war kalt wie ein Fisch und mindestens ebenso nass.

»Du kannst nicht hierbleiben!«, fuhr er sie an und ignorierte die dunklen, sterbenden Augen der Cousine, die ihn aus dem Finstern ansahen.

Safiye umklammerte seine Beine. »Ich will Gadi!«, wimmerte sie.

Unwillig machte er sich los. Verdammt, wo war sein Handy? Oben. Er hätte es in die Tasche stecken sollen. Jede Minute, wirklich jede Sekunde konnte eine Nachricht eintrudeln.

»Safiye, ich weiß nicht, wo Gadi ist. Ich kann dir nicht helfen.« Du bist sowieso zu jung, um dich um ein Kleinkind zu kümmern, setzte er im Stillen hinzu. Du bist selbst noch ein Kind. Es ist nicht recht, dir die Verantwortung aufzudrücken.

Es ist meine Verantwortung. Ich habe noch ein Gewissen.

Er schob Safiye zusammen mit den mahnenden Worten in seinem Inneren von sich weg, mühsam seinen Zorn niederringend.

»Safiye, ich kann mich nicht um dich kümmern. Ich werde bald eine Arbeit haben.«

Sie blickte ihn an. Ihre Zähne klapperten. Wasser rann aus ihrem Haar über ihre Wangen.

»Du kannst hier sowieso nicht wohnen. Hier dürfen nur Männer wohnen.«

Sie sagte nichts.

Er durfte ein durchnässtes, vor Kälte zitterndes Kind nicht hier draußen stehen lassen.

»Geh jetzt zurück ins Heim. Sobald ich Arbeit habe und Geld verdiene, hole ich dich. Versprochen.«

Sie glaubte ihm nicht. Sie brauchte nichts zu sagen, er las es in ihren Augen.

Ich habe keine Familie verdient, dachte Abdul, aber er dachte auch an das Handy und dass er sich bewähren musste, sonst gäbe es für ihn keine Zukunft.

»Na los! Mach deine Mutter stolz.« Er drehte sie um und stupste sie leicht an. Sie machte ein paar Schritte.

Abdul zog sich in den Hauseingang zurück. Er war selbst tropfnass, würde sich umziehen müssen. Und die Schuhe, die guten Schuhe …

Safiye schleppte sich weiter, mit kurzen, matten Schritten. Sie war schlau, sie lief nicht die Straße entlang, sondern huschte durch die Gärten. Und dann hatte die Dunkelheit sie verschluckt.

*

Heute Nacht habe ich geschrien. Das war nicht gut. Denn dabei zeigt sich: Ich kann mich nicht komplett kontrollieren. Der Schlaf ist mein Feind.

Was tut meine verblödete Zimmergenossin? Statt mich aufzuwecken, holt sie die Nachtschwester. Es gab ein ziemliches Theater, weil ich mich angeblich aggressiv aufgeführt hätte. Aber das stimmt nicht.

Wie ergeht es einem Mädchen, das im Bett liegt, schläft, und plötzlich zerren Arme an ihr herum? Sie schreckt hoch und wehrt sich. Nichts anderes habe ich gemacht.

Ich hasse sie alle.

»Hast du einen Albtraum gehabt?«, fragte mich die Schwester.

Ich konnte mich an nichts erinnern. Etwas Schwarzes hielt mich umfangen, es wurde immer enger und bedrückender und kälter, aber ich hatte keine Angst, wie es sonst manchmal passiert bei Albträumen, da wachst du auf, und dein Herz hämmert wie verrückt, und du kannst dich lange nicht beruhigen, auch nicht, wenn das Licht an ist.

Ganz früher bin ich zu meiner Mutter ins Zimmer. Ich kroch zu ihr ins Bett, sie rückte ein wenig zur Seite. Ich zog meistens schnell wieder ab, weil ich ihren schweren, feuchten Atem in meinem Gesicht nicht mochte. Das war, bevor das andere alles geschah.

Nicht ausgeschlossen, dass damals schon alles dumm lief. Sicher passt es zu meiner Situation, dass ich Indizien suche. Wie es vorher war und nachher. Nachdem ich die Lügen entlarvt habe. Ich suche Indizien, die mir Aufschluss geben über das wahre Ausmaß von allem. Was es eigentlich mit mir zu tun hat. Meine Mutter prahlte oft vor ihren Freundinnen damit, wie leicht sie mich erzogen hat. Ich erinnere mich an Tante Milly, die ihren Sohn »nicht im Griff hatte«, wie meine Mutter es nannte. Matteo machte, was er wollte, er trank die Milch nicht aus, er spielte mit dem Essen, er warf seiner Mutter Salatblätter an den Kopf und brüllte im Supermarkt jedem »Arschbombe« entgegen. Tante Milly lachte zu allem.

Ich hätte mir manchmal auch gewünscht, dass wir zu Hause ein klein wenig mehr Spaß hätten.

Später habe ich der Nachtschwester, dem Arzt und der Psychologin wiederholt gesagt, dass ich mich nicht an einen Traum erinnern kann, nur an das Schwarze, Kalte, worauf diese Schlaumeier auf den Trichter kamen, es könnte mit dem Fluss und dem Suizidversuch zu tun haben.

Suizidversuch. Was für ein nichtssagendes Wort!

Die Psychologin meint, jetzt, da mein Unterbewusstes daran arbeitet, würde sich vielleicht etwas tun. Was sie sagen will, ist: Ich würde besser mitarbeiten in den Therapiestunden. Nicht nur schweigen und Schokoladenstückchen aus der Schale picken wie ein gelangweilter Vogel.

Ich bin mir sicher, dass es in meinem Traum nicht um den Fluss ging. Selbstverständlich sage ich nichts dazu, doch garantiert bequatschen sie in der Konferenz genau das: Albtraum vom Suizidversuch. Wenn ich nur wüsste, ob das meine Prognose begünstigt oder nicht ... Bisher spricht mich niemand darauf an, warum ich um mich geschlagen und der Nachtschwester beinahe eine gewischt habe. Dabei habe ich sie höchstens ein bisschen an der Wange gestreift. Womöglich streichen sie das Wort »aggressiv« wieder aus den Akten.

Im Gegensatz zu den tollen Experten hier weiß ich ganz genau, woran mein Unterbewusstes arbeitet. An derselben Frage wie mein Bewusstes: Wann komme ich hier raus? Und: Wie geht es dann weiter?

Seit dem Albtraum frage ich mich, was eigentlich wird, wenn die mich nach Hause lassen. Geht alles von vorne los? Soll ich wieder so tun, als wäre alles in Ordnung? Soll ich Heilung vorspielen? Nicht, dass mir die Schauspielerei so schwer fiele. Eine Weile geht das gut, ich kann alles Mögliche vorspielen. Bis der Moment kommt, wo du glaubst, aus der Haut zu fahren, weil du die Verlogenheit nicht mehr erträgst. Der Moment, in dem die Lügen nicht mehr süß schmecken, sondern bitter. Von daher richte ich mich in dem Gedanken ein, dass es gar nicht so ungünstig ist, wenn ich noch eine Weile hierbleibe. Seit Kurzem gehe ich jeden Tag in die Bibliothek und stöbere nach Magazinen und Büchern. Das macht Spaß, und ich bin die Einzige, die sich zwischen den Regalen herumtreibt. Niemand spricht mich an.

Überhaupt sprechen die Patienten kaum miteinander. Es gibt ein paar Grüppchen, die es miteinander können. Die gehen im Park spazieren oder schmeißen den Basketball grob in Richtung Korb. Wenn es nicht so verdammt viel regnen, sondern endlich frieren würde, könnte man bestimmt auf dem See weiter unten auf dem Klinikgelände Schlittschuh laufen.

Im Moment sieht es nicht so aus, als käme die Kälte bald. Dabei mag ich den Winter. Ein richtiges Kältekind bin ich.

Ich habe meine Zimmergenossin gefragt, was ich eigentlich geschrien habe in der Nacht.

Sie hat die Nase krausgezogen und da sahen ihre Drachennüstern noch gruseliger aus.

»›Mama!‹«, antwortet sie. »Du hast ›Mama‹ geschrien.«

KAPITEL 17

Ein lauer Abend im *La Méditerranée*. Kurzentschlossene waren wegen des Regens nicht zu erwarten. Und die wenigen Münchner, die kurz vor dem ersten Advent ins Umland gefahren waren, brachen gerade mit hängenden Bäuchen wieder auf.

»Zeit, den Alltag Alltag sein zu lassen und Luft zu holen, Kea, meine Liebe!«, lächelte Claude-Yves. »Ich habe einen *Médoc* da. Lust?«

»Ich trinke alles, was du hast.«

»So schlimm?«

Zwei verschwundene Kinder, ein Mord und Pattys Recherchen. Genug, um einen Ort wie Ohlkirchen implodieren zu lassen.

»Noch schlimmer.«

»Du weihst mich ein? Setz dich an den Stammtisch, dort sind wir unter uns. Theres kümmert sich um den letzten Suffkopf.«

Ich warf einen Blick auf seine Bedienung, die nur lächelnd die Schultern zuckte. Der sogenannte Suffkopf war Karl Brenner, ein Ohlkirchener Original, 75, Ex-Lehrer, wegen Alkoholismus seit 20 Jahren im Ruhestand. Schlief manchmal bei Claude-Yves in der Wohnung, wenn gar nichts mehr ging. Was selten vorkam. Meistens kratzte er rechtzeitig die Kurve.

»Ich weihe dich ein.« Ich musste mit jemandem reden. Sonst knallte ich durch. Ich hatte versucht, Juliane zu erreichen; ohne Erfolg.

»Pasta alla Norma? Als Vorspeise hatten wir heute Eisbergsalat mit Quinoa und Erdbeeren auf der Tageskarte, mal sehen, ob noch was da ist.«

»Her damit.« Hatte ich mich in den vergangenen Tagen von Schinkenbrötchen ernährt? Es kam mir so vor.

Ich ließ mich am Stammtisch nieder. Pattys Unterlagen hatte ich in der Tasche. Einmal kopiert lag das gleiche Material zu Hause im Safe. Nero hatte ihn mir vor einem Jahr aufgeschwatzt, jetzt war ich froh drum. Du hast doch ständig mit Informationen zu tun, die Diskretion verlangen, hatte er gescherzt. Und war richtig gelegen.

Claude-Yves tänzelte in die Küche. Seit der Kanadier aus dem stinkenden Pub mit dem vielsagenden Namen *Piranha* ein schickes Gourmet-Restaurant gemacht hatte, gehörte ich zu den Stammgästen. Ich hatte sein Kochbuch geghostet, dessen Absatz immer noch lief wie geschmiert. Mit Argusaugen hatte ich bereits den Stapel druckfrischer Exemplare auf der Theke entdeckt. Umso besser, wenn es gut lief. Lebenslang garantierte Mahlzeiten aus Claude-

Yves Kochtöpfen stellten einen kulinarischen Hauptgewinn jenseits aller Honoraransprüche dar.

Er kam mit dem Salat.

»Erdbeeren? Um diese Jahreszeit?«, staunte ich.

»Verrate es den Öko-Spießern nicht.« Er setzte sich neben mich. Theres brachte den Wein und eine Flasche *Perrier*, auf das Claude-Yves schwor. »Mineralwasser können die Franzosen, dass das mal klar ist«, pflegte er zu sagen. »Das Dressing enthält Soja-Soße. Kleine Abwandlung zur Vinaigrette, die ich bevorzuge. War die Idee von meinem Sous-Chef.«

»Klasse.«

»Wir nutzen die ruhige Phase Ende November, um ein bisschen zu experimentieren. Ab dem zweiten Advent sind wir jeden Abend ausgebucht. Weihnachtsfeiern aller Art. Willst du nicht auch ein bisschen mit deiner Belegschaft feiern?«

»Ich bin Einzelkämpferin.«

»Sehe ich anders. Was ist mit Nero und Juliane? Ihr seid eine Art Familienbetrieb.«

»Mag sein. Köstlich, der Salat.« Wann immer ich Claude-Yves' Speisen genoss, wurde ich mit jedem Bissen hungriger.

»Danke. Also: Was ist los?«

Ich warf einen Blick auf Karl Brenner. Der schlief im Sitzen, die Hände um ein Weißbierglas gelegt, in dem noch ein paar Zentimeter Flüssigkeit schwappten.

»Der kriegt nichts mit. Selbst im Wachzustand nicht«, ermutigte mich Claude-Yves.

»Zwei Kinder sind verschwunden. Aus dem Flüchtlingsheim in Ohlkirchen. Eine Frau wurde ermordet.«

»Der ganze Ort redet von nichts anderem mehr! Sag nichts, mein Restaurant wird davon profitieren. Der vergnügliche Horror! Du wirst es nicht glauben: Als ich heute vom Großmarkt kam, standen Limousinen aus München und Augsburg am Zaun vom Heim. Leute starrten auf das Gelände. Elend ganz nah.«

»Fuck.«

»Aber *zwei* Kinder, Kea? Ich habe nur von einem gehört.«

»Am 22. November verschwindet ein Kleinkind. Sie heißt Gadi, anderthalb Jahre alt. Einen Tag später wird eine Frau tot aufgefunden. Verblutet. Ein Messerstich. Niemand hat was gesehen.«

»Verblutet? Ein Messerstich?« Claude-Yves schien zu grübeln. »Wenn du jemanden mit einem Messer umbringen willst, würdest du nicht mindestens drei- oder viermal zustechen, um sicherzugehen?«

Ich zuckte die Achseln. »Mag sein. Ich hab noch nie jemanden erstochen.«

»Scherzkeks. Kann ich die Pasta bringen?«

»Gern.«

Er zog ab, um 30 Sekunden später einen Teller mit dampfenden Nudeln vor mir abzustellen. »Bon appétit, chérie.«

Ich griff nach Gabel und Löffel. »Und heute ruft Juliane an und berichtet, die große Schwester des verschwundenen Kleinkinds, Safiye, zwölf Jahre alt, ist ebenfalls stiften gegangen. Durch ein Fenster in den Toiletten geklettert.«

»Abgehauen? Auf der Suche nach ihrer Schwester?«

Ich wickelte Nudeln auf die Gabel. »Möglich. Sie ist ohne Begleitung. Der Onkel, der angeblich die beiden mitgebracht hat, ist auch weg. Wurde zwar registriert, hält sich aber nicht mehr im Heim auf.«

Claude-Yves lehnte sich zurück. Drüben am Fenster schnarchte Karl Brenner. »Es wäre ziemlich unwahrscheinlich, wenn diese drei Ereignisse nichts miteinander zu tun hätten.«

Ich spießte eine Cocktailtomate auf. »Es kommt noch dicker.« Ich war ihm dankbar, dass er keine Zwischenfragen stellte, während ich ihm von den Pädophilennetzwerken und anderen Kriminellen berichtete, über die ich vor Kurzem mit Nero und Juliane diskutiert hatte. »Die Polizei weiß, dass die entsprechenden Banden sich schon auf dem Balkan mit Kindern versorgt haben. Mit Ware, wenn du so willst.«

»Schweine.«

»Bislang macht Europol nichts aus den Erkenntnissen. Nero sagt, sie sind noch nicht so weit. Das ECTC ist nicht viel mehr als ein nettes politisches Projekt, das signalisieren soll, wie toll Europa zusammenarbeitet.«

»ECTC? Klingt nach einem teuren medizinischen Gerät.«

»European Counter Terrorism Center.«

»Darf ich lachen? Das, wovon du mir gerade erzählt hast, hat nichts mit Terrorismus zu tun.«

»Aber mit organisierter Kriminalität«, gab ich zurück.

Claude-Yves warf einen Blick auf Karl Brenner, dessen Kopf immer tiefer sank und sich bereits gefährlich dem Weißbierglas näherte. Er machte Theres ein Zeichen. Die ging zu Brenner und nahm ihm das Glas ab. Ohlkirchens Vorzeigealkoholiker schlummerte selig weiter.

»Sag das nicht unserem geschätzten Nero, aber ich habe den Eindruck, die Klemmbrettstrategen stecken die Nase in Listen und Quellcodes, während in den Wäldern des Balkan ganz andere Dinge abgehen.«

»Kann man so sehen.« Ich kratzte die Soße vom Teller. »Die Pasta war göttlich, Claude-Yves.«

»Soll so sein. Und hab mal kein schlechtes Gewissen, weil du dir was Gutes tust. Essen ist ein Lebenselixier, und du siehst mir aus, als wenn du recht trocken und düster vor dich hinvegetiert hättest in der letzten Zeit.«

Das saß. Mein Dasein trocken und düster? Ich sammelte Gegenargumente.

Er kam mir zuvor.

»Die Welt fällt in Stücke, daher ist es nur recht und billig, wenn wir nicht einen guten, sondern den besten Wein aus dem Keller holen. Espresso? Und ich hätte Kaffeemuffins mit weißer Schokolade da.«

»Da fragst du noch?« Ich war zwar pappsatt. Doch die Muffins würden ihren Platz im Magen garantiert finden.

Ging ich wirklich sichtbar auf dem Zahnfleisch? Mein Leben war – im Vergleich zu dem Safiyes – simpel und komfortabel zugleich. Ich fühlte mich nicht wirklich erschöpft oder ausgelaugt, und doch schien es mir, als hätte ich gegeben, was ich zu geben hatte, und stellte nun nichts anderes als ein leeres Gefäß dar, das erst wieder gefüllt werden wollte.

Claude-Yves warf mir einen bohrenden Blick zu, bevor er das Geschirr wegtrug und mit einem Teller Muffins zurückkam.

»Theres, zwei Espresso!«

Wir warteten schweigend, bis sie die Tassen brachte.

»Das war noch nicht das Ende der Story, oder?«, fragte Claude-Yves schließlich, als er den kleinen Schwarzen auf Ex getrunken hatte.

»Nein. Die Vorsitzende einer Kinderschutzorganisation hat sich gemeldet. Sie hat neulich Neros Vortrag in München gehört und wollte ihn sprechen. Aber weil er just heute nach Brüssel geflogen ist, brachte sie mir die Unterlagen zu treuen Händen.«

»Die du natürlich gelesen hast.«

Ich biss in einen Muffin. »Hm.«

»Und?«

»Das glaubst du nicht. Das glaubt niemand. Ich weiß nicht mal, ob *ich* das glauben soll. Obwohl ich in meinem Job längst gelernt habe, dass es alles gibt.«

»Jetzt mach's nicht so spannend.« Er griff nach seinem Weinglas.

»Kinder werden zur Ware. Für Pädophile, für industrielle Ausbeuter, die die Kinder zu Arbeitssklaven machen. Und für Ehepaare.«

»Bitte?«

»Für Leute, die gern Eltern wären, aber selbst nicht können.«

»Du meinst …«

»Es ist total legal, Claude-Yves. Kinder werden verschachert. Die Summen, die umgesetzt werden, sind gigantisch. Nur ist das Geld offiziell nicht der Verkaufspreis für ein Kind, sondern nennt sich Gebühr. Welche sich aus einem Sammelsurium an Einzelsummen für Dokumente, Tickets, Verwaltung zusammensetzt.« Ich nippte am Wein.

»Man kann ein Kind nicht einfach verkaufen.«

»Nicht in der EU. Aber in Eritrea, in Vietnam, in Guatemala, um nur einige der aktuellen Hotspots zu nennen.«

»Das behauptet deine Gewährsperson.«

»Sie heißt Patty O'Brian. Sie engagiert sich seit Jahren für Familien, denen die Kinder weggenommen wurden. Das geht, Claude-Yves, glaub mir. Und es ist nicht illegal, wenn man eine Mutter, die nicht lesen kann, einen Vertrag unterschreiben lässt, in dem sie erklärt, dass sie ihre Tochter zur Adoption freigibt.«

»Du behauptest – oder diese Patty vielmehr –, dass es neben den Pädophilen und den Sklavenhaltern noch eine dritte Gruppe gibt?«

»Die Adoptionslobby. Und die machen knackig Kohle.«
Ich überlegte. Es ging mir erst jetzt so richtig auf. Wahrscheinlich hatte mein Hirn Energienachschub benötigt. »Und sie sind die einzigen unter den Kinderdieben, die man nicht strafrechtlich verfolgen kann, weil sie nichts Ungesetzliches tun.«

KAPITEL 18

Das Haus ist dunkel. Ich starre in das Schwarz hinein, dass es weiße Löcher kriegt. In meinem Kopf hängt ein Summen fest.

Abdul wird seine Gründe haben.

Gadi ist ihm gleichgültig. Ich bin ihm gleichgültig. Abdul hat Wichtigeres zu tun. Er hat Pläne. Abdul wartet auf etwas Bedeutsames. Er sitzt im Dunkeln im Zimmer und glotzt auf die Straße, aber er wird mich nicht sehen, ich bin gut versteckt im Garten gegenüber. Mir ist nicht mehr so kalt. Ein dicker Baum hält seine Zweige über mich. Ich sitze ganz nah am Stamm, auf einem weichen Polster aus Nadeln, und ich werde nicht mehr nass, denn die Regenschnüre erreichen mich nicht. Niemand kann mich hier finden.

Ich darf jetzt gar nicht an Gadi denken. Mit Gadi hier unter dem Baum, das wäre schön, ich würde sie ganz fest an mich drücken und ihr Herz pumpern spüren. Ich würde ihr Kosenamen ins Ohr flüstern, damit sie lernt, dass sie mein Glück ist. An meiner Nase würde ich den zarten Haarflaum auf ihrem Kopf fühlen. Ich würde ihr von Mama und Opa erzählen und mit Freude viele Jahre warten, bis ich weiß, ob sie eines Tages meinem Vater ähnlich sieht.

Falls ich mich dann noch erinnern kann, wie Vater aussah.

Jetzt geht in Abduls Haus Licht an. Ich kann ihn in einem Zimmer sehen, er zieht eine Jacke über, steckt etwas in die Tasche.

Abdul wird seine Gründe haben.

Ein Wagen biegt in die stille Straße ein. Das Auto schnurrt leise wie eine Katze, obwohl es riesig ist, fast wie ein Haus. Ich drücke mich eng an den Boden. Die Scheinwerfer werden ausgeschaltet.

Da kommt Abdul aus dem Haus. Jemand klettert aus dem Wagen. Schüttelt Abdul die Hand.

Sie sprechen unsere Sprache.

»Du übernimmst Verantwortung«, sagt der fremde Mann.

»Ja.« Abduls Stimme ist fest, dennoch höre ich, dass er nervös ist.

Die beiden Männer steigen ein, und der Wagen fährt weg. Das Licht schalten sie erst später an. Meine Hände berühren die trockenen Nadeln, streicheln sie, ich denke an Gadi, ich denke an mich.

Wenn der Opa tot ist, wird Mama dann zu uns kommen?

26. NOVEMBER

KAPITEL 19

Der Zustand des Kindes hatte sich gestern noch weiter verschlechtert. Die Kleine lag im Krankenhaus. Die Begleiterin war Tag und Nacht bei ihr. Fieberkrämpfe waren bei Kindern in dem Alter nichts Seltenes. Aber Schmidt wusste aus Erfahrung, dass eine Schwierigkeit stets eine andere nach sich zog.

Zunächst machten die Eltern in Philadelphia sich Sorgen. Das Kind, auf das sie so lange gewartet hatten, war krank. Sie würden es so nicht formulieren, doch tief drin klang die Frage wie folgt: Haben die in Deutschland uns zweitklassige Ware verkauft? Wann würden sie das Mädchen endlich in die Arme schließen und sich von der Qualität des Geschäfts überzeugen können? Zweitens bedeutete jeder Tag, den das Kind länger als geplant in Deutschland blieb, dass er seinen Verdienst nach unten korrigieren musste. Schlimmer noch: Dass, wenn es dumm lief, etwas ans Licht drang, was nicht dorthin sollte. Die Versicherung, das Krankenhaus, die ganze offizielle Bürokratie: das stellte kein Problem dar. Die Papiere waren in Ordnung. Doch seit dem Mord im Flüchtlingsheim in Ohlkirchen lagen die Nerven nicht nur bei BOLA blank. Zwar wussten nur die wenigsten Mitarbeiter, dass sie das Mädchen genau aus diesem Heim hatten. Diejenigen, die darüber informiert waren, konnten ihre Nervosität jedoch nicht unterdrücken.

Schmidt hoffte, die Polizei würde den Fall schnell aufklären. Der bevorstehende Umzug, der ihm seit Wochen im Magen lag, rückte in die zweite Reihe. Wurde jetzt mit knallharten Bandagen um die Vorherrschaft im Markt gekämpft? Sein Scout hatte ihm empfohlen, schnell zu handeln. Das Mädchen wurde von seiner älteren Schwester beaufsichtigt, auch nur ein Kind, erschöpft, überfordert, ängstlich. Der Zugriff musste zeitnah erfolgen, das hatte er eingesehen, sie hatten alles perfekt geplant, aber irgendwo hatte ein Scharnier geklemmt.

Die tote Frau gehörte nicht zu seinen Leuten.

Zu wem dann? Da waren ein paar Player aktiv, die ihm nicht so ganz koscher erschienen, deshalb hatten sie sich die Sache mit den *Credits* einfallen lassen. Wer etwas für Kinder tat, bekam *Credits*, und wer eine bestimmte Menge davon gesammelt hatte, löste sie gegen das Recht ein, geschäftlich zum Zug zu kommen. Über kurz oder lang würden die zuverlässigen Institutionen in BOLA integriert und die anderen dem freien Markt zum Fraß vorgeworfen werden.

Er hatte seine Pläne – selbstverständlich nur die blitzblanke Version – schon den Presseleuten dargelegt und würde morgen ein Interview geben. Er, Eberhard Schmidt, auf dem Weg, mit der Gestaltung der neuen Büros das Leben unzähliger armer Waisen neu zu gestalten. Solche Geschichten liebten die Medien.

Schmidts Handy ging. Hallte schrill in dem völlig leer geräumten Büro. Sein Anwalt. Die Scheidung fiel ihm ein! Das, was ihm vor Kurzem besonders unangenehm aufgestoßen war, stellte in seinem momentanen Bewertungssystem nur eine Lappalie dar. Er würde aus dieser Ehe halbwegs intakt rauskommen. Irmi war zu knacken.

Dennoch hatte er keinen Nerv, mit seinem Anwalt zu reden. Er ließ das Handy klingeln. Sollte er auf die Mailbox sprechen.

Als das Gebimmel verstummt war, nahm er den Apparat in die Hand und wählte Resmis Nummer. Der wusste nichts Neues. Er besuchte die Begleiterin und das Kind täglich. Das Krankenhauspersonal nahm an, er sei ein Verwandter, schließlich bestanden diese arabischen Familien aus ganzen Dynastien.

»Seit heute früh sieht die Lage entspannter aus. Das Kind scheint sich zu erholen, schläft mehr, weint nicht mehr so viel.«

Verdammt! Das Kind war 18 Monate alt, woran konnte es sich schon erinnern? An nichts! Das Gehirn war nur eine Ansammlung von Zellen, die erst noch zu füllen waren. Das Mädchen würde ein glückliches Leben in den USA haben, ohne die Spur einer Erinnerung an das Chaos, aus dem es gekommen war. Der Flug war eine Sache von acht Stunden, dann wäre es in Sicherheit bei den neuen Eltern. So sollte es laufen!

»Halte mich auf dem Laufenden. Hast du verstanden?«

»Habe verstanden«, bestätigte Resmi und legte auf.

KAPITEL 20

Ich rief sie an. Gleich am nächsten Morgen. Mein Besäufnis mit Claude-Yves hatte Energien freigesetzt. Von wegen, dass Alkohol das Denken beeinträchtigte!

»Kea Laverde hier. Wir müssen reden.«

»Hm«, machte Patty.

»Sie haben damit gerechnet, dass ich die Unterlagen ansehen werde, oder?«, fragte ich.

Sie lachte. »Wann kommt Herr Keller zurück?«

»Ich weiß es nicht genau.«

»Also fliege ich nach Brüssel.«

»Frau O'Brian, es ist ein weiteres Kind aus dem Heim in Ohlkirchen verschwunden. Die ältere Schwester der kleinen Gadi.«

Knisternde Stille in der Leitung.

»Die Verantwortlichen im Flüchtlingsheim gehen davon aus, dass Safiye, so heißt sie, ihre kleine Schwester sucht. Aber es ist schon verrückt – von ihr fehlt jede Spur. Dabei ist Ohlkirchen ein Kaff!«, fügte ich hinzu.

»Die Polizei ist dran?«

»Ja, Safiye gilt jetzt als vermisst.«

»Und in dem Mordfall, ist man da weiter?«

»Nein. Keinen Meter.«

»Können wir uns treffen?«

»Ich komme nach München.« Ich gab es ungern zu: Der unablässige Regen und das schwere Grau, das der Spätherbst über Ohlkirchen stülpte, machten mich depressiv. Von adventlicher Vorfreude war nichts zu spüren. Zudem hatte ich mich an Neros Anwesenheit in meinem Haus gewöhnt, und wenn er nicht da war, fehlte er mir. Eigenartige Erfahrung.

Sie nannte mir eine Adresse in der Maxvorstadt.

Das *Kilberth* schien ein bevorzugter Treffpunkt von Studenten der Filmhochschule zu sein. Kreativität hing in der Luft, zusammen mit dem Duft später Frühstücke an einem verkaterten Sonntag.

»Da kommt Wehmut auf, was?«, fragte Patty mit einem spöttischen Blick auf das Publikum. Sie hatte an einem Tisch auf der Galerie auf mich gewartet.

Ich sank auf einen Stuhl. »Ich glaube, je desillusionierter man durch sein Berufsleben wandelt, desto idealer erscheint einem die Studienzeit.«

»Ein Gemeinplatz, aber wahr.«

»Gemeinplätze sind immer wahr, dazu noch penetrant und sinnlos.«

Sie lachte. »Ich komme gern hierher, weil die Atmosphäre mich an Irland erinnert. Der Chef ist übrigens auch Ire. Und Touristen halten sich fern.«

Wir bestellten Scholle mit Bratkartoffeln und Remouladensoße. Nach Claude-Yves' Pasta alla Norma ein Abstieg bis zu den Toren der kulinarischen Hölle, aber mir knurrte der Magen.

»Frau O'Brian«, begann ich. »Ich habe die Dokumente gelesen, die Sie mir dagelassen haben.«

Sie lächelte. Hatte sie genau darauf abgezielt?

»Schön. Sagen Sie mir Ihre Meinung.«

»Es klingt völlig abgedreht. Ich habe noch nie etwas von einer Adoptionsmafia gehört.«

»Tja.«

»Warum tut keiner was?«

»Wir tun etwas. Wir von *Children only*. Wir sind der Meinung, dass Kinder keine Ware sind und dass es nicht das Beste für ein Kind ist, als Baby um die halbe Welt geschickt zu werden, um in einer anderen Kultur aufzuwachsen. Ohne Ahnung von den eigenen Wurzeln.«

»Auch nicht, wenn es die Kinder dort besser haben?«

»Besser als wo – besser als im Haus der eigenen Mutter? Sie haben es doch gelesen: In manchen Ländern geben die Mütter die Kinder tagsüber in einen Hort, damit die Kinder dort regelmäßig zu essen haben. Die Eltern können es ihnen nicht immer ermöglichen, sich dreimal am Tag satt zu essen. Schlimm genug. Dann kommt das Kind eines Abends nicht nach Hause, und nach vielen Nachfragen, Tränen und Angst heißt es: Wir haben Ihr Kind zur Adoption vermittelt.«

»Aber …«

»Es ist in diesen Ländern eben machbar.« Patty legte die Hände auf den Tisch. Rot lackierte Nägel leuchteten. »Investiere in Skrupellosigkeit und nutze die schwächlichen Gesetze. Mich ärgert es, wenn man Adoption immer mit Armut rechtfertigt. Eine Familie ist arm. Das ist vielleicht schlimm. Aber dann hat man auch noch ein Kind verloren. Ist das nicht schlimmer? Grausamer? Armut kann man überwinden. Dazu gibt es oft Hilfen vom Staat oder von Organisationen, die sich einsetzen. Ein gestohlenes Kind, das reißt eine Wunde, die niemals heilt.« Sie lehnte sich zurück. »Ich habe selbst eine Tochter.«

Das Essen kam. Ich stocherte in der Panade. Dreimal so dick wie der Fisch.

»Es gibt Kulturen, in denen ist eine Spülmaschine ein Argument. Ein Haushalt mit einer Spülmaschine ist ein besseres Zuhause als ein rumänisches Dorf ohne Kanalisation.«

»Man könnte umgekehrt argumentieren. In dem Dorf ist die Luft besser als in … sagen wir … Chicago.«

Patty nickte. Sie spachtelte ihre Scholle. Die Frau sah mir aus wie eine potenzielle Kandidatin für Claude-Yves' Genusstherapie.

»Nur, dass Rumänien in Europa liegt«, fuhr ich fort.

»Sie werden lachen!« Patty stieß mit der Gabel in meine Richtung. »In den 90ern exportierte Rumänien so viele Waisenkinder in die USA und nach Westeuropa, dass das halbe Land von einem Krieg hätte vernichtet worden sein können. Zehntausende von Waisen! Das wäre logisch nach einem Monster-Tsunami oder einem Atomangriff. Nichts dergleichen hat Rumänien heimgesucht. Stattdessen rollten Herrschaften in edlem Zwirn, die das große Geschäft witterten, über das Land hinweg.«

Ich schob meinen Teller beiseite. Scholle, Panade und Remoulade lagen wie Basalt in meinem Magen.

»Die Kinder waren der Exportschlager Rumäniens! Möchtegern-Eltern aus reichen Ländern deckten sich mit Nachwuchs ein. Sie nannten es ›nach Hause bringen‹, wenn sie ein Kind kauften, und verbreiteten in ihren Foren die Meinung, es sei ihr Recht, fremde Kinder als die eigenen auszugeben, indem sie die Papiere gleich dazuerwarben. Geburtsurkunden und so weiter. Und die Agenturen verdienten und verdienten.«

Mittlerweile hatte ich verstanden, dass Patty große Worte liebte. Sie steigerte sich in das Thema hinein und machte aus einem sachlichen Papier einen Sensationsbericht für die Boulevardpresse. Ich begriff, was sie umtrieb.

»Die Adoptionslobby, von der in Ihren Unterlagen die Rede ist«, fragte ich, »gibt es zu der auch Namen?«

Patty winkte der Bedienung, einer Studentin mit langen roten Zöpfen, und bestellte zwei Guiness.

»Ich weiß nicht, wie es Ihnen geht, ich brauche jetzt jedenfalls was zum Nachspülen.«

»Bin dabei.«

»Ich habe Namen. Aber kann ich Ihnen vertrauen?«

»Wie ging es weiter mit Rumänien?«, fragte ich, weil ich es irr fand, auf Pattys Frage mit Ja zu antworten. Wenn sie nicht längst überzeugt war, dass sie mir vertrauen konnte, warum hielt sie mir einen ellenlangen Vortrag?

»Die Lobby setzte Rumänien unter Druck. Vor allem die Amerikaner wissen, wie man so was macht. Sie zahlten die höchsten Gebühren und waren dementsprechend die besten Kunden. Seit Jahrzehnten haben die US-Adoptionsbefürworter starke Fürsprecher in der Politik. Viele Politiker sind selbst Adoptiveltern. Anscheinend hat der Stress des Politikerlebens die Keimdrüsen erschlaffen lassen, oder frau wollte sich nicht durch eine Schwangerschaft Figur und Karriere verderben.«

Das Guiness kam. Ich setzte an und trank.

»Diese Leute haben Zugang nach ganz oben. Rumänien wollte in den 90ern der EU beitreten. Da sagten die EU-Beitrittshelfershelfer aus Brüssel zu den Rumänen: ›Passt mal auf, solange ihr eure Kinder gewinnbringend an den Meistbietenden verkauft, läuft nichts mit einer Mitgliedschaft.‹ Also hat sich die rumänische Regierung dazu durchgerungen, ein Moratorium zu beschließen: Die Auslandsadoptionen wurden ausgesetzt. Daraufhin liefen die Yankees Amok: Colin Powell, damals US-Außenminister, erklärte den Rumänen: ›Was ihr mit der EU vorhabt, geht uns nichts an, aber den NATO-Beitritt könnt ihr vergessen, wenn ihr das Moratorium nicht wieder aufhebt.‹ Es ging hin und her. Mittlerweile ist Rumänien in beiden Bündnissen Mitglied, und die Adoptionsgeschäfte sind Geschichte. Auslandsadoptionen sind nur noch gestattet, wenn für ein Kind im Land selbst keine Adoptiv- oder Pflegeeltern gefunden werden. Die Händler sind weitergewandert. Es gibt noch genügend Länder, wo Eltern arm und ungebildet sind und mit allerhand anderem Mist fertig werden müssen. Da fällt es leicht, durch Trickserеien an Kinder zu kommen.«

Sie leerte ihr Pint und orderte ein neues.

»Wo setzen Sie an? Sie und Ihre Organisation?«

»In erster Linie bei der Aufklärung. Wir wollen in der Öffentlichkeit klarstellen, dass Kinder keine Ware sind. Insbesondere in den betroffenen Ländern sorgen unsere Mitarbeiter dafür, dass Eltern sensibilisiert werden für das Problem. Dass sie Hilfe bekommen, um ihre Kinder selber großzukriegen.«

»Namen?«

»Wie?«

»Vorhin nannten Sie Colin Powell – der Mann ist Vergangenheit. Wer ist heute dran?«

Patty verschränkte die Arme. Ich hielt ihrem Blick stand.

»Die Sache ist heikel.« Sie senkte die Stimme. »Da ist viel Geld im Spiel. Die Leute lassen sich nicht in die Karten gucken.«

»Wer tut das schon gern.«

»Wann kommt Ihr Mann zurück nach München?«

»Ich weiß nichts Genaues. Und er ist nicht mein Mann.«

»Ach?«

»Wir leben zusammen. Sind aber nicht verheiratet.«

»Das ist dasselbe.« Sie winkte ab. »Kann ich ihn in Brüssel erreichen? Ich muss unbedingt mit ihm sprechen.«

Ich gab ihr Neros Handynummer. Sollte sie ihr Glück versuchen.

»Das Essen geht auf mich«, erklärte Patty, als ich mein Portemonnaie zückte.

»Danke. Haben Sie eigentlich über den Mord im Heim in Ohlkirchen nachgedacht?«

»Inwiefern?«

»Kann das Ganze mit den Machenschaften zu tun haben, über die wir gerade geredet haben?« Unwillkürlich sah ich mich im Lokal um. Niemand beachtete uns. Die meisten Gäste waren Studenten, die sich wie wir von einem preisgünstigen Essen verführen ließen. Einige lasen, manche tippten auf Tablets herum.

»Ein Mord … nein, Frau Laverde. Morde sind noch nicht vorgekommen. Bisher jedenfalls. Obwohl meine Mitarbeiter manche Kommentare auf Facebook löschen müssen, weil sie dem Benimm-Code widersprechen. Sie wissen, was ich meine.«

»Es ist doch seltsam«, insistierte ich. »Ein kleines Kind verschwindet, und eine Frau wird ermordet. Zwischen beiden gibt es keine Beziehung, aber der Tatort ist zentimetergenau derselbe.«

»Das Geschäft ist dreckig!« Patty wischte ein paar Krümel von der Tischplatte. »Ich werde nicht versuchen, bei Ihnen damit Eindruck zu schinden, wie oft ich bisher eingeschüchtert oder bedroht wurde. Aber Mord – dazu sind sie zu vorsichtig. Würden Sie für uns arbeiten?«

»Wie bitte?«

»Ich habe mir Ihre Webseite angesehen. Sie sind sprachgewaltig. Ich mag Ihre Art. Ich suche schon länger jemanden, der ab und zu was für uns schreibt. Nichts Glattgebügeltes, sondern starke, authentische Texte. Könnten Sie sich vorstellen, die Erlebnisse von Adoptivkindern aufzuschreiben, deren biologische Eltern aufgespürt wurden?«

So schnell kam man zu einem neuen Job.

»Womöglich könnte die Mordkommission Interesse an Ihren Unterlagen haben.«

»Deshalb will ich mich unter anderem mit Keller unterhalten.«

Sie legte ein paar Scheine auf den Tisch. Wir traten auf die Straße. Es regnete. Was sonst.

»Adventlich fühlt sich das nicht an«, murmelte ich.

»Nein.«

Ich wandte mich nach links, um zwischen den Regenschnüren meinen Alfa Spider zu suchen.

»BOLA«, sagte Patty. »Schauen Sie sich um.«

*

Wenn niemand dich liebt, bist du nur ein Zellhaufen, der irgendwie funktioniert. Ein Etwas, das atmet und isst und ausscheidet.

Bis ich zehn wurde, war meine Kindheit ganz okay. Dann brach irgendetwas ein. Ich weiß bis heute nicht, was es war, das unser Familienleben über Nacht zum Verglühen brachte. Mein Vater starb erst vier Jahre später, daran kann es also nicht gelegen haben. Es war nur so, dass zwischen meiner Mutter und mir eine Kluft aufbrach. Wir hockten hilflos auf zwei Bergspitzen, die immer weiter auseinanderdrifteten. Wir riefen einander nicht zu, wie sehr wir uns liebten und wie sehr wir füreinander kämpfen würden. Wir starrten einander nur an, bis wir in den

Augen der anderen keinen Blick mehr erkennen konnten. In einem weiten Abstand blieben die Bergspitzen schließlich hängen. Die Drift war gestoppt, doch wir näherten uns nie mehr einander an.

Ich habe keine Erklärung dafür. Sie haben mir damals nicht gesagt, dass ich adoptiert bin. Ich wusste es nicht, kam gar nicht auf die Idee, obwohl ich niemandem in der Familie ähnlich sehe, aber das wurde selten zur Sprache gebracht, und wenn, dann mit einem Achselzucken. Es kann ja nicht jeder einem anderen wie aus dem Gesicht geschnitten sein. Damit meine ich, dass ich nichts ahnte. Gar nichts. Ich war schlicht ein Mädchen mit Rattenschwänzen, das in die fünfte Klasse eintrat, ein halbes Jahr lang gut zurechtkam, bis plötzlich alles einbrach. Die Noten – ein Desaster. Ständig Zoff mit den Freundinnen. Und Zoff mit meiner Mutter.

Ich glaube, seitdem habe ich sie nicht mehr »Mama« genannt. Ich dachte mir neue Namen aus für sie, die alle mit M begannen, immerhin. Würde ich mit der Psychologin darüber sprechen, erklärte sie mir vermutlich, dass dies der Beginn der Entfremdung gewesen sein könnte. Doch was habe ich davon, den Beginn von etwas zu kennen! Ich fühle mich einfach nur traurig, so wie damals. Hilflos und traurig. Gedeckelt, ohne sagen zu können, weshalb genau.

Heute ist ein mickriger Tag. Einer von den kleinen dunklen, an denen du dir wünschst, du könntest zum Flughafen und abheben. Über der dicken Wolkenschicht fliegen, endlich ins Licht. Stattdessen prasseln harte, spitze Tropfen gegen die Scheibe. Sie übertönen das Kratzen des Kulis auf dem Tagebuchpapier.

Ich warte auf den Winter, doch der mag nicht, er verweigert sich. Regen peitscht in den kleinen See, den ich von meinem Fenster aus sehen kann. Mit dem Winter und dem Schlittschuhlaufen wird es noch lange nichts werden. Um so lange hierzubleiben, dass ich aufs Eis kann, muss ich mir wirklich was einfallen lassen. Bestimmt schicken sie mich früher heim. Ich passe mich an, gestern habe ich sogar ein paar Würfe mit dem Basketball geübt. Die Schwester hat so getan, als würde sie mich vom Fenster aus nur zufällig sehen, aber sie hat mich beobachtet. Ich war allein draußen, es hat geregnet, was auch sonst, und ich habe den Ball x-mal Richtung Korb geknallt, habe fast immer getroffen. Später war ich klatschnass und wollte mich unter der Dusche aufwärmen. Dummerweise hatte das Drachennüsternmädchen das Bad besetzt, also rubbelte ich mich nur trocken und machte mir in der Teeküche ein Glas Milch heiß.

Die Schwester wird das mit dem Basketball weitergeben. Man wird sagen, ich ordne mich allmählich ein und habe wieder Spaß an Bewegung und meinen früheren Hobbys. Man wird behaupten, dies sei ein gutes Zeichen. Habe ich nicht schon gesagt, ich kann alles Mögliche vorspielen?

Albträume habe ich nicht wieder gehabt, jedenfalls wurde nicht die Nachtschwester gerufen.

Vielleicht wäre es keine dumme Idee, mit der Therapeutin über die Bergspitzen zu sprechen. Womöglich kennt sie sich aus mit der Drift, die Menschen auseinandertreibt, obwohl sie einander zuvor so nahe waren! Nur bin ich nicht so unbedarft, dass ich nicht wüsste, woran alles krankt. Meine Mutter liebt mich nicht. Sie hat mich nie geliebt. Sie wollte mich, weil sie ein Kind wollte. Es ging um sie, nicht um mich. Sie malte sich ein Bild aus, und da hatte ich reinzupassen. Sie hatte eine traurige Kindheit und wollte eine bessere erleben – wenn sie schon nicht mehr

Kind sein konnte, plante sie, als Elternteil noch mal glücklich zu sein. Planen ist überhaupt die wichtigste Tätigkeit meiner Mutter. Wie ein Ingenieur arbeitet sie einen Mechanismus aus, und wehe, wenn der nicht so läuft, wie sie sich das ausgedacht hat!

Mit zehn war ich noch zu klein. Später habe ich stapelweise gelesen über die Erfahrungen von adoptierten Kindern. Viele leiden: an der Erkenntnis, dass sie nicht geliebt werden. Nicht genug. Dass sie sich die Liebe nicht verdient haben. Dass sie zu anders sind, um auf Dauer dazuzupassen. Wobei natürlich niemand weiß, ob wir in die alte, die biologische Familie gepasst hätten.

Ich will nicht funktionieren. Wahrscheinlich will ich einfach geliebt werden und denke, wenn das nur endlich geschieht, wird der Rest auch klappen. Ich kann ja nicht behaupten, ich hätte diese Lebenseinstellung mit der Muttermilch aufgesogen, aber in irgendeiner Weise hat er mich durchdrungen: Der Glaube, dass das Leben gut ist, wenn es unter Kontrolle ist.

Was nicht stimmt.

Das Mädchen mit den Drachennüstern wird in dieser Woche entlassen. Ich werde ihr keine Träne nachweinen.

KAPITEL 21

Ich steuerte den Spider nach Ohlkirchen zurück. Die Scheibenwischer gaben ihr Möglichstes, doch die Gischt der vorausfahrenden Wagen versetzte mich in einen grauen, wässrigen Dauernebel.

BOLA.

Ich rief Nero an. Seine Mailbox antwortete.

»Nero, ich habe mich mit Patty O'Brian getroffen.« Ich zögerte kurz. Fügte hinzu: »Die Frau ist glaubwürdig und engagiert. Mach's gut.« Wie Paare es anstellten, auf Anrufbeantwortern romantisch klingende Nachrichten zu hinterlassen, musste mir erst noch jemand beibringen.

Ich hielt unterwegs an einer Tankstelle, versorgte das Auto mit Benzin und mich mit einem Becher Kaffee. Die Scholle rollte in meinem Magen umher wie ein Kiesel. Ich stellte die Sitzheizung auf höchste Stufe und fuhr nach Ohlkirchen.

Juliane war zu Hause.

»Gibt's was Neues?«, fragte sie. Sie sah müde aus. Das superkurze Haar ließ ihr Gesicht noch knochiger erscheinen.

»Das sollte ich wohl eher dich fragen«, entgegnete ich und schlängelte mich an ihr vorbei in die Wohnung.

»Das Mädchen wurde nicht gefunden.«

»Shit.« Ich legte meine Jacke ab.

»Willst du Kaffee?«

»Vielleicht lieber einen Schnaps.«

»Na dann.« Sie verschwand in der Küche und kam mit einer Flasche *Braulio* wieder. »Das Zeug weckt den Tiger in dir.«

»Her damit.«

Sie goss zwei Stamperl ein.

»Prost«, sagte ich.

Juliane hob wortlos ihr Glas. Wir tranken.

»Du hast noch keinen Adventsschmuck«, stellte ich fest.

»Habe ich jemals Adventsschmuck? Reaktionäres Zeug. Ich habe noch nie eingesehen, warum ich mir zu einer bestimmten Zeit im Jahr irgendwelchen Kram in meine Wohnung stellen soll.«

»Nimmt dich das mit? Die Sache mit den Kindern?«

»Was glaubst du, Kea?«

»Es nimmt dich mit.«

»Wir haben von morgens bis abends die Polizei im Haus. Sind alle mehr als einmal befragt worden. Würde ich Peter Jassmund nicht so gut kennen, ich hätte seinen arroganten, besserwisserischen, bigotten Mitarbeitern längst ordentlich die Meinung gesagt. Sie behandeln uns Helfer wie Tagediebe, potenzielle Idioten, denen man nicht abkauft, dass sie aus reiner Menschenfreundlichkeit, aus Mitleid die Arbeit machen, die der Staat nicht auf die Reihe kriegt.«

Ich berichtete von Patty. Ließ kein Detail aus.

Danach schwiegen wir lange. Schließlich sagte Juliane: »Wir könnten zumindest versuchen auszuschließen, dass Gadi oder Safiye Opfer der Adoptionsmafia sind.«

»Mafia …«

»Sprich die Dinge aus. Wovor sich fürchten?« Juliane stand auf. »Ich gehe.«

»Du – was?«

»Ich sehe, was ich herausfinde. Allein. Du fährst heim und wartest auf Anweisung.«

»Aber …«

»Es ist besser, wenn dich niemand wahrnimmt. Mich kennen sie im Heim. Ich falle nicht auf. Wenn ich jemanden mitbringe, gibt es bloß Gerede.«

»Was hast du vor?«

»Lass das meine Sorge sein.«

Kaum saß ich im Wagen, rief Nero zurück.

»Diese Patty O'Brian fliegt noch heute Abend nach Brüssel.« Er klang verstört.

»Sie ist keine Männerfresserin. Ich denke, ihr liegt wirklich was dran, von dir zu hören, ob du ihr helfen kannst.«

»Europol hilft keinen Privatpersonen.«

»Sieh es als informelles Gespräch«, schlug ich vor. »Womöglich springt auch was für dich raus!«

»Kea, ich werde etwas länger als vorgesehen bleiben müssen. Die Politik treibt uns vor sich her. Die wollen schon in einem Monat eine komplette Vernetzung der europäischen Datenbestände. Alles, was die organisierte Kriminalität betrifft.«

»Schafft ihr das?«

Nero lachte auf. »Am Montag geben sie eine Pressekonferenz zur organisierten Kriminalität. Darin darf ich als Softwareexperte auftreten und technische Fragen beantworten.«

»Ich bin stolz auf dich.«

»Diese O'Brian kann ich jetzt nicht brauchen.«

»Gib ihr eine Stunde.«

»Die ich nicht habe.«

»Du musst doch auch mal auf einen Kaffee gehen!«

Er schnaubte.

»Wie ist das Wetter in Brüssel?«

»Sonnig. Und bei euch?«

Ich unterdrückte ein Seufzen. Vielleicht hätte ich an Pattys Stelle nach Brüssel fliegen sollen.

KAPITEL 22

Der Regen wusch die Zigarettenstummel vor dem Heimeingang in den Rinnstein. Der Security-Mann stand im Trockenen hinter der Glastür, die Hände in der Uniformjacke vergraben. Mit mürrischem Gesicht erwiderte er Julianes Gruß.

Sie hatte die Helferjacke über den Anorak gezogen. Man kannte sie hier. Eine alte Oma als Freiwillige im Flüchtlingsheim. Dazu hatte schon die Ohlkirchener Zeitung einen kleinen Beitrag verfasst, der Juliane mehr als peinlich war. Sie hielt es für töricht zu unterstellen, dass Menschen über 80 kein soziales Engagement mehr aufbrachten. Im Prinzip wurde so nur die momentan virulente Haltung zementiert, die die Alten ausschloss – aufgrund ihres Alters, nicht aufgrund ihrer Fähigkeiten oder Interessen.

Als Erstes ging Juliane zu ihrem Spind, kramte ein wenig darin herum. Falls jemand sie nach dem Grund ihres Hierseins an diesem Sonntag fragte, würde sie sagen, sie vermisse ihren Terminkalender, in den sie sich ihre Dienstzeiten eingetragen habe. Der Kalender lag zu Hause auf dem Küchentisch. So viel dazu.

Sie spazierte in die Teeküche, wo zwei Helferinnen, Irene und Mia, bei einem Haferl Kaffee saßen.

»Na, ihr zwei?«

»Hallo, Juliane. Du heute hier?«

»Habt ihr einen Kaffee für mich? Mistwetter da draußen.«

»Kannst du laut sagen.« Mia wuchtete sich hoch und goss einen Becher voll. »Bitte. Kaffee gibt es hier immer reichlich.«

»Keine Milch, danke, Schätzchen. Sagt mal, hat eine von euch meinen Taschenkalender in die Hände bekommen?«

Beide Frauen schüttelten den Kopf. Sie hatten sich für das Flüchtlingsengagement nicht unbedingt aus reiner Menschenliebe entschieden. Mia war die Frau des evangelischen Pfarrers und meinte anscheinend, etwas mehr sozialen Workload in ihrer Agenda vorweisen zu müssen. Irene litt an ihren pubertierenden Zwillingsmädchen und verließ ihr Haus, sooft sie konnte. So viel zum Thema Altruismus, dachte Juliane, während sie Mia mit zuckersüßem Lächeln die Tasse abnahm. Sogar beim Helfen geht es immer um etwas anderes. »Gibt's was Neues?«

»Heute mal keine Polizei.« Mia seufzte. »Und das Mädchen, Safiye, ist nicht wieder aufgetaucht. Irgendwo muss man sie letztlich finden! Die haben den Ort durchsucht, den Wald, die sind bis zur Amper runter … Polizei, Feuerwehr.«

Juliane schürzte die Lippen. »Und Gadi?«

»Die Kleine?« Irene schüttelte den Kopf. »Wisst ihr, das ist so gespenstisch. Zwei Kinder innerhalb kurzer Zeit verschwunden.«

»Seht euch das Wetter an!«, rief Mia. »In der Nässe und Kälte – wie lange kann man das aushalten?«

Juliane wollte sich Safiyes neue Lebensumstände nicht so genau ausmalen. Obwohl ihre eigene Kindheit längst an einem fernen Horizont verblasst war, so schienen ihr manche Dinge noch verteufelt nah. Als hätten sie sich gestern zugetragen. Wie sie in den letzten Kriegstagen vom Arbeitsdienst weggelaufen und sich zwei Wochen im Wald versteckt hatte. Von ein paar Scheiben gestohlenem Brot gelebt hatte. Sie war in Safiyes Alter gewesen. Hatte sich geängstigt vor dem Panzeralarm und marodierenden Nazis, die auch noch die armseligsten Deserteure am nächsten Baum aufknüpften. Kein Wunder, dass einem manche Bilder noch deutlich vor Augen standen, wenn man den lebenslangen Makel mit sich trug, 1933 geboren zu sein.

Hatte wirklich *sie* das erlebt? Manchmal kam es ihr vor, als habe sie von diesen Dingen irgendwo gelesen. Offenbar lag es am Alter. Oder am Verdrängen, ohne das kein Weiterleben glückte. Oder an der steten Sehnsucht nach Positivem, nach Licht und Sonne und Wärme, die sie durchs Leben geführt, vielleicht auch getrieben hatte. Zu ihren Ehemännern, die sie entweder verlassen oder überlebt hatte, zu verschiedenen Wohnorten, Tätigkeiten und schließlich hierher. In dieses *Heim*, das sogenannte, welches sie eher an die Baracken aus der Zeit beim Reichsarbeitsdienst erinnerte. Na gut, sicher komfortabler. Es gab Zentralheizung, und man musste nicht die Bettlatten verheizen, um sich ein paar Mal die Woche Finger und Zehen aufzutauen. Ein Gedächtnis ist eine betrügerische Angelegenheit, dachte Juliane und hätte beinahe verpasst, was Mia gerade erzählte:

»Sie haben die Schwester der ermordeten Frau mit ihren Kindern nach Nordrhein-Westfalen gebracht.«

»Was? Wozu das denn?«

»Die Frau war fix und fertig. Sie hat nur noch geweint. Die haben da ein Zentrum, wo sie Flüchtlinge mit schweren Traumata extra betreuen.«

»Davon höre ich zum ersten Mal.«

»Die Krise gibt es nicht erst seit gestern, Juliane«, mischte sich Irene ein. »Mittlerweile wird das ganze Handling professioneller.«

Was Juliane bezweifelte. Nicht, um die guten Absichten vieler in Abrede zu stellen. Aber sie kannte sich aus mit dem Leben. Es war schneller als Pläne und Vorsätze. Wer flott reagierte, überlebte. So ging Evolution. Sie nahm an, dass die Frau am Ort des Geschehens besser mit allem fertig geworden wäre. Nicht jetzt, aber nach einer gewissen Zeit. Sie quasi abzutransportieren, um ihr hysterisches Weinen nicht mehr hören zu müssen, kam Juliane vor wie eine Säuberungsaktion.

»Habt ihr gehört? Die Suttner will morgen hier aufkreuzen.« Mia stöhnte theatralisch. »Das bedeutet wieder nur eine Menge Aufregung, wo die Lage sich gerade ein wenig beruhigt hat.«

»Die Landtagsabgeordnete, die mit den Kinderrechten«, half Irene aus.

Juliane verdrehte die Augen. »Propaganda!«

Irene lachte.

»Tja, ich muss dann.« Mia erhob sich schwerfällig. Mit ihren knapp vierzig bewegte sie sich wie eine 20 Jahre ältere Frau, die zeitlebens auf dem Kartoffelfeld geschuftet hatte. »Bei uns tagt heute Abend die Freiwilligengruppe, die die Weihnachtsfeier für die in der Pfarrei Engagierten vorbereitet. Wünscht mir Glück.«

Kaum war sie aus dem Zimmer gewalzt, sagte Irene: »Sie hat die Nase voll. Ich möchte keine Pfarrersfrau sein.«

»Ich sowieso nicht. Wie geht's deinen Töchtern?«

»Sie spinnen total. Das ist normal in dem Alter. Und weißt du was? Seit ich immerzu an die beiden syrischen Mädchen denke, bin ich einfach nur dankbar, dass ich meine Krampfhennen zu Hause habe.«

Juliane lachte.

»Ich mache mich auf die Socken. Vorhin habe ich mit den Kindern gemalt und ein paar von den Babys massiert. Die meisten haben riesige Probleme mit dem Essen und Blähungen Tag und Nacht. Ich habe den Müttern gezeigt, was sie machen können, habe sogar Kräutertee mitgebracht.«

»Bist eine gute Beraterin.«

Irene spülte ihren Kaffeebecher. »Bis morgen, oder?«

»Bis morgen, Irene!«

Juliane blieb sitzen, hörte, wie Irene mit dem Securitytypen am Eingang plauderte und schließlich lauthals fluchend nach ihren Autoschlüsseln fahndete. Endlich ging die Tür.

Das Heim summte. Kinder lachten, kreischten, heulten. Erwachsene stritten. Frauen liefen eilig hin und her, auf der Suche nach einer Beschäftigung, die sie ablenkte. Juliane stand auf, ging zur Tür. Ihr Plan war gefasst.

Sie stiefelte zur Bürotür der Heimleitung. Sie war verschlossen. Juliane rüttelte ein paar Mal an der Klinke, dann rief sie die Security zu sich.

»Hier riecht's nach Rauch.«

»Echt? Ich rieche nichts.« Der Mann kriegte die Fäuste nicht aus den Jackentaschen.

»Junior, Sie rauchen selbst und zu viel, das hat Ihre Geruchsknospen nachhaltig gestört.«

Ein Vorteil des Alters, pflegte Juliane Kea zu verklickern, bestand darin, sagen zu können, was man wollte, irgendwie mochten die Jüngeren einem nichts abschlagen.

Grummelnd schloss der Mann die Tür auf. Juliane freute sich, dass er dazu die Hände aus den Taschen nehmen musste.

»Danke, mein Junge.«

Die Anrede war ihm peinlich, aber er sagte nichts.

»Pfui, was für ein unerträglicher Gestank.« Juliane ging zum Fenster und kippte es. »Lassen Sie die Tür ein bisschen auf, damit der Nebel abzieht.«

Sie sah ihm an, dass er damit seinen Anweisungen zuwiderhandelte. Die Türen zu den Büros waren stets abzuschließen. Aber es war Sonntag. Sein Dienst endete in Kürze, und die Leute von der Abendschicht würden ihn ablösen. Warum sollte er sich jetzt noch mit der berüchtigten, hartgesottenen Juliane Lompart anlegen!

Ohne ein weiteres Wort spazierte Juliane an ihm vorbei zur Teeküche. Er bezog Posten an der Eingangstür. Ein paar Männer, pudelnass, schlappten herein. Männer, die aus Kulturen stammten, in denen sich das Leben draußen abspielte, und die durchdrehten, weil sie 24 Stunden am Tag ohne Beschäftigung in geschlossenen Räumen zusammengepfercht waren. Sie verwickelten den Securityfritzen in ein in schlechtem Englisch geführtes Gespräch über Prepaid-SIM-Karten.

Juliane schlüpfte zurück ins Büro.

KAPITEL 23

Wie lange wird meine kleine Schwester sich an mich erinnern? Kann sie mich vergessen?

Hat sie überhaupt schon ein Gedächtnis?

Ich glaube, sie wird mich vergessen. Zusammengerollt liege ich unter dem Baum. Es ist erstaunlich trocken. Die Nadeln auf dem Boden fühlen sich nur kalt an, nicht nass, obwohl es immerzu regnet. Die Leute, die in dem Haus wohnen, in dessen Garten der Baum steht, werfen Sonnenblumenkerne und Brotreste in ein Holzkästchen, das auf einem Stab sitzt. Die Vögel stürzen sich darauf, doch ich bin schneller und kann meinen schlimmsten Hunger stillen. Letztlich bin ich gar nicht so besonders hungrig. Ich liege nur unter dem Baum, und wenn ich pinkeln muss, krieche ich ein bisschen weg. Wasser trinke ich aus einer Pfütze auf der Wiese.

Ich denke an zu Hause. Ob der Opa noch lebt. Was Mama macht. Wenn der Opa tot ist, ist sie ganz allein. Oder ist sie auch tot? Ich lege mich auf den Rücken und lausche dem Rinnen des Regens. Mir ist kalt, aber das macht nichts. Es ist mir egal. Ich glaube, ich fühle gar nichts mehr. Gadi ist weg und hat alle meine Gefühle mitgenommen.

Ich bin erst zwölf, aber alles ist schon zu Ende.

Und die tote Frau … Ich habe schon genug Tote gesehen. Sie machen mir keine Angst. Nur bei dieser Frau denke ich, dass sie noch gar nicht richtig gelebt hat. Sie hat so viele Hoffnungen in die Flucht gesetzt, hat es bis hierher geschafft, und dann hat ihr jemand das Leben genommen.

Wie mir. Ich habe keine Schwester mehr. Keinen Vater mehr. Vielleicht keine Mama und keinen Opa mehr. Nur noch mich. Und Abdul – doch mit dem will ich nichts mehr zu tun haben.

Er ist heute sehr früh zurückgekommen. Ein weißer Wagen hat ihn gebracht. Er ist mit noch zwei Männern ausgestiegen. Sie sind ins Haus gegangen. Schweigend. Einer blieb erst noch eine Weile vor der Tür stehen und rauchte. Ich sah das orangerote Pünktchen im Dunkeln. Es war nicht Abdul. Ich habe Abdul im Zimmer gesehen. Das Licht brannte. Er ging hin und her. Er war die ganze Nacht fort, und obwohl er müde sein musste, ging er ständig auf und ab wie ein gefangener Tiger. Opa war mit mir einmal in einem Zirkus, die hatten einen Tiger. In der Pause konnten wir die Tiere ansehen, und der Tiger hockte in einem Käfig. Als wir auf ihn zugingen, richtete er sich auf, geschmeidig auf seinen Tatzen tänzelnd machte er drei Schritte nach rechts, drei nach links. Mehr Platz hatte er nicht. Ich sah die Gitterstäbe zwischen dem Tiger und mir und begann zu weinen. Ich weinte, weil ich spürte, dass alles umgekehrt sein könnte. Ich im Käfig und der Tiger frei. Opa nahm mich auf den Arm und trug mich weg, er kaufte mir einen Maiskolben, und meine Tränen versiegten. Aber ich erinnere mich noch an den Blick des Tigers. An seine türkisen Augen.

Jetzt vergleiche ich den Tölpel von Onkel Abdul schon mit dem majestätischen Tiger. Gadi war nie in einem Zirkus. Als sie geboren wurde, gab es keine mehr. Und wir konnten kaum aus dem Haus, geschweige denn, dass wir Geld für eine Zirkusvorstellung gehabt hätten.

Schließlich wurde oben in der Wohnung das Licht ausgeschaltet. Ich stellte mir vor, wie Abdul im Bett lag, mit offenen Augen. Schlaflos. Aufgewühlt. Ich weiß nicht, warum, vielleicht, weil ich ihn immer nur erregt und hektisch kenne. Wofür Abdul seine Gründe hat, wie Mama oft sagt.

Abdul ist immer hinter etwas her. Das sind seine Gründe. Er ist ständig auf der Suche nach etwas Besserem. Perfektem. Nach einer Sache, von der er meint, sie würde ihm zustehen. Mama hat ihm vertraut, und das war falsch. Sie hat einen Fehler gemacht. Ich würde es ihr gern sagen, aber das kommt nicht infrage. Ich habe kein Handy. Ich kann nicht mit ihr reden. Kann sein, dass ihr Handy kaputt oder verloren oder leer ist und es keinen Strom gibt. Vielleicht hat sie das Handy verkauft gegen Medikamente für den Opa. Vielleicht ist sie tot.

Jetzt weine ich plötzlich. Das kommt so heftig, das Weinen. Die Tränen sind wie Sturzbäche, ich rolle mich auf den Bauch, drücke die Nase in meine Armbeuge und weine, weine. Ich will keine Geräusche machen, denn was, wenn mich jemand unter dem Baum findet?

Ich kann nicht in das Heim zurück. Was werden sie mit mir machen? Mich zurückschicken? Und wenn, wäre das schlimm? Oft genug habe ich andere Flüchtlinge darüber sprechen hören, wie es wäre, wenn man sie abwies. Zurückschickte. Abschob. Das Wort klang grausam, aber ist es nicht ganz und gar gleichgültig, was mit mir passiert?

Wenn sie mich nach Raqqa zurückschicken, sterbe ich wahrscheinlich dort. Ich verhungere, oder sie bringen mich um. Bomben fallen, oder ein Haus stürzt ein. Dort gibt es tausend Möglichkeiten, sofort zu sterben.

Nur, wenn sie mich abschieben, muss ich ohne Gadi zurück, und das geht nicht. Gadi hier und ich dort? Unmöglich.

Wie findet man seine Schwester, wenn man unter einem Baum liegt und weint?

Ob es Gadi gut geht? Sie kann nicht alleine weggelaufen sein, sie hängt doch an mir. Sie ist zu klein und zu schwach, um durchzuhalten.

Jemand hat sie entführt. Das kommt vor. Als ich auf der langen, langen Reise eines Nachts nicht schlafen konnte, da habe ich gehört, wie Leute darüber sprachen. Dass sie ein Kind verkauft hatten.

Ich muss das falsch verstanden haben.

Wenn ich nur aufhören könnte zu weinen. Wenn mir etwas einfallen würde, wie ich Gadi finde.

Ich bin furchtbar müde. Weinen macht mich immer schrecklich, schrecklich müde.

Wenn ich einschlafe, wache ich schnell wieder auf, weil es so kalt ist, und dann denke ich, dass Abdul da oben in der Wohnung liegt und ein warmes Bett hat.

Ich hasse Abdul.

KAPITEL 24

Ich fuhr heim. Juliane würde ich später abholen. Im Radio sagten sie durch, die Donau stünde kurz vor einem neuen Hochwasser. Das würde einen nassen Advent geben.

Zu Hause startete ich, noch im Mantel, den Laptop. Gab in die Suchmaske BOLA ein. Die offizielle Seite der Adoptionsagentur versprach perfektes Elternglück. Die Babys auf den Fotos meinte man, vor Freude glucksen zu hören, und die Gesichter der Erwachsenen waren reingewaschen von allen Krisenspuren eines Lebens. Während ich mich durch die Texte klickte, sammelten sich in meinen Augenwinkeln Tränen der Rührung. Arme Waisen bekamen ein Zuhause. Hungersnöten und politischen Zusammenbrüchen entronnen, kamen sie in den Genuss einer behüteten Kindheit und Jugend in Ländern, in denen es Sozialversicherung und Schulen für alle gab. Eine liebevolle Umgebung dämpfte die emotionalen Folgen der Reise in ein neues Land mit unbekanntem Klima und fremder Sprache. Verlotterten Heimen entkommen, erhielt jedes Kind nun endlich die Zuwendung, die es brauchte. Man musste eine verrohte Person sein, um so viel Glück nicht gut zu finden.

Genervt schlüpfte ich aus meinem Mantel. Kickte die Stiefel weg.

Es stimmte ja. Bestimmt war es besser, in einer Familie in den USA aufzuwachsen als in einem keimverseuchten Heim in Guatemala, wo es nur einmal am Tag eine Mahlzeit gab.

Was Patty bestritt. Die Kinderschützerin machte geltend, dass ein Kind am besten in seiner ursprünglichen Umgebung aufgehoben war.

Implizit schien dies ein Grundkonsens zu sein, der in den werbenden Worten von BOLA mitschwang. »Für immer weniger verlassene Kinder finden sich Pflege- oder Adoptiveltern im eigenen Land«, stand dort. Ich fragte mich, warum die Kinder erstens verlassen waren und warum zweitens sie niemand dort aufnehmen wollte, wo sie lebten. Ungewollte Kinderlosigkeit war kein Phänomen westlicher Industrienationen.

Ich klickte mich durch die Unterordner der Website. Man stellte die Länder vor, aus denen hauptsächlich Kinder adoptiert wurden, und erläuterte das Verfahren der Adoption bis ins kleinste Detail. Von der Bewerbung als Adoptiveltern bis zu diversen Reisen in das entsprechende Land, um das Kind kennenzulernen und die Behörden mit den nötigen Papieren aufzusuchen. BOLA rundete ihr umfangreiches Organisations- und Begleitangebot mit Vor- und Nachsorgeseminaren ab. Man erwartete von Adoptiveltern regelmäßige Berichte darüber, wie die Kinder sich entwickelten. Diese würden in die Herkunftsländer weitergeleitet, damit die Behörden dort sich ein Bild machen und entsprechend auf die Auswahl der zu adoptierenden Kinder achten konnten. Ich überflog die Rubrik »Anforderungen an Adoptiveltern« und gewann den Eindruck, dass auf diesem Gebiet nur höchst ambitionierte Menschen, die ihr Leben meisterhaft im Griff hatten, eine Chance bekamen, ein Kind zu adoptieren. Bei der Lektüre versuchte ich, Pattys Behauptung von Kinderhandel im Kopf zu behalten. Sowohl die Hochglanzargumente als auch Pattys Einlassungen kamen mir mit einem Mal diffus vor. Alles verschwamm. Für eine Weile versuchte ich herauszufinden, wer genau hinter BOLA stand. Offenbar handelte es sich um eine übergeordnete Agentur mit etlichen Unterdepartments. Ein ganzes Geflecht aus Verbünden unterschiedlicher Rechtsformen, verwickelten Strukturen und Abhängigkeiten, die schwer auseinanderzuhalten waren.

Ich sah mir die Facebook-Seite von *Children only* an. Patty und ihre Leute gingen recht forsch zur Sache. Gerade BOLA wurde oft angegangen, Vorwürfe, Anschuldigungen, zynische Zwischentöne. Manche Kommentare unter der Gürtellinie. Adoptierte kamen zu Wort, die erst in ihren 20er- oder 30er-Jahren erfahren hatten, dass ihre biologischen Eltern andere waren als gedacht. Tragödien zeichneten sich ab, deren Ausmaß auf der begrenzten Plattform sozialer Medien zu purem Sarkasmus geronnen. Die Posts schreckten mich ab. Gerade Patty O'Brian hätte ich mehr Niveau zugetraut.

Zerstreut sah ich auf die Uhr. Was Juliane wohl trieb? Es wurde Zeit, dass ich nach Ohlkirchen zurückfuhr.

KAPITEL 25

Juliane hasste Akten. Gedruckte Flunkereien, bürokratische Wege, sich Vorteile zu verschaffen.

Viel Zeit hatte sie nicht. Sie ging zielstrebig auf den Registerschrank zu. Das Teil musste irgendwer aus einem Archiv abgeschleppt haben. Es war aus Metall und vom spröden Charme der 70er-Jahre.

Für jeden Flüchtling gab es eine Hängeakte. Sie fingerte sich durch das alphabetische Verzeichnis. Den Nachnamen Al Ybi fand sie unter »y«.

Safiye Al Ybi. Gadi Al Ybi. Abdul Al Ybi.

Juliane seufzte. Die Mappen waren so gut wie leer, in Abduls Mappe klebte ein Post-it. »Nicht auffindbar.«

Der Mann war 27, bestes Alter, gesund, bis auf eine in Kampfhandlungen halbzerfetzte, aber längst verheilte

Hand. Das Foto zeigte einen muskulösen Mann mit entschlossenem Blick. Bei den beiden Schwestern kein zusätzlicher Eintrag, bis auf den Vermerk »M« für »minderjährig«. Sie hängte die Mappen zurück.

»Wonach suche ich?«, murmelte sie, während sie mit halbem Ohr der unerfreulichen Konversation zwischen den Flüchtlingen und dem Security-Mann lauschte.

Ordner hinter dem Schreibtisch. Einkäufe, Buchhaltung, Korrespondenz, Gutachten. Uninteressant. Sie rüttelte am Schreibtisch. Ihr Schweizer Taschenmesser wirkte Wunder. Schon stand die Schublade offen, Juliane griff hinein. Drei Hefter, zerlesen, teils mit handschriftlichen Vermerken. Sie zog das Smartphone aus der Tasche, das Kea ihr vor ein paar Monaten aufgeschwatzt hatte. Mist, der Blitz könnte Aufsehen erregen. Draußen mischte sich jetzt eine schrille Frauenstimme in die Unterhaltung ein. Die Nerven im Heim lagen seit dem Mord blank.

Die Finger wollen nicht mehr so wie früher, dachte Juliane halb nervös, halb ärgerlich, während sie Blatt um Blatt wendete und eifrig knipste. Arthrose war Arthrose war Arthrose. Nichts dran zu rütteln. Selbst mit einer wasserdichten inneren Einstellung nicht.

Der erste Hefter beinhaltete nur Telefonnotizen. Der zweite, den sie sich vorknöpfte, bestand aus Ausdrucken von E-Mails in spanischer Sprache. Knips. Verdammt, wie stellte man den Blitz ab? Ihr schoss durch den Kopf, dass letztlich jeder käuflich war und die Jungs von der Security zudem noch unterbezahlt.

Die Frauenstimme verstummte, um kurz darauf wieder loszuschimpfen; danach entfernte sie sich schnell. Es wurde still auf dem Flur. Fuck!

Juliane besah den dritten Hefter. Ordentlich abgeheftete Formblätter auf Spanisch, jedes einzelne in einer durchsichtigen Dokumentenhülle. Sie lichtete schnell eines ab, warf den Hefter zurück, schob die Schublade zu, hechtete zum Fenster und lehnte sich hinaus.

»Na, genug gelüftet?«

Juliane drehte sich langsam um. Jetzt die Tütteligkeitsnummer, die funktionierte immer, wenngleich nur bei Menschen, die sie nicht besonders gut kannten. Na gut, sie war ihr einziger Trumpf.

»Mir geht's nicht gut. Ist vermutlich das Essen.« Sie griff mit der Hand nach ihrer Stirn. »Mir ist unglaublich heiß. War es Irene vorhin, die sagte, dass sie etwas Unbekömmliches gegessen hätte? Oder Mia?« Juliane tastete nach dem Fensterbrett.

»Na, vielleicht sollten Sie besser nach Hause gehen.«

»Vielleicht.«

»Ist nicht der Sinn der Sache, wenn man sich hier freiwillig kaputtmacht.«

»Nein.« Juliane ging ein paar Schritte. Blieb schwankend stehen und ruderte mit dem rechten Arm. Sofort hüpfte der Knabe an ihre Seite.

»Kann ich was für Sie tun?«

»Nein, mein Junge, danke, es geht schon wieder. Sie schließen ab?«

»Sicher.« Er zückte bereits den Schlüsselbund.

Unauffällig tastete Juliane nach dem Smartphone.

»Sagen Sie, essen Sie nicht auch hier in der Kantine?«

»Doch.«

»Und Ihnen geht es gut?«

Er wurde um ein paar Nuancen blasser. Alles Psychologie.

»Na … also, ich glaube, ja!«

»Sie sind jung. Und unverwüstlich.« Juliane lächelte ihn an.

Er grinste zurück.

Als sie das Heim verließ, bohrte sich sein Blick in ihren Rücken.

Kein ganz schlechter Kerl, dachte Juliane, zog die Kapuze zum Schutz gegen den Regen über den Kopf und hastete die Straße entlang. Nicht ausgeschlossen, dass er ihr nachsah, wenn er noch im Büro stand. Womöglich sollte sie langsamer gehen. Schließlich machte gerade ihr Magen schlapp. Das Grinsen, das sich in ihr Gesicht stahl, verflog jedoch sofort, als ihr auffiel, dass sie ihr Schweizer Messer nicht mehr bei sich hatte.

Ihre Friseuse Kathi Deusel, die auf der anderen Straßenseite in entgegengesetzte Richtung lief und ihr frenetisch zuwinkte, bemerkte sie nicht.

*

Der Regen tobt so sehr, dass der See unten über die Ufer tritt. Langsam, wie in Zeitlupe. Wenn ich nichts zu tun habe, und das ist die meiste Zeit des Tages der Fall, stehe ich am Fenster und gucke zu, wie das Wasser sich ausbreitet. Braune, aufgepeitschte Schlieren beißen Stücke von der Böschung ab. Die Wiesen sind überschwemmt, auch das Basketballfeld. Das erspart mir die Nachfragen der Schwester, warum ich nicht mit den anderen auf den Korb werfen will. Der Grund ist offensichtlich, obwohl er nicht unbedingt mein Grund ist. Ich wünschte, es würde endlich frieren. Hinter mir im Zimmer packt das Drachennüsternmädchen seine Sachen. Sie braucht Stunden dazu.

Als mein Vater krank wurde, hatte sich mein Zustand gerade ein bisschen stabilisiert. Ich war in einer neuen Schule, einer musischen, und ich legte ziemlich mit Sport los, um meinen sich rasant verändernden Körper im Griff zu behalten. Ich war gewachsen wie Unkraut, die sprichwörtliche lange Latte war ich geworden, und musste etwas dafür tun, dass die Muskeln mithielten. Basketball bot sich an. Also stürzte ich mich ins Training. Hinzu kam, dass mir die Mädchen im Team alle sehr kameradschaftlich begegneten. Da gab es nicht so ein Getüttel mit Schminken und Fingernägelchen und Jungs. Wir hatten ein Ziel: Wir wollten die beste Schulmannschaft werden. Was uns gelang: zuerst die beste in der Stadt, später im Landkreis und zu guter Letzt überregional. Aber da war ich schon nicht mehr dabei.

Mein Vater fühlte sich seit Wochen matt und schlapp. Er hatte seltsame Schwellungen am Hals, hielt die Symptome für eine verkappte Erkältung und biss die Zähne zusammen. Er arbeitete als Architekt, ein Bau musste fertig werden, er hängte sich rein. Dann brach er zusammen, und meine Mutter schleppte ihn zum Arzt.

Diagnose: Leukämie. Eine ziemlich aggressive Form. Die Nachricht drang zunächst nicht richtig zu mir durch. Mein Vater war ein Workoholic, von dem ich im Alltag wenig mitbekam, selbst an den Wochenenden hockte er über seinen Plänen, telefonierte mit Kunden und ließ sich von seinem Chef zur Schnecke machen. Für mich war in meiner Kindheit ausschließlich meine Mutter da gewesen. Aber im Hintergrund hatte mein Vater stets existiert, sodass es mir einfach nicht in den Sinn kam, die Krankheit könne ihn mir wegnehmen und er würde irgendwann ganz fort sein.

Ich begleitete Mutter zu den Arztgesprächen, und da kam die Rede auf eine Typisierung. Die nächsten Verwandten sollten sich einem Test unterziehen, um festzustellen, ob ihre Werte mit denen des Kranken so weit übereinstimmten, dass sie ihm Stammzellen spenden konnten. Ich war sofort bereit, doch meine Mutter wollte auf keinen Fall, dass ich mich typisieren ließ. Ich sah das strikte Nein an ihrem Gesicht, in dem sie den Schock über Vaters Krankheit geschickt genug verbarg, um mir das Gefühl von »es ist alles nicht so schlimm, wird schon wieder« zu vermitteln. Was ihr nicht gelang. Sie pumpte unendlich viel Energie in die Aufgabe, die Fassade von der angeblich gar nicht so gefährlichen Krankheit vor mir aufrechtzuhalten, mit der man über kurz oder lang fertig würde.

Es war nur eine Frage der Zeit, wann die künstliche Zuversicht in sich zusammenfallen musste. Ich recherchierte im Netz und stellte fest, dass die Zellspende das einzige Heilmittel war. Sie funktionierte bei Vaters Form von Leukämie immerhin in knapp der Hälfte der Fälle. Das klang nicht ganz hoffnungslos.

»Ich will mich typisieren lassen!«, verlangte ich, als ich Mutter ins Krankenhaus begleitete, wo Vater behandelt wurde.

»Das kommt nicht infrage.«

»Warum?«

»Du bist zu jung.«

»Das stimmt nicht. Im Internet steht …«

»Im Internet kursiert eine Menge Schrott.«

»… dass im Notfall sogar Kinder spenden können.« Ich war 14 und damit garantiert kein Kind mehr.

»Die Regel lautet: ab 18.«

»Aber im Notfall …«

»Darüber wird nicht diskutiert.«

Mutter war gut darin, nicht zu diskutieren. Ich beginne zu begreifen, weshalb. Sie hasst es, zu verlieren. Sie steigt in einen Kampf nicht ein, wenn sie nicht sicher sein kann, als Siegerin daraus hervorzugehen.

»Und wenn es Papas Leben rettet?«

Ich war überzeugt, dass sie dieses Argument nicht beiseite schieben konnte. Das Leben war alles wert.

»Ich bin 14«, redete ich weiter und sah vor mir, wie mein Vater durch meine Stammzellen aufblühte. »Also fast 18.« Mein Vater hatte keine Geschwister, sein Vater war lange tot und meine Oma eine schwache, gebrechliche Frau, die an Diabetes und Bluthochdruck litt. Nur wenn gar kein Spender gefunden würde, käme man auf sie zurück.

»Was für ein bodenloser Unsinn!«, fuhr meine Mutter mich an. Wir fuhren in die Tiefgarage der Klinik, und vor lauter Wut rammte sie beinahe einen Pfeiler. Ich durfte nicht mit in das Besprechungszimmer des Arztes. Neben meiner halb toten Oma war ich die einzige lebende Verwandte meines Vaters, bis auf zwei Cousinen, die sich typisieren ließen, aber deren Werte nicht zu Vater passten.

Einen Tag später schwänzte ich Sport und fuhr in die Klinik, wo ich mich bis zum Büro des Arztes durchschlug, der meinen Vater behandelte. So etwas hatte ich noch nie getan: Weder geschwänzt noch mich zu jemandem durchgefragt, den ich kaum kannte und der eine wichtige Person in einem System war. Normalerweise kuschte ich vor solchen Leuten. Ich traute mich noch nicht einmal, in der Pause am Lehrerzimmer zu klopfen und nach einem Lehrer zu fragen.

Der Arzt bat mich in sein Büro, ich saß auf dem Stuhl vor seinem Schreibtisch und trug mein Anliegen vor. Dass ich gern und jederzeit bereit war, meinem Vater zu helfen, indem ich mich typisieren ließ.

Heute denke ich, meine Mutter hätte anstandslos Ja sagen können. Ich hätte eine Blutprobe abgegeben und man hätte gecheckt, ob meine Werte passen. Aller Wahrscheinlichkeit nach wäre ich als Spenderin nicht in Betracht gekommen, das hätte man mir schonend beibringen müssen, aber wenigstens hätte ich das Gefühl gehabt, etwas für meinen Vater getan zu haben. Stattdessen ging sie auf Konfrontation. Natürlich ist mir heute klar, dass durch ihr Einverständnis das Lügengebäude immens gefährdet gewesen wäre. Ein Testergebnis mit null Übereinstimmung hätte mir die Wahrheit auf dem Silbertablett serviert. Notfalls wäre ihr die Möglichkeit geblieben, den Arzt als Verbündeten in ihr Boot zu holen. Er hätte mir den medizinischen Sachverhalt wahrscheinlich so erklären können, dass ich keinen Verdacht geschöpft hätte.

In mir setzte sich damals der Gedanke fest, dass Mutter weder meinen Vater noch mich sonderlich liebte. Der Gedanke war nicht ausformuliert, es war nur eine Idee, der Hauch einer Idee, eines Gefühls. Es kam mir vor, als nehme sie den Tod meines Vaters in Kauf.

»Deine Mutter möchte das nicht«, erklärte mir der Arzt zum wiederholten Mal geduldig. Ich sei erst 14, eine Stammzellenspende abhängig vom Einverständnis der Eltern. Ich argumentierte, mein Vater sei bestimmt einverstanden. Der Arzt versprach, mit meinen Eltern zu reden. Er wollte mich loswerden, nachdem ich ihn eine halbe Stunde lang genervt hatte.

Ich ging zu meinem Vater. Er schlief, sein Gesicht weiß, eine Infusionsflasche schickte Tropfen in seine Venen, eine durchsichtige Flüssigkeit, von der offenbar nicht viel zu erwarten war. In dem Krankenhausbett war er ein fremder Mann für mich, einer, den ich nie schwach oder untätig gesehen hatte. Ich setzte mich neben das Bett, aber bald darauf ging ich, denn Sport war längst aus, und Mutter würde misstrauisch, wenn ich nicht pünktlich heimkam.

Das Seltsame war, dass *ich* nicht misstrauisch wurde. Noch nicht.

Meine Zimmergenossin ist endlich mit Packen fertig. Das Kofferschloss schnappt zu.

KAPITEL 26

Regen. Dunkelheit. Anspannung. Scotch.

»Was hat das jetzt zu bedeuten?« Ich nippte am Glas.

»Kannst du Musik auflegen?«, fragte Juliane.

»Immer. Was willst du?«

»Amy Winehouse.«

Ich verkniff mir einen Kommentar und suchte die CD raus, die ich erst neulich in München aus zweiter Hand gekauft hatte. »Our day will come.«

Wir waren zu mir nach Hause gefahren und hatten Julianes Fotos ausgedruckt. In vergrößertem Zustand waren sie ziemlich unscharf. Ich bezweifelte jedoch, dass wir schlauer aus ihnen werden würden, wenn die optische Qualität besser wäre. Bisher hatten wir uns auf folgende

Grundidee geeinigt: Es war möglich, dass das Flüchtlingsheim in Ohlkirchen als Basis für das Weiterverkaufen von Kindern diente. Waisen wurden aussortiert und weitergemeldet. An wen? Keine Ahnung.

Die Telefonnotizen schienen privater Natur. Immer wieder tauchte der Name »Irmi« auf. »Irmi anrufen«, »Italiener, Münchner Freiheit, 20 Uhr, Tisch bestellen« – Kritzeleien dieser Art. Was mich mehr bewegte, waren die spanischen E-Mails. Ich hatte die Kennung .gt gecheckt. Guatemala. Die Mails waren zwischen dem Leiter des Ohlkirchener Heims, Doktor Alwin Decker, und einem gewissen Snappy hin und her gegangen. Meine bescheidenen Spanischkenntnisse reichten aus, um zu überschlagen, worum es ging.

»Warum kann Decker Spanisch?«, schaltete Juliane sich in meine Gedanken ein.

»Keine Ahnung. Was weißt du über ihn?«

»Er ist aus München hergeschickt worden und Leiter des Flüchtlingsheims geworden. Das ist alles.«

»Ein unbeschriebenes Blatt?«

»Google ihn mal!«

Ich tippte »Alwin Decker« in die Suchmaske. Klickte ein paar Mal. Kopierte die Suchresultate in eine Word-Datei. Der Mann schien eine Bilderbuch-Beamtenkarriere hingelegt zu haben.

Juliane guckte mir über die Schulter. »Ordnungsamt Ingolstadt, Standesamt Ingolstadt, Standesamt München. Flüchtlingsheim Ohlkirchen.«

»Ist das ein Abstieg?«

Sie zuckte die Achseln. »Der Mann ist um die sechzig. Seit Jahren geschieden. Zwei erwachsene Kinder, die im Ausland leben. Ich habe ihn vor einiger Zeit darüber jammern hören. Dass man die Brut erst aufzieht, und dann lassen sie die alten Eltern im Stich. Gemecker in dem Stil.«

Ich dachte kurz an Frau Laverde. Meine Mutter hatte ich seit über einem Jahr nicht gesehen. Ich vermisste sie nicht. Sie mich vermutlich auch nicht. Irgendwann würde sie aufschlagen, einen Schwank vorspielen, in dem ein Verflossener eine gewichtige Rolle innehatte, und wieder ihrer Wege gehen. So war Frau Laverde.

»Der Knabe ist CSU-Mitglied.« Ich deutete auf die entsprechende Zeile im Text.

»Ist zumindest nach dem Gesetz kein Verbrechen.«

»Kommunistin, unverbesserliche!«

Sie griff nach dem Ausdruck einer Mail, die ich übersetzt hatte. »Das ist alles und nichts. ›Danke für Ihre Initiative und die Bemühungen. Die Unterlagen sind wie gewünscht angekommen.‹ Oder hier: ›Ich hoffe, Ihren Kindern geht es gut.‹ Üble Floskeln!«

»Ist dir aufgefallen, dass die beiden einander nie mit Namen anreden? Die Mail geht einfach los. Es ist auch keine Unterschrift drunter.«

Juliane nickte. »Die Mails sind von Deckers offiziellem Mailkonto abgeschickt worden. Also haben sie mit seiner Arbeit zu tun?«

»Du meinst, wenn er das macht, sind die Mails keine Beweise für irgendwas Illegales, denn sonst hätte er einen privaten Account benutzt?«

»Würde *ich* so machen.«

»Mag sein, Juliane, aber es gibt Leute, die sich über ihre Spuren im Netz nicht den Kopf zerbrechen, so doof das klingt.«

»Also Fehlanzeige.« Sie schob meine Finger von der Tastatur und klickte herum. »Hier, die Fotos aus dem dritten

Hefter. Dummerweise hat die Folie den Blitz gespiegelt. Ich schwöre, die Blätter waren alle gleich.«

»Warte mal.« Ich öffnete ein Fotobearbeitungsprogramm und versuchte, die Helligkeit zu regulieren. Meine mühevollen Versuche reichten, um annähernd lesen zu können, was da stand. »Certificado de nacimiento« stand in Kapitälchen in der Mitte.

»Heißt was?«, fragte Juliane. »Ist es das, was ich denke?«

Ich griff in mein Haar, richtete meinen Pferdeschwanz. »Geburtsurkunde.«

Juliane vergrößerte den unteren Bildausschnitt.

»Die Dinger sind gesiegelt.«

»Aber nicht ausgefüllt.«

Wir sahen einander an.

Das Telefon klingelte. Peter Jassmund.

»Was gibt's Neues?«, fragte ich leichthin, als wagte ich nicht, die tonnenschweren Fragen in meinem Kopf rein akustisch auf ihn zurollen zu lassen.

»Einer von den Securityleuten ist vorbestraft. Er wurde wegen einer umfangreichen Bildergalerie mit nackten Kindern auf seinem PC …«

»Red nicht weiter!« Irgendetwas würgte mich.

»Aber er hat ein Alibi für den Tag, an dem Gadi verschwand. War auf der Beerdigung seiner Mutter in Türkenfeld.«

»Wenn das nicht wasserdicht ist … Wie sieht es mit dem Mordtag aus?«

»Da hatte er Dienst, hielt sich aber zur Tatzeit vor dem Haus auf. Es gab eine Auseinandersetzung mit Irakern, die unbedingt ins Heim reinwollten, obwohl sie dort nicht leben und nichts zu suchen haben. Die Kameras liefern die passenden Bilder. Wir behalten den Mann dennoch im Auge. Hast du ein Weißbier kalt?«, fragte er.

»Für dich immer.«

»Ich komme vorbei. Nur kurz.«

»Klar doch.« Ich legte auf.

KAPITEL 27

Der Mann war so ein Dilettant.

»Sie müssen die Unterlagen sofort verschwinden lassen!«

»Das habe ich bereits getan. Wenn der Mann von der Security …«

Er interessierte sich nun wirklich nicht für die Security. Was er zu schützen hatte, ließ sich nicht durch einen Schrank in Uniform bewachen.

»Vernichten Sie alles!«

»Selbstverständlich.«

Verdammt, er war wirklich müde. Morgen zogen sie in die neuen Büroräume in Bogenhausen um. Es würde ein langer Tag werden. Dazu noch das Interview, er durfte nicht übermüdet aussehen, in seinem Job gab man was auf die Beschwingtheit der 40er-Jahre. Nicht mehr ganz jung und voller Illusionen, aber noch tatkräftig. Einer, der die Welt, wenn es sein musste, aus den Angeln hob. Die Welt der Kinder.

Tatsache war jedoch, dass ihm die meisten Dinge schwerer fielen als noch vor ein paar Jahren. Er müsste sich endlich aufraffen, mit den Ecuadorianern weiterzuverhandeln, die ließen ihn ganz schön zappeln. Alle wollten das Maximum rausholen. Doch anstatt sich von dem Umzugsstress zu erholen, hockte er in Boxershorts auf seiner Bettkante und musste sich von einem Idioten belehren lassen, was der angeblich alles richtig gemacht hatte. Wie konnte er nur die Unterlagen … es war müßig. Schmidt betrachtete seine Füße in den Badelatschen, die er aus einem Best Western Hotel mitgenommen hatte.

»Es ist so«, fuhr der Mann am anderen Ende der Leitung fort, »dass ich eine Ahnung habe, wer sich für meinen Schreibtisch interessiert hat.«

»Ach was.«

»Eine Helferin. Eine ältere Dame.«

Freiwillige waren eine vermaledeite Brut! Schmidt hasste Freiwillige. Sie hatten ein Gewissen und waren stolz darauf. Man konnte sie nicht umstimmen. Schon gar nicht mit Geld. In der Regel jedenfalls.

»Der Security-Mann hat sie gesehen und …«

Schmidt lauschte ungeduldig. Eine Alte, die sich mit List und Tücke Zugang zum Allerheiligsten eines Flüchtlingsheims verschafft hatte. Ihm war von Anfang an klar gewesen, dass es wahnwitzig war, von Deutschland aus zu agieren. Sie mussten viel früher ansetzen. Aber der Staat konnte froh sein! Minderjährige verursachten nur immense Kosten. Die sparte er dem Steuerzahler. Dennoch würde er seine Schwerpunkte wieder nach Süden verlegen. Italien war immer ein guter Ansatzpunkt, wenngleich Irmi als Übersetzerin jetzt nicht mehr in Betracht kam.

»Name und Adresse«, bellte Schmidt ins Telefon. Kritzelte alles auf ein Blatt Papier. Was auch immer die alte Schlaumeierin da abgegrast hatte – justiziabel war erst einmal gar nichts. Aber wovon Decker in seinem Beamtentran anscheinend nichts ahnte, war viel gefährlicher: Wieso sollte eine Helferin in den Sachen des Heimleiters herumkramen? Doch nur, weil sie von etwas Wind bekommen hatte. Wind wuchs sich zu Sturm aus. Es galt, vorbereitet zu sein. Gut, dass die Frau alt war.

»Diese *Children-only*-Leute werden immer impertinenter!«, fuhr Decker mit seinem Lamento fort. »Sie glauben es nicht: Die Anschuldigungen im Internet sind wirklich unter der Gürtellinie.«

Schmidt benötigte all seine Selbstbeherrschung, um Decker nicht anzuschreien.

Er beendete das Gespräch und rief Resmi an. Im Krankenhaus wurde der ohnehin nicht gebraucht.

Als der Syrer sich meldete, erklärte Schmidt sein Anliegen ohne Umschweife. Er hatte läuten hören, dass der Syrer seine Töchter nach Deutschland holen wollte. Schmidt besaß Kontakte. Was er Resmi zu verstehen gab.

»Beobachten. Nur das. Ich will alles wissen. Gewohnheiten, wann sie kommt und geht, wie sie sich verhält, wer sie besucht. Hast du das verstanden?«

»Habe ich.«

»Wie geht es dem Kind?«

»Viel besser. Kinder erholen sich schnell. Die Ärzte sagen, in ein paar Tagen kann die Kleine fliegen. Wenn nichts dazwischenkommt.«

Schmidt atmete auf. Seine Sekretärin würde gleich morgen ein längeres Telefonat mit Philadelphia führen. Sie war einfühlsam, die Eltern fraßen ihr aus der Hand. Postkarten voller dankbarer Worte an der Pinnwand der Sekretärin sprachen davon. Außerdem sollte sie schnellstmöglich ein neues Flugticket bestellen. Das Mädchen musste schleunigst raus aus Deutschland. Hernach würde er mit der Politikerin telefonieren. Es galt, in die Offensive zu gehen.

27. NOVEMBER

KAPITEL 28

Aus dem Mittagsnebel leuchtete uns das neue Logo des Münchner Flughafens entgegen. Eine Reihe von neonweißen »Ms« rechts neben der Fahrbahn. Die Buchstaben hatten einen Schlagschatten in Pink.

»Wenn ich mir vorstelle, wie teuer die Angelegenheit war! Die haben für einen abgeschrägten Buchstaben extra eine Agentur voller hoch bezahlter Designer angeheuert«, motzte Juliane, während ich durch den Sprühregen, der die Windschutzscheibe verschmierte, die Schilder zu entziffern versuchte. Ich bog zum Terminal 2 ab. Patty wollte uns dort gleich nach ihrer Ankunft treffen.

»Ein neues M. Das nennen die Logo!« Sie konnte sich kaum beruhigen.

»Du magst den Flughafen bloß nicht, weil du den Namensgeber nicht abkannst.«

»Kea, du kannst Gedanken lesen.« Juliane war die ganze Fahrt lang überraschend einsilbig gewesen. Wahrscheinlich nagte an ihr dasselbe wie an mir: die Frage, was ihre Funde im Büro des Heimleiters zu bedeuten hatten. Ich hoffte von Herzen, dass Patty uns weiterhelfen konnte. Vergangene Nacht hatten wir nach Peter Jassmunds Besuch Kopien von allen Unterlagen angefertigt und gleich morgens auf die Bank in Ohlkirchen gebracht, wo wir die Dokumente in meinem Schließfach deponierten. Wir waren spät dran und deshalb ohne einen Zwischenstopp in Julianes Wohnung gleich Richtung Flughafen aufgebrochen.

»Jassmund war ziemlich durch den Wind gestern«, sagte Juliane.

»Allerdings. Ich kenne ihn gar nicht so. Dass er sich in unserer Gesellschaft die Hucke vollsäuft, passt nicht zu ihm.« Jassmund war früher ein leidenschaftlicher Vater gewesen, doch sein Sohn war seinerzeit durch die Pubertät arg malträtiert worden und stand nun, mit Anfang zwanzig, nicht mehr auf Unternehmungen mit seinem Erzeuger. Ich nahm an, dass Peter Jassmund auch privat in einer Sackgasse angekommen war. Beruflich sowieso. Aufstiegschancen gab es keine mehr, und er hatte nie ein Hehl daraus gemacht, unbedingt bei der Mordkommission in Fürstenfeldbruck bleiben zu wollen. Hauptsächlich, weil er ein gemütlicher Typ war, der seine seit Jahren eingespielten Routinen nicht aufs Spiel zu setzen wagte. Was ihm jetzt noch blieb, waren die Kumpel vom Polizeichor, in dem er seit seinen frühen Dienstjahren voller Enthusiasmus mitsang.

»Er scheint sich auf einen pädophilen Hintergrund einzuschießen. Wir hätten ihn an unseren Gedankenspielen teilhaben lassen sollen.«

Hatten wir jedoch nicht gemacht. Noch schien alles zu nebulös. Was hatten wir schon in der Hand?

»Das können wir immer noch machen.« Fragte sich nur, wann.

Ein Jet flog rechts von uns ein.

»Ist Patty schon gelandet?«

Ich wies auf die Uhr am Armaturenbrett. »Dies könnte ihr Flug sein.«

Patty O'Brian war ziemlich aus dem Häuschen gewesen, als ich ihr heute Morgen von Julianes Beutezug berichtet hatte. Die nervöse Stimmung setzte mir mittlerweile auch zu.

»Dieser verdammte Regen!« Juliane wischte die beschlagene Seitenscheibe frei.

»Wetterfühlig warst du bisher nie.«

»Ich denke an Safiye.«

»Vielleicht ist sie doch bei ihrem Onkel untergekrochen.«

»Von dem auch keiner weiß, wo er steckt.« Juliane schüttelte energisch den Kopf. »Uns gehen die Leute durch die Lappen, merkst du was?«

»Unseligerweise.« Ich lenkte den Spider ins Parkhaus. Fotografierte die Nummer des Parkplatzes mit dem Handy. »Hast du heute keinen Dienst?«

»Erst heute Nachmittag wieder.« Juliane wickelte ihren Schal fester um ihren Hals. »Verfluchte Kälte. Wenn das so weitergeht, kriege ich noch Rheuma.«

Manchmal machte ich mir wirklich Sorgen um sie. In letzter Zeit wirkte sie oft ausgelaugt. Wahrscheinlich lag es an dem hässlichen Wetter, der feuchten Kälte. Und dem verschwundenen Kind.

Wir fuhren mit dem Fahrstuhl nach unten und hasteten durch den Regen ins Terminal.

»Sie wartet im Starbucks in der Ankunftshalle auf uns.« Ich kannte den Flughafen ganz gut. Schließlich war ich viele Jahre meines Lebens beruflich gereist. Und obwohl ich es verabscheut hatte, zumindest in der zweiten Hälfte meines Jobs als Reisejournalistin, genoss ich jetzt das

Gefühl, mich für begrenzte Zeit an einem Ort aufzuhalten, wo das Leben um sich selbst kreiste. Ein ständiges Kommen und Gehen, Schwirren und Brummen.

»Du glaubst doch selbst nicht, dass ich diese amerikanische Brühe trinke!«

Ich lachte. »Mach eine Ausnahme.«

»Vergiss es.«

Sie würde es fertigbringen und bei der Konkurrenz einen Becher Coffee to go kaufen, um damit ungeniert bei der amerikanischen Kette hereinzuspazieren. »Es geht um Safiye und Gadi.«

Juliane antwortete mit einem Brummen. Sie nahm sich das Verschwinden der Kinder mehr zu Herzen als ich. Im Verdrängen von Emotionen war ich unschlagbar.

»Wann kommt Nero eigentlich wieder?«, fragte Juliane.

»Heute früh deutete er an, dass er noch ein paar Tage bleiben muss.«

Wir gingen durch die Ankunftshalle. Abholer warteten unter den großen Bildschirmen, auf denen zu lesen war, welcher Flug bereits eingetroffen und welcher im Anflug war. Gleich daneben befand sich das Starbucks.

»Mir wäre wohler, wenn er hier wäre.«

»Du?« Ich lachte auf.

»Ich mache ihn dir nicht streitig, Kea!«

»Das meine ich nicht. Ausgerechnet du fühlst dich sicherer, wenn ein Mann in deiner Nähe ist?«

Sie zuckte die Achseln. »Ich habe ein schlechtes Gefühl.«

»Das merke ich.«

»Hallo! Frau Laverde!« Patty O'Brien schritt durch die automatischen Türen, einen Minitrolley neben sich herrollend. Das kurze Haar stand ihr am Hinterkopf ab, als habe sie keine Zeit gehabt, sich zu kämmen.

»Ist sie das? Die Karrierefrau?«, zischte mir Juliane zu.

»Das ist sie.«

Wir schüttelten uns die Hände. Ich stellte Juliane vor.

»Frau Lompart, freut mich. Ich hoffe, Sie haben nicht zu lange gewartet.«

»Wir sind gerade erst gekommen.«

»Ich habe jetzt dringend einen Kaffee nötig. Meine Güte, was für ein Wetter! Seit Brüssel nur Turbulenzen. Sie haben an Bord nicht mal Getränke serviert, so hat die Maschine gewackelt.«

Juliane grummelte irgendwas.

Wir betraten das Café. Ich stellte mich an und bestellte drei Americanos. Hinter mir baute sich eine Clique Hipster auf, die lauthals mit ihrer bevorstehenden Thailandreise prahlte. Als ich die Getränke an den Tisch balancierte, schienen sich Juliane und Patty angefreundet zu haben. Sie steckten die Köpfe in einen Flyer und lachten. Ein Stich im Herzen. Eifersüchtig, Kea?

Ich stellte die Tassen ab.

»Wir haben uns gerade über die Werbung für Elektroautos amüsiert.« Patty warf den Flyer auf den leeren Nachbartisch. »Das passt nicht zum Thema. Ich bin sehr dankbar, dass ich mich mit Herrn Keller treffen konnte.«

»Wird er Ihnen helfen?«

»Der Punkt ist, die Adoptionslobby gilt nicht als organisierte Kriminalität. Organisierte Kriminalität bringt man mit anderen Delikten in Zusammenhang: gewerbsmäßigem Einbruch, Frauenhandel, Drogengeschäften.«

Juliane starrte verdrossen auf ihren Kaffee, legte dann doch beide Hände um die Tasse. Ihr war kalt. Ich machte mir Sorgen.

»Also kann Nero nichts für Sie tun.«

»Wir haben uns zumindest einmal ausgetauscht. So schnell gebe ich nicht auf. Jetzt zu Ihnen. Das ist brisant, was Sie mir am Telefon berichtet haben.«

Ich warf Juliane einen Blick zu. Sie zuckte die Achseln. Also musste ich reden. Ich erzählte ausführlich von ihren Funden.

»Geburtsurkunden? Gesiegelt, ansonsten kein Text? Das ist …«, begann Patty.

»… das Freizeichen für kostenloses Telefonieren«, warf Juliane ein.

»Und dazu die Mails. Wir fragen uns, warum Alwin Decker vom beruflichen Account in Kontakt mit diesem Snappy trat.« Ich legte Kopien vor Patty ab.

»Snappy!«, schnaubte Patty, während sie die Papiere überflog. »Professionell klingt der Name nicht.«

»Es handelt sich nicht um die Mailadresse irgendeiner Behörde in Guatemala. Das muss ein privater Account sein.« Tausend Fragen rumorten in meinem Kopf. Zur Beruhigung trank ich einen Schluck Kaffee. Er war gut. Juliane tat dem unschuldigen Americano unrecht.

»Die Geburtsurkunden sind der Freibrief für die legale Ausreise eines Kindes. Im Zielland bekommen die Eltern eine neue Geburtsurkunde ausgestellt, aus der die biologische Herkunft nicht mehr hervorgeht. Diese wäre nur noch aus der Abstammungsurkunde ersichtlich«, erklärte Patty.

»Also bedeutet das alles nur eines: Im Ohlkirchener Flüchtlingsheim werden Kinder zu Auslandsadoptionen bereitgestellt?« Mir schlug das Herz bis zum Hals. Die anderthalb Jahre alte Gadi konnte längst irgendwo in einem amerikanischen Hochstuhl sitzen und mit breiverschmiertem Mund fröhlich vor sich hin krähen.

»Wie lange sind Sie schon Helferin im Flüchtlingsheim?«, wandte Patty sich an Juliane.

»Knappe 18 Monate.«

»Und ist schon einmal ein Kind verschwunden?«

»Nein. Nicht dass ich wüsste. Männer verschwinden allerdings ständig. Wie der Onkel von Gadi und Safiye. Sie absentieren sich sozusagen, tauchen irgendwo unter. Später identifiziert man sie auf einem Polizeirevier, kurz darauf stehen sie wegen bandenmäßigem Diebstahl vor Gericht. Zum Beispiel.«

Patty kaute an ihrer Unterlippe. »Wir dürfen nicht außer Acht lassen, dass dieser Onkel eine Rolle spielen *könnte*. Sie verstehen?«

»Sie meinen – er hat seine kleine Nichte *verkauft*?« Ich stieß beinahe meinen Kaffee um.

»Möglich ist alles!«, schaltete Juliane sich ein. »Diese Männer wollen ein neues Leben anfangen, und dazu brauchen sie Geld. Sie halten wenig vom legalen Weg, weil sie Angst haben, so nie zum Ziel zu kommen, zu einer Duldung wenigstens. Also suchen sie sich andere Möglichkeiten.«

Patty schlug auf den Tisch: »Und wir dürfen eines nicht vergessen: In Flüchtlingsheimen treiben sich Leute herum, die als Mittelsmänner für alle Arten von Waren fungieren. In der Regel sind sie selbst Flüchtlinge. Sie wissen genau, wer was sucht oder nicht mehr haben will, und stellen passende Kontakte her. Die Sozialen Medien als technische Unterstützung solcher informellen Börsen tun das Ihre.«

»Sie meinen eine WhatsApp-Gruppe, in der die Namen und Aufenthaltsorte von potenziell wegzugebenden Kindern gehandelt werden?«

»Warum nicht?« Patty zuckte die Schultern.

Ich musste an Frau Laverde denken. Meine Mutter hatte mir keine besonders liebevolle oder gar behütete Kindheit geboten, aber zumindest hatte ich niemals befürchten müssen, verhökert zu werden. Wie ein altes Auto oder ein abgenutzter Küchenschrank.

»Die Polizei hat unter den Securityleuten einen Pädophilen ausgemacht. Vorbestraft«, sagte ich. »Allerdings hat er ein Alibi.«

»Für den Zeitpunkt von Gadis Verschwinden oder den Mord?«

»Für beide.«

Patty zuckte die Achseln. »Zeigen Sie mir die Unterlagen.«

Ich angelte sie aus meiner Tasche.

Patty las aufmerksam. »Irmi einladen?« Sie lachte verächtlich. »Ist das die Handschrift von diesem Decker?«

Juliane nickte.

»Interessant.«

»Wer ist Irmi?«, wollte ich wissen.

»Ich kann mich täuschen, der Name ist nicht allzu ungewöhnlich. Ich schätze, es handelt sich um Irmi Dahlbeck, die Noch-Ehefrau von Eberhard Schmidt, dem Leiter von BOLA.«

»Die Alwin Decker zum Italiener einladen will?«

»Eberhard Schmidt und Irmi Dahlbeck leben in Scheidung. Was das Zerwürfnis ausgelöst hat, kann ich nicht sagen.« Patty schob die Notizen von sich. »Eine neue Beziehung wäre also durchaus denkbar. Irmi ist sehr attraktiv.«

Juliane lachte laut. Die Hipster weiter vorn im Café drehten sich nach uns um.

»Über einen Eberhard Schmidt habe ich im Netz nichts gelesen.«

»Er steht hinter BOLA. Hat die Agentur gegründet, zieht im Hintergrund die Fäden und verdient sich goldene Türklinken. Er ist der wichtigste und mächtigste Lobbyist in der deutschen Adoptionslandschaft. Gerade in Bayern wirbt er in den buntesten Farben für ein glückliches Leben von knuddeligen Familien mit herzallerliebsten Kindern. Hat starke Kontakte ins Maximilianeum.«

»Ist er in einer Partei?«, wollte ich wissen. »Decker beispielsweise ist CSU-Mitglied.«

»Nein, so dumm ist er nicht. Er ist aalglatt, hält sich alle Wege offen. Zurzeit sitzt er häufig bei Andrea von Suttner im Büro. Die Dame ist Landtagsabgeordnete und zuständig für Kinderschutz und Kinderrechte. Ich läute wöchentlich bei ihr an, aber denken Sie, die Sekretärin gibt mir einen Termin?«

»Dann liegt nahe, dass dieser Schmidt sie bereits erfolgreich auf seine Seite gezogen hat.«

Juliane machte den Mund auf: »Die Suttner soll angeblich heute in Ohlkirchen im Flüchtlingsheim aufschlagen. Sie gibt die Politikerin, die sich kümmert.«

Patty schnaubte. »Das passt. Schmidt ist ein Meister in der Vernebelung anderer Leute Gehirne, punktet mit einem einzigen Thema: Altruismus. ›Uns im Westen geht es gut, also sind wir moralisch verpflichtet, Menschen zu helfen, denen es schlecht geht. Unverschuldet schlecht. Kindern zumal. Sie sind die Schwächsten.‹ Außerdem kann er immer mit der demografischen Entwicklung aufwarten. Er ist ein Meister der Statistiken und argumentiert schon mal mit zehn Millionen Pflegekräften, auf die wir hier in ein paar Jahren angewiesen sein werden. Das sollen dann die eritreischen Adoptivkinder machen.«

»Hat Irmi Dahlbeck in seiner Agentur mitgearbeitet?«,

erkundigte ich mich, bevor Juliane eine ketzerische Bemerkung zum Thema Altenpflege ablassen konnte.

»Nicht als Angestellte, aber ich sagte ja, sie ist sehr attraktiv.« Patty schmunzelte. »Wenn Irmi bei einer Veranstaltung der Lobby auftritt, rührt sie die Zuhörer zu Tränen.«

Juliane schnaubte verächtlich. »Immer das gleiche Schema! Wie dumm kann Mann sein.«

»Aus diesem Zettel geht hervor, dass Decker und Irmi sich verabredet haben. Für heute Abend, 20 Uhr, beim Italiener an der Münchner Freiheit. Sollen wir?« Ich hatte genug von dem engen Café, den Hipstern und dem Thema.

»Mich kennt Decker«, warf Juliane ein.

»Apropos.« Patty sah Juliane nachdenklich an. »Kann jemand mitbekommen haben, dass Sie die Unterlagen Ihres Chefs durchforstet haben?«

»Ich habe die Schreibtischschublade mit meinem Schweizer Messer geöffnet.«

»Du hast *was*?«, fuhr ich sie an, halb lachend, halb wütend.

»Es ging nicht anders. Diese Unterlagen verdanken wir theoretisch der Schweiz.« Ihr Gesicht verdüsterte sich. »Ich habe das Messer nicht mehr. Ich fürchte, das liegt noch bei Decker auf dem Schreibtisch.«

KAPITEL 29

Ich habe in der Garage geschlafen. Als das Auto nach einem kurzen Ausflug wiederkam, bin ich reingeschlüpft. Das Tor schließt so langsam, ich habe mich auf den Boden geworfen und bin darunter durchgekullert wie ein Ball. Habe mich in einen alten Autoreifen gelegt. Alle möglichen Sachen waren in der Garage, sogar Decken und eine Kiste mit Mineralwasserflaschen. Ich habe getrunken und meinen knurrenden Magen damit betäubt. Ich konnte gut schlafen. Nur einmal wachte ich auf und sah einen roten Schleier hinter meinen Augen, als wenn mir jemand ein Tuch über den Kopf gelegt hätte, nur ein leichtes, und mein Herz hämmerte wie wild, in spürte den Puls in meinen Schläfen pochen, fast wäre mein Kopf geplatzt. Ein Blitz hellte alles auf, was in mir war, meine Träume, meine Angst, alles blendete. Aber das geschah nur einmal, und ich schlief wieder ein.

Als sie am Morgen wegfuhren, habe ich mich ganz klein gemacht. Niemand hat mich gesehen. Trotzdem ist das gefährlich. Zudem sinnlos: Ich kann nichts für Gadi tun, wenn ich hier in der Garage sitze.

An Gadi zu denken, tut weh und ist zugleich süß. Ich versuche, mir ihren Geruch zurückzuholen, den Babygeruch, ich spüre beinahe, wie weich sie sich anfühlt und wie schnell ihr Herz pumpert. Oft habe ich meine Nase in ihren Bauch gebohrt, und sie hat gelacht. Gadi kann nichts essen, nur Süßes, nur Quark, den mag sie. Was, wenn die, bei denen Gadi jetzt ist, das nicht wissen?

Gadi hat noch kein Wort gesprochen, kein einziges. Dabei ist sie schon anderthalb.

Meine Schwester.

Ich ziehe ihr Mützchen aus der Tasche. Es sollte sie wärmen in dem eisigen Wetter hier. Sie hat es nie aufgehabt, aber ich besitze sonst nichts von ihr. Nur den Hauch eines Geruchs, der mich an sie erinnert, wenn ich ganz fest die Augen schließe und mir sage: Denk an Gadi.

Abdul muss mir helfen. Er darf mich nicht wegschicken. Er kann keine Gründe haben, mich allein zu lassen. Er hat Mama versprochen, auf uns aufzupassen, und er tut nichts. Gar nichts. Das Grässliche ist: Ich ahne, weshalb. Er glaubt, dass Mama nicht mehr lebt und der Opa auch nicht. Er ist sich sicher, nichts zu befürchten zu haben, weil keiner mehr nach uns fragen wird. Nach Gadi und mir. Nach den beiden Schwestern aus Raqqa.

Ich sitze in der Garage. Ich habe solchen Hunger. Ich will nicht raus in den Regen, aber ich habe Hunger. Mein Magen spielt verrückt, richtig weh tut er, und mir ist schwindelig. Wenn ich meine Hand ausstrecke, zittert sie. Es ist dämmrig in der Garage, nur durch ein kleines Fenster an der Seitenwand fällt Licht herein. Ich stehe auf, alles dreht sich, kurz halte ich mich an der Wand fest. Schnell suche ich etwas, worauf ich steigen kann. Da ist ein Hocker. Ich klettere drauf. Erreiche das Fenster. Kann es öffnen.

Kalte, feuchte Luft schlägt herein. In null Komma nix schlängle ich mich durch die schmale Öffnung und rutsche außen an der Wand herunter. Stehe im Regen. Die Tropfen sind dick und eiskalt.

Hoffentlich schaffe ich es wieder hinein. Doch erst muss ich was zu essen finden.

Der Tag ist trüb, finster beinahe. In der Wohnung, wo ich Abdul habe auf und ab gehen sehen, ist alles dunkel. Alle Fenster sind geschlossen. Niemand ist auf der Straße zu sehen. Von weiter weg höre ich die Geräusche von Autos. Ein Wischen, Rauschen, sonst nichts.

Jetzt könnte ich glauben, ich bin der einzige Mensch auf der Welt.

Auf der Flucht und im Heim habe ich oft gedacht, ich könnte keine Menschen mehr sehen. Ständig andere, ständig neue. Immer viel zu viele auf kleinem Raum. Ich habe nur auf Gadi aufgepasst und darauf geachtet, Abdul nicht aus den Augen zu verlieren. Alle waren eng zusammengepfercht, in den Unterkünften, den Autos, den Lkws. Da habe ich gehofft, ich könnte wieder einmal allein sein in einem Raum, nur für mich. Aber jetzt bin ich einsam ohne Gadi, da fehlt ein Stück von mir selbst, immerzu spüre ich diese Wunde.

Eilig gehe ich die Straße entlang, auf die Verkehrsgeräusche zu. Biege in eine größere Straße. Ein paar Leute laufen hier entlang, unter Regenschirmen. Dunkel gekleidet, mit dunklen Blicken in den Gesichtern. Sie starren stur geradeaus.

Ich laufe schnell. Sehe eine Tankstelle an der Seite und dahinter die leuchtenden Schilder eines Supermarkts. Keuchend stelle ich mich unter das Vordach. Ich bin ganz durchnässt. Von irgendwo riecht es nach frischgebackenem Brot.

Leute hasten aus dem Supermarkt mit dicken Taschen voller Sachen. Sie sehen einander nicht an, zücken Autoschlüssel, steigen in Wagen oder schleppen ihre Dinge zu Fuß weg, durch den Regen, ohne ihn zu beachten.

Eine Frau kommt raus mit einem Korb am Arm. Sie

sieht ein bisschen aus wie Mama mit den wirren, dunklen Haaren und dem bunten Tuch um den Hals. Schnell gucke ich weg.

Mein Kopf dröhnt. Ein Mann parkt direkt vor dem Eingang, stürmt in den Markt. Er starrt mich böse an. Ich ducke mich.

Ich habe kein Geld. Ich kann nichts kaufen. Ich habe nicht auf Gadi aufgepasst. Ich kann nicht nach Hause. Nicht ohne Gadi. Gleich platzt mein Kopf. Das Blut rauscht so laut durch mich hindurch, dass alle anderen Geräusche verschwimmen. Der Mann ist längst weg, aber ich renne. Nur fort!

Ich kann nicht nach Hause. Nicht nach Raqqa.

Wird Mama mich noch lieben, wenn ich ohne Gadi komme? Ich kann nicht zurück. Die Reise ist zu lang. Zu gefährlich. Zu teuer. Mama hat alles gegeben, was sie hatte, damit Gadi und ich hierherkommen. Sie hat es getan, weil sie für uns ein besseres Leben wollte. Bestimmt plante sie nicht, dass ich stehlen muss, um meinen Hunger zu stillen.

Ich laufe um eine Ecke. Dort ist auch ein Eingang, ein ganz schmaler, und Regale auf Rollen stehen davor, bepackt mit Waren. Ich luge in den dunklen Eingang. Höre Leute dort reden. Sie scheinen weit weg zu sein. Ich greife nach einer Packung Kekse. Nach zwei, drei anderen Dingen. Ich habe Angst.

Aber wenn ich überleben will, muss ich essen. Und ich will überleben, damit ich Gadi finde.

Meine Beute stopfe ich unter meine Jacke. Ich höre ein Feuerzeug klicken. Ein Lachen höre ich, das Lachen einer Frau, ganz nah.

Weg.

Ich laufe um die Ecke.

Da steht der Wagen von dem Mann. Direkt vor mir. Die Scheinwerfer strahlen mich an.

Der weiß, dass ich gestohlen habe. Ich starre auf die Scheibe. Ich kann kein Gesicht erkennen. Alles ist nur spiegelndes Glas.

Hinter mir höre ich jemanden rufen. Es klingt empört, und ich ahne, die haben gesehen, dass Sachen fehlen.

Dieses Auto ist so groß! Ich kann kaum über die Kühlerhaube sehen. Blendend weiß leuchtet das Nummernschild mit den ungewohnten Buchstaben drauf.

Ich gehe rechts herum.

Der Mann, der mich vorhin so angeglotzt hat, hat das Fenster runtergelassen.

»Hallo, Safiye!«

Ich pralle zurück.

»Wo willst du denn hin?«

Er spricht meine Sprache.

Ich will meinen Mund öffnen und etwas sagen, aber die Lippen kleben zusammen wie verschweißt.

Etwas stimmt nicht. Ich habe den Mann noch nie gesehen. Ganz sicher nicht im Lager. Woher kennt er meinen Namen?

»Ich nehme an, du suchst deine Schwester?«

Die Rufe hinter mir werden lauter, dann brechen sie ab.

Ich nicke. Ganz kurz. Der Mann trägt eine Sonnenbrille, obwohl ich in diesem Land noch kein einziges Mal die Sonne gesehen habe. Er hat viele Falten im Gesicht, sie geben ihm ein freundliches Aussehen, und wenn er lächelt, zeigt er weiße Zähne.

»Wenn du willst, bringe ich dich zu Gadi.«

Mein Herz pocht. Zu meiner Schwester. Er bringt mich zu meiner Schwester.

»Na? Außerdem wirst du ganz nass in diesem Sauwetter!«

Genau jetzt spüre ich, wie meine Kleider an mir kleben.

»Steig ein, Safiye. Gleich kannst du deine Schwester wiedersehen.«

KAPITEL 30

Manche, vor allem Neu-Münchner, schwören immer noch auf Schwabing. Im Novemberdauerregen an einem Montagabend wirkt das einstige In-Viertel wie ein Kaff auf dem platten Land, in dessen Vorgärten nur noch die Ratten der Verwesung entkommen. Ich mochte Schwabing nie, zu schickimicki, zu bemüht, zu viel Geld, das in überteuerte Restaurants getragen wurde. Obwohl es die Geheimtipps gab und nach wie vor gibt. Zu meiner düsteren Stimmung passte der Bericht im Radio, der den Besuch von MdL Andrea von Suttner im Ohlkirchener Flüchtlingsheim ausschlachtete. Die selbst ernannte Kinderfreundin hatte am Vormittag die Tränendrüsen gereizt, indem sie ihren Schock über die beiden verschwundenen Kinder mit Tremolo in der Stimme ausformulierte, um anschließend ihrer Freude darüber Ausdruck zu verleihen, dass das Ohlkirchener Heim unter Leitung von Doktor Decker neue und nutzbringende

Fördermaßnahmen auf die Beine stellen würde. Beste Agitationspropaganda, und der Rundfunk räumte dem auch noch mehrere Minuten ein. Ganz nebenbei sandte die Politikerin die Botschaft aus, dass sie ihren privaten Wagen vor Kurzem verkauft habe und nun zugunsten der Umwelt mit den Öffentlichen fahre. Wenn man sie nicht im Dienst-Pkw chauffierte! Frustriert schaltete ich das Radio aus.

Das Ristorante, in dem ich meine Beschattungstätigkeit aufnehmen würde, schien eine von den stilvollen Schwabinger Empfehlungen zu sein. Mattrotes Licht, aprikosenfarben getünchte Wände, ein Kronleuchter, wahrscheinlich aus der Insolvenzmasse eines Provinztheaters. Das Restaurant war klein, das Interieur im Vorbeifahren mit einem Blick zu erfassen. Ein bisschen Vintage, aber nichts, was nervte. »Ihr kleines Stück Italien gleich bei der Münchner Freiheit«, warb man. Ich parkte auf einem Anwohnerparkplatz direkt vor dem Lokal, hoffend, dass die andauernde Sintflut sämtliche Parkraumüberwacher von der Arbeit abhielt.

Im Netz hatte ich mehrere Fotos von Doktor Decker bewundern können. Ein stattlicher Mann mit Hornbrille und einem auf wenige Millimeter gestutzten Vollbart. Er saß an einem Tisch am Fenster, spähte angespannt in die Münchner Nacht hinaus. Zum hundertsten Mal fragte ich mich, ob Juliane wirklich ihr Messer im Büro dieses Mannes vergessen hatte und ob man eins und eins zusammenzählen konnte. Im Prinzip kannte ich die Antwort. Natürlich würde das Taschenmesser noch genau dort auf dem Schreibtisch liegen, so sehr ich auch hoffte, es wäre Juliane auf der Straße oder an sonst einem unbedeutenden Ort aus der Tasche gefallen. Es handelte sich um den typischen Fehler. Aufregung, Hektik, Kopflosigkeit, eine Störung, überstürzter Aufbruch. Seufzend schnappte ich meine Handtasche. Alleine zu Abend zu essen, hatte mir noch nie Vergnügen bereitet, heute jedoch tat ich es für einen höheren Zweck.

Außer Deckers Tisch waren nur zwei weitere besetzt. Man verbrachte den Abend lieber im Trockenen, hoffend, dass die Wettergöttin irgendwann ein Einsehen haben würde. Selbst ich ignorierte geflissentlich die misanthropische Wettervorhersage. Es gab immer einen Grund zur Hoffnung, zumal Nero aus Brüssel simste, den lieben langen Tag habe die Sonne in sein Büro gelächelt.

Angespannt betrat ich das Lokal und bat um den winzigen Tisch in der Nähe von Decker. Irmi war noch nicht hier, wahrscheinlich kam sie notorisch zu spät. Die unliebsame Observationsaufgabe würde ich mir mit einem alkoholfreien Cocktail versüßen, um anschließend zu Antipasti, Suppe und einem deftigen Hauptgericht Zuflucht zu nehmen. Schließlich betrieb ich gleichzeitig ein klein bisschen Werkspionage und würde Claude-Yves später über die Künste der Konkurrenz informieren.

An meinem orangeroten Drink nippend, kramte ich ein Buch aus der Tasche und begann zu lesen. Ich spürte, dass Decker ab und an zu mir rübersah. Er kannte mich nicht. Ohlkirchen war zwar klein, doch um in den inneren Zirkel aufzusteigen, musste man sich für irgendwas engagieren. Was mir fernlag. Als Ghost sowieso.

Halb aus Jux, halb aus Langeweile hatte ich diesmal mit dem Make-up nicht gespart. Ich wusste, dass Rot mir stand, deswegen lugte meine schickste rote Bluse unter dem schwarzen Blazer hervor, und deshalb reflektierte mein Lippenstift denselben Farbton. Mein Haar trug ich ausnahmsweise hochgesteckt, befestigt mit einer roten Plastikblume. Kokolores, aber wirkungsvoll.

Ich las, und Decker spielte nervös mit seiner Cappuccinotasse. So ging das eine gute Viertelstunde, bis sich die Tür öffnete, und eine Frau hereinwehte. Der Kellner eilte, um ihr Schirm und Regenmantel abzunehmen. Sie wirkte jugendlich, frech geradezu, als ihr Lächeln zwei Grübchen in ihre Wangen hexte, die Decker unmittelbar zu bezaubern schienen.

»Irmi!«, rief er gedämpft. Ich sah nicht hin. Blätterte eine Seite um.

»Es tut mir leid. Der Verkehr …«

Lüge. München war heute Abend wie ausgestorben.

»Nicht so schlimm, ich habe mir die Zeit mit einem Cappuccino versüßt.«

Sie antwortete mit einem Lächeln. »Wie findest du das Lokal?«

»Eine echte Entdeckung von dir.«

»Danke.« Sie lachte fröhlich.

»Bist du in den Umzug involviert?«

»Ich?« Sie ließ sich von Decker den Stuhl zurechtrücken. »Ich habe mit der Firma nicht mehr das Geringste zu tun.« Sie lächelte. Grübchen bildeten sich in ihren Wangen.

»Eine Flasche Prosecco!«, rief Decker in den Raum.

Als der Kellner zu den beiden an den Tisch eilte, bat ich beiläufig um ein Glas Rotwein.

Die beiden plauderten über Belanglosigkeiten. Es war unübersehbar, dass Decker die Lefzen trieften. Irmi Dahlbeck war ein Hauptgewinn mit ihrem kurzen, tiefschwarzen Pagenkopf, der weißen Bluse, den klirrenden Armreifen, der afrikanisch anmutenden bunten Perlenkette um ihren Hals, den dekorativ zerrissenen Jeans. Sie trug Cowboystiefel mit Sporen. Du lieber Himmel!

»Ihr Rotwein.«

»Danke.« Ich nahm einen Schluck, legte das Buch weg, ließ meinen Blick durch das Lokal schweifen. Decker interessierte sich nicht mehr für mich.

Ein Mann kam herein, eine durchweichte Zeitung in der Hand. Er wurde ans andere Ende des Raums gesetzt.

Erst als ich beim Hauptgang, pesce di spada mit Rosmarinkartoffeln, angelangt war und Alwin Decker und Irmi Dahlbeck ihre Antipasti verzehrt hatten, nahm ihre Konversation eine interessante Wendung.

»Du weißt ja, Irmi. Das mit uns … hat nichts mit dem Geschäft zu tun.«

Sie lachte perlend. »Weiß ich doch.«

»Ihr seid noch nicht geschieden …«

»Wir leben seit über einem Jahr getrennt!«

»Ich meinte nur … ich werde weiterhin mit deinem Mann – deinem Ex-Mann – zusammenarbeiten müssen, zumindest noch eine Weile, solange der ganze Mist da draußen anhält.«

»Der Mist?«

»Die Krise.«

Irmi rang sich ein Lächeln ab. Ich spießte ein Stück Schwertfisch auf.

»Weißt du, Alwin, ich sehe keine Krise. Die Deutschen haben mehr Geld als je, fahren dickere Autos als je, machen dreimal im Jahr Urlaub, Minimum. Die Leute, die in Panik geraten, weil sie denken, sie müssten jetzt den Zipfel eines vollgerotzten Taschentuchs abgeben, törnen mich wirklich ab.«

Erschrocken streckte Decker die Hand nach Irmis aus und hätte dabei beinahe sein Glas umgeworfen.

»Das meine ich nicht. Aber es ist doch deutlich sichtbar, dass … nun, dass Menschen verunsichert sind.«

»Nachdem diverse sogenannte etablierte Parteien ihnen monatelang eingeredet haben, dass sie ihre Ängste ernst nehmen, sind die Leute auf den Trichter gekommen, mal ein paar Ängste zu entwickeln.«

Ich musste beinahe lachen. Diese Irmi gefiel mir.

»Es gibt viel Leid. Wir müssen an die Kinder denken.«

Sie ließ es zu, dass er ihre Finger knetete. Fasziniert legte ich mein Besteck weg.

»Was ist mit den beiden Mädchen, die verschwunden sind?«

»Nichts. Sie sind unauffindbar.« Er senkte die Stimme. »Wie die Polizei nehme ich auch an, dass die Jüngere entführt wurde, während …« Er sah zu mir rüber. Schnell guckte ich weg. Fühlte seinen Blick auf mir. Zu lang.

»Wer entführt ein Flüchtlingskind?«

»Vielleicht ein Familienmitglied, das sich schon länger in Deutschland aufhält? Die Kinder sind ohne Eltern gekommen. Angeblich ist der Vater tot, aber wer weiß das mit Sicherheit.«

»Unsinn, Alwin. Damit käme keiner durch, und jeder, der halbwegs rational denkt, würde den offiziellen Weg gehen. Man müsste nur nachweisen, dass man ein Elternteil ist, und …«

»Papiere können verloren gehen.«

»Warum waren die Mädchen eigentlich noch nicht in der Obhut des Jugendamtes?«

»Sie sind mit einem Onkel hergekommen. Der hat das Heim verlassen. Unberechtigt.«

»Du lieber Himmel!«

Ich schob meinen Teller weg.

»Wir haben die zuständige Sachbearbeiterin rechtzeitig verständigt, aber in den Ämtern haben sie alle Hände voll zu tun!«

»Läppische Ausrede!« Irmi Dahlbeck winkte dem Kellner und bestellte eine neue Flasche Wasser. »Was glaubst du, wie oft Behörden schlampen, Alwin! Ich habe das zur Genüge mitbekommen. Eberhard klagte regelmäßig darüber.«

»Was wir tun – was wir für die Kinder tun –, ist fehleranfällig. Ich weiß das. Ich arbeite daran, besser zu werden. Wir wollen Flüchtlingskinder auffangen, alles tun, damit der Neustart gelingt, damit sie als Erwachsene das gute Leben haben, das ihre Eltern für sie erhofft haben. Nur grätscht uns immer wieder jemand zwischen die Beine. Manchmal sind es die eigenen Mitarbeiter.«

»Wie das?« Irmi Dahlbecks Stimme sank in einen sanften Mitleidston.

»Ach, damit will ich niemanden behelligen, am wenigsten dich!« Decker seufzte. »Eine Mitarbeiterin, eine Helferin, sie ist die Frau des Pfarrers, gab mir einen Hinweis. Manchmal missbrauchen die eigenen Leute das Vertrauen, das man ihnen entgegenbringt, und das ist bitter!«

Über meinen Rücken rieselte Gänsehaut.

»Du willst hoffentlich nicht auf den Mord hinaus!« Irmis Stimme wurde rau. Sie sah sich im Lokal um. Ich senkte den Blick. »Bitte nicht! In Ohlkirchen! Das hat mich so schockiert. Niemand hätte damit gerechnet, und ich kann mich nicht mehr …«

»Das bringt mich wieder zu dem, was ich heute Abend keinesfalls vergessen wollte, mit dir zu besprechen.« Decker lachte rau auf. »Bevor wir zum gemütlichen Teil übergehen, Irmi: Wärst du bereit, für mich zu arbeiten?

Natürlich nur, wenn sich das nicht mit einer Vereinbarung überlagert, die du noch mit Eberhard hast.«

»Einer Vereinbarung?«

»Immerhin hast du für ihn regelmäßig übersetzt.«

»Aus und vorbei. Glaubst du, ich möchte mich in Abhängigkeit zu ihm begeben? Ich bin einigermaßen erleichtert, dass wir uns mitteleuropäischen Höflichkeitsnormen entsprechend voneinander getrennt haben. Kein Zoff, kein Geschrei, kein zerschlagenes Geschirr. Aber ich brauche Abstand.«

»Das heißt, du könntest dir vorstellen, für mich – für uns – zu arbeiten? Bei freier Zeiteinteilung?«

»Du meinst, nach Bedarf?« Sie lachte, spielte mit den bunten Perlen um ihren Hals. »Lass mich darüber nachdenken, in Ordnung?«

Es klang wie »ja«. Decker stieß einen erleichterten Seufzer aus. »Du hast doch Spanisch studiert?«

»Im Hauptfach Italienisch«, sagte Irmi Dahlbeck lächelnd. »Aber ich habe auch einen Abschluss für Spanisch.«

*

Heute war die Therapiestunde seltsam. Ich sollte reden, wie immer, und obwohl ich nicht wollte, schossen plötzlich die Wörter aus mir raus. Wie die Sturzflut draußen.

Ich habe in der Nacht geträumt. Mittlerweile bewohnte ich das Zimmer allein. Das Drachennüsternmädchen war fort. Deswegen hatte ich niemanden wecken können, als ich aus dem Bett fiel. Ich träumte, ich stehe an einem offenen Grab, und eine Amsel hopst davor hin und her, und ich bin so wütend, voller Zorn, einem Zorn, der meinen Körper zum Beben bringt. Meine Augen sehen die Amsel, wie sie in der frisch aufgeworfenen Erde pickt, es riecht nach Sommer, nach Sonne, ein wenig nach Feuchtigkeit, nach Früchten. Alles ist Leben, nur in dem Grab ist der Tod.

Mein Vater.

Die Beerdigung meines Vaters bedeutete den Abgrund für mich. Ich platzte vor Hass auf meine Mutter. Ich weigerte mich, neben ihr zu stehen. Ich verachtete sie für die Sonnenbrille, die sie trug, um ihre verweinten Augen zu schützen. Ich stellte mich neben Oma, die sich auf einen Rollator stützte. Sah ihre knochigen Finger, die die Griffe umklammerten, sah die Ringe, die zu groß geworden waren und zu locker saßen, roch ihr Parfüm, und ich wusste es, bevor sie es aussprachen.

»Was aussprachen?« Die Therapeutin will immer alles ganz genau wissen.

Es ist schwierig zu erklären. Dieser Tag damals, der hat sich mir eingebrannt, ein Tag voller Septembersonne, Wespenschwirren, Vogelgesang und dem Duft nach Pflaumenkuchen. Doch die Erinnerungen sind nicht chronologisch. Sie sind wie eine lange nicht mehr benutzte Farbpalette, schmutzig, verkrustet, die Farben düster.

Wir standen an diesem Grab, und ich war beschäftigt mit dem Hass auf Mutter. Oma konnte ich schon als Kind nicht ausstehen, ich konnte ihre weichen Küsse nicht klaglos über mich ergehen lassen, und den Geruch nach Maiglöckchenseife und ihre lachsfarbenen Pantoffeln ertrug ich kaum. Später ging mir ihr Genörgel auf den Geist, ihr Getue um ihren Diabetes und die Spritzen und die Tabletten, das ständige Blutdruckmessen.

»Meine Mutter mag meine Oma auch nicht besonders«, sagte ich, obwohl das die Frage der Therapeutin nicht beantwortet. Oma, die Mutter meines Vaters.

Da waren das Grab und ein Priester, der dasselbe herunterleierte, was er zuvor in der Kirche gesagt hatte. Er sprach durch einen Verstärker, damit alle ihn hören konnten. Die Leute murmelten die Gebete, die er vorgab. Mutter bewegte nur die Lippen. Ich tat nicht mal das. Der Sarg wurde in die Erde gelassen. Vier uniformierte Männer machten das, ganz cool, als wenn sie Schutt irgendwo abluden. Danach legten sie für Momente die Hände an die Mützen. So habe ich sie innerlich abfotografiert, im Gegenlicht, die Gesichter konnte ich nicht erkennen, ich sah nur die Schattenrisse von vier Soldaten, die salutierten, das gefiel mir, ich konnte mir ausdenken, mein Vater sei im Kampf gestorben, in einem Krieg, von einer Minute auf die andere, nicht in einem Krankenbett nach einem halben Jahr Kampf und Schmerz und Leiden.

Wir mussten Erde in das Grab werfen, als Symbol, aber da stand ein Blumenbouquet, das nahm ich und warf es auf den Sarg. Es gab einen dumpfen Laut. Ich erschrak dabei. Meine Mutter biesterte mich an. Mit ihren Blicken hinter der Sonnenbrille, die nur mir galten und die nur ich durch die pechschwarzen Gläser sehen konnte. Weil das Bouquet nicht dafür vorgesehen war. Und Oma schüttelte nur traurig den Kopf.

Ich hasste sie.

Und ein klein wenig später war es nicht mehr schlimm, dass ich sie hasste. Ein klein wenig später, nachdem wir in einem muffigen Gasthaus an einem langen Tisch gesessen hatten, mit der Verwandtschaft und den Freunden meiner Eltern, nachdem wir klebrigen Kuchen in uns hineingestopft hatten, sogar Oma, nachdem die Kaffeekannen leergetrunken waren, nachdem alle gegangen waren und Mutter die Rechnung beglichen hatte – ich sehe noch, wie sie einem Kellner die Kreditkarte reichte, sehe, wie der sie nahm und in das Lesegerät steckte –, fuhren wir mit einem Taxi nach Hause. Mutter, Oma, ich.

Drei Menschen, die nichts miteinander zu tun hatten. Die durch ein paar Entscheidungen zusammengewürfelt worden waren. Darüber dachte ich nach, während ich in dem Sessel saß, der Therapeutin gegenüber, und auf die Malsachen starrte, die auf dem kleinen Tisch bereitstanden als Hilfe, um einen Ausdruck zu finden, das hat sie mir ganz am Anfang gesagt, aber ich bin kein Kind mehr.

Der Regen wusch über die Scheiben. Ich fühlte mich wie in einer Waschanlage, in einem Auto, wenngleich einem sehr großen.

»Was ist am Tag der Beerdigung deines Vaters noch passiert?«, fragte die Therapeutin. Ich mochte sie mit einem Mal, obwohl ich das nicht wollte.

»Das Beruhigende ist: Es war gar nicht die Beerdigung meines Vaters. Ich hatte also keinen Grund zur Traurigkeit.« Das kam aus meinem Mund wie ein Lachen. Und plötzlich weinte ich. Eine ganze Weile. Die Tränen flossen aus mir heraus, ich schluchzte nicht, es gab gar keine Geräusche, nur ab und zu, wenn ich mich in ein Taschentuch schnäuzte. Draußen kam Wind auf und rüttelte an den Fenstern.

Das Taxi brachte uns heim. Meine Oma machte ein Riesentrara, weil sie mit ihren erbärmlich kranken Beinen in den ersten Stock steigen musste. Mir entglitt eine Bemerkung, an die ich mich nicht erinnere, aber meine Mutter zischte mich an, ich solle ruhig sein. Sie sagte noch eine Menge mehr. Die Worte wehten über mich hinweg, ich konnte sie nicht richtig hören. Kaum hatte sie die Tür aufgeschlossen, stürzte ich in mein Zimmer. Dort heulte ich, aber es kamen keine richtigen Tränen, nur ein trockenes Hicksen.

»Ich wollte ins Bad, mir das Gesicht waschen. Da habe ich sie im Wohnzimmer reden hören. Oma sagte: ›Ich habe dich immer gewarnt, was einem unter dem Herzen gewachsen ist, das liegt einem näher.‹ Meine Mutter antwortete etwas, ich habe den Satz nicht verstanden, ich weiß nur, er war kurz, ganz kurz. Ich ging näher zur Wohnzimmertür. ›Vielleicht hättet ihr noch ein eigenes Kind bekommen‹, sagte Oma. ›Man kann nie wissen, was einem da untergejubelt wird. Wenn man die Herkunft nicht kennt, meine ich.‹«

Das also war meine heutige Therapiestunde. Ich habe alle Wörter losgelassen. Von selbst haben sie sich zu Sätzen aufgereiht, lange, klickende Perlenschnüre. Die Therapeutin hat sich ein paar Notizen gemacht.

Schließlich war die Stunde zu Ende. Ich bin in das Zimmer zurückgeschlurft, das ich jetzt für mich allein habe. Ich weinte eine Weile. Zum Abendessen ging ich nicht.

Seit damals weiß ich: Ich bin ein adoptiertes Kind. Und meine Mutter hat mich nie geliebt. Meine Oma hat mich mehr oder weniger offen abgelehnt. Ich war 14, als ich es erfuhr. Als ich die Bestätigung für das Gefühl bekam, nicht dazuzugehören. Kein Teil einer Familie zu sein. Einfach ein Nichts, das mit durchgeschleppt wurde, weil man sich einmal dafür entschieden hatte. Ich war 14 und wehrlos.

Wer wehrlos ist, macht Fehler.

Ich drücke die Stirn gegen die kühle Scheibe. Mir ist heiß. Ich glaube, ich bekomme Fieber. Mein Hals fühlt sich ganz rau an.

Wie von selbst wandern meine Gedanken zum Fluss zurück. Zu *dem* Fluss.

KAPITEL 31

»Juliane, du musst sofort von zu Hause weg!« Ich hatte mit einer Fake-App einen Telefonanruf simuliert, um meinen überstürzten Aufbruch im Restaurant nicht verdächtig erscheinen zu lassen. Mit sechzig rollte ich über den Mittleren Ring.

»Spinnst du?«

»Decker weiß, dass du an seinen Sachen warst. Ich habe ihn und Irmi observiert. Die Pfarrersfrau hat ihm gesteckt …«

»Mia?«

»Wenn sie so heißt, Herrgott!«

»Warte.« Ich hörte leise Schritte, dann nur noch Julianes Atmen.

»Juliane?«, flüsterte ich, obwohl es nicht den kleinsten Grund gab, leise zu sprechen.

»Ich habe mich die ganze Zeit gefragt …«

»Was?«

»Da steht ein Van in meiner Straße. Er ist mir schon aufgefallen, als du mich heute Mittag hier abgesetzt hast.«

»Verdammt!« Wenigstens rollte der Verkehr sanft dahin. Hinter den Regenschlieren, die meine Scheibenwischer kaum wegschafften, bevor sich neue bildeten, verschwammen die Lichter. Ich bog ab. Rechts und links Wohnblöcke, ab und zu ein beleuchtetes Lokal. »Siehst du, wer drin sitzt?«

»Ein Mann.«

»Kennst du ihn?«

»Nie gesehen.«

»Du musst ihn ablenken oder austricksen. Pack ein paar Sachen, du wohnst erst mal bei mir.«

»Wenn's weiter nichts ist. Ich könnte mich als Schwuchtel verkleiden und direkt an ihm vorbeispazieren, was meinst du?«

Wider Willen lachte ich laut auf. Es klang hohl in dem dunklen Wagen, auf der dunklen Straße, die die Ränder Münchens erreicht hatte.

»Man kann über den Dachboden und von dort aus ein paar Häuser weiter. Wenn du mich vor Nummer drei abholst …«

»Geht klar.«

Mein Herz schlug mir bis zum Hals, als ich den Spider in Julianes Straße lenkte. Die Anwohner parkten hier, ein Van fiel nicht auf, es sei denn, er hatte die Innenbeleuchtung an, um zu lesen oder sich wach zu halten. Doch ich konnte nichts Ungewöhnliches entdecken. Ich wählte Julianes Nummer.

»Ich bin vor der Tür.«

»Geht klar.«

Sie kam herausgeschossen, mit einem Rucksack auf dem Rücken. Rutschte auf den Beifahrersitz. Ich setzte zurück und wendete, um nicht an dem Spion vorbeifahren zu müssen.

»Wir kurven erst mal ein bisschen rum«, schlug ich vor. »Nur um zu sehen, ob er uns folgt.«

Juliane drehte sich um. »Der folgt uns nicht. Kein Mensch zu sehen. Aber rumfahren ist eine gute Idee. Bieg mal da vorn in die Waldstraße.«

»Warum?«

»Weil mein von den Jahrzehnten zerrüttetes Gedächtnis eine Information freigegeben hat. Waldstraße 36. Habe ich von meiner Friseuse. Arabisch aussehende Männer leben da in einer Wohnung.«

»Und?«

»Ich frage mich, ob Safiyes und Gadis Onkel nicht dort vor Anker gegangen sein könnte.«

Leise blies ich Luft aus. »Das wäre ein Zufall. Und ziemlich frech, quasi um die Ecke vom Flüchtlingsheim.«

»Sie sind nicht alle clever, weißt du. Es ist ein Universalgesetz: Die meisten Menschen halten sich für klug und einfallsreich, letztlich sind sie beschränkt und ideenlos.«

»Wenn du meinst.«

Ohlkirchen streckte sich nass und dunkel vor uns aus. Es war nach elf, die meisten Einwohner lagen in ihren Betten. Hinter wenigen Fenstern sah ich Licht. Ab und zu blinkten Weihnachtslichterketten.

»Im Radio haben sie gesagt, Passau steht kurz vor der Überflutung. Und die Amper ist auch über die Ufer getreten. Am Ende bekommt Ohlkirchen noch ein Hochwasser!« Juliane legte die Hand auf den Seitenholm und spielte Klavier darauf.

»Das wird ein eigensinniger Advent«, sinnierte ich, als ich in die Waldstraße abbog. Links befanden sich Einfamilienhäuser, winzige Würfel in nassschwarzen Gärten. Rechts Reihenhäuser. Ich hielt an, schaltete die Lichter aus.

»Da, Nummer 36!« Aufgeregt stieß Juliane die Tür auf, stieg aus.

»Was hast du vor?«, rief ich ihr hinterher.

Sie hörte mich nicht, eilte auf das Haus zu und beugte sich zu den Namensschildern. Als sie zurückkam, klebte ihr das raspelkurze Haar wie Maulwurfsfell am Kopf.

Triumphierend verkündete sie: »Keine Namen angegeben, in beiden Wohnungen nicht.«

»Was nichts heißt.«

»Jag mich nicht noch mal in die Nässe raus. Ich wette um eine Flasche 100 Jahre alten Scotch, dass an allen anderen Häusern Namen stehen.«

Plötzlich fühlte ich mich streitlustig. »Dann wohnen da vielleicht arabische Männer. Aber was hilft uns das? Wir wissen ja nicht, ob der verlorene Onkel dabei ist.«

Juliane saugte Luft ein, um mir eine passende Antwort zu versetzen, als etwas Kleines, Finsteres vor uns über die Straße wetzte.

»Was ist das?«, rief ich.

Juliane schaltete schneller. Sie riss die Tür auf, sprang aus dem Wagen.

»Juliane? Was hast du vor!«

Die Wirklichkeit gab die Antwort. Das Wesen rutschte aus, stürzte, schlug einen Purzelbaum. Juliane warf sich über das Bündel. Zwei Körper, die gegeneinander kämpften.

Der Widerspruch – Tier? Juliane? Kampf? – hielt meinen Kopf noch gefangen, doch Beine und Arme reagierten. Ich hechtete los.

»Safiye!«, murmelte Juliane. »Safiye!«

Kein Tier. Ein Mädchen. Durchnässt wie ein Schwamm, wild um sich schlagend, lautlos weinend. Ich wollte das Kind packen, wollte, dass es aufhörte, nach uns auszuholen. Juliane stieß mich weg. Sie nahm das Mädchen in den Arm und murmelte und redete. Der Regen wusch über uns hinweg. Es roch nach altem, vermodertem Laub, nach winterschweren Gärten. Irgendwo brummte ein Lkw eine Straße entlang. Das Geräusch verhallte, und wieder blieb nur das Rauschen des Regens, der Safiyes Tränen wegwusch.

Endlich, endlich hörte Safiye auf, sich zu sträuben. Sie hockte auf ihren Fersen, mitten in der Nässe, und war ganz still.

»Wir bringen dich ins Warme, Safiye«, sagte Juliane langsam. »Komm.«

»Sie versteht kein Deutsch?«

»Wahrscheinlich nicht mehr als ein paar Brocken.«

Juliane half dem Mädchen auf. Ich fühlte mich nutzlos. Deswegen war Juliane Flüchtlingshelferin und nicht ich. Unter ihrer harten Schale befand sich der berühmte weiche Kern. Unter meiner Schale gab es nichts.

Juliane schob Safiye auf die Rückbank und stieg hinten mit ein. Ich startete den Motor. Suchend glitt mein Blick die Häuserfronten entlang. Der Regen mochte auf unserer Seite sein und die späte Stunde sowieso. Wir konnten nur hoffen, dass um diese Zeit niemand mehr aus dem Fenster guckte.

KAPITEL 32

Nachdem Safiye sich auf der Straße gegen uns gewehrt hatte wie in einer letzten Aufwallung gegen den Teufel, wurde sie im Auto stocksteif, machte keinen Mucks mehr. Bei mir zu Hause mussten wir sie mit sanfter Gewalt von der Rückbank scheuchen. Es war zu kalt, um im Auto zu übernachten, wenngleich Juliane und ich diese Möglichkeit kurz in Erwägung zogen, um das Mädchen nicht noch mehr herumzuzerren. Im Haus setzte ich die Kaffeemaschine in Betrieb, während Juliane im Bad die Wanne volllaufen ließ.

»Sie ist zwölf, da pocht ein Teenager auf Diskretion«, erklärte sie mir, als sie allein in die Küche kam.

»Wir müssen Jassmund Bescheid sagen.« Ich goss Tee auf.

»Kommt nicht in die Tüte. Das Mädchen braucht Ruhe. Sollen wir sie heute Nacht noch mal an einen anderen Ort zwingen?«

»Es geht nicht nur um Safiye. Es geht zum Beispiel auch um dich. Decker hat was Schräges laufen. Er scheint eine zarte Liaison mit Irmi, der Ex von diesem BOLA-Typen, angefangen zu haben. Er hat es nicht wortwörtlich gesagt, aber er weiß, dass du an seinem Schreibtisch warst.«

»Reg dich nicht auf, Kea.« Müde griff Juliane nach einer Tasse. »Wahrscheinlich fragte er rum. Hielt das Messer hoch dabei. Wissen Sie, wem das gehört? In dem Stil. Und Mia, ganz das Herzchen, sagte, ach, das gehört

Frau Lompart, da wird sie sich aber freuen, es wiederzubekommen.«

»Wahrscheinlich hätte ich warten sollen, bis Irmi nach Hause fuhr, um ihr zu folgen. Rausfinden, wo sie wohnt. Doch dann …« Ich versuchte, mich an das Gespräch zwischen Alwin Decker und Irmi Dahlbeck wortgetreu zu erinnern. »Er hat sie zunächst gefragt, ob sie sich vorstellen könnte, für ihn zu arbeiten. Scheinbar ist sie Übersetzerin, beherrscht Italienisch und Spanisch.«

»Spanisch kann er gerade gut gebrauchen.«

»Das ist der Punkt.« Ich holte tief Luft. »Und dann, ich lehnte mich entspannt zurück und wollte die Dessertkarte bestellen, als Decker andeutete, es wäre gerade jetzt wichtig, vorsichtig zu sein. Wegen dem Mord. ›Wer weiß, wer der Nächste ist.‹ Das hat er gesagt.«

»Der nächste Mörder? Oder der Nächste, der abgemurkst wird?«

»Gute Frage. Ich hatte plötzlich Panik.«

»Du musst dich nicht verteidigen, Kea. Decker weiß etwas. Vielleicht ahnt er sogar, warum diese armselige Flüchtlingsfrau umgebracht wurde, hält aber die Klappe.«

»Du meinst …«

»Patty redet von einer Adoptionsmafia, wir haben die passenden Unterlagen gefunden. BOLA spielt eine Rolle, und Irmi, die Ex des BOLA-Chefs, trifft sich mit Decker. Kann sein, dass Decker den BOLA-Leuten das Geschäft kaputtmacht. Ich hoffe, dass Patty schon morgen mehr weiß, ein paar weitere Teile zu dem Puzzle gefunden hat. Was sollen wir sonst tun? Hier ist Insiderwissen gefragt.« Sie nippte am Kaffee.

»Nehmen wir an, Decker ist dabei, groß in den Kinderhandel einzusteigen. Die ermordete Flüchtlingsfrau hatte er vielleicht zuvor als Helferin angeheuert, und jemand im Heim hat sie wiedererkannt.« Nichts als Fantasterei. Ich wusste es selbst.

»Ich war noch nie besonders naiv«, erklärte Juliane, mir das Gefühl reinreibend, dass ich es sei, »mittlerweile allerdings bauen sich gerade die letzten inneren Schranken ab, an das Schlechte im Menschen zu glauben. Es widert mich an, wie mit dem Altruismus argumentiert wird: *Kinder brauchen Eltern*. Das ist nicht falsch, wenngleich im Fall der Mafia, auf die wir uns gerade einschießen, eine dumme Übertünchung der Tatsache, dass man eine Menge Geld macht, wenn man Kinder an potenzielle Eltern weiterleitet.«

»Wenn wir Jassmund anrufen, kümmert er sich um den Knilch, der deine Wohnung observiert.«

»Wir rufen ihn morgen an, Kea. Morgen. Nachdem wir mit Patty gesprochen haben.«

Die Badezimmertür klappte. Ich schoss hoch. Als ich um die Ecke bog, sah ich Safiye in meinem Schlafzimmer verschwinden, wo sie sich in mein Bett legte, die Decke bis zur Nase zog. Nur ein Arm lugte darunter hervor.

Juliane kam mir nach.

»Ich habe ihr einen Schlafanzug von dir hingelegt.«

»Der wird ihr sieben Mal zu groß sein.«

»Spielt das eine Rolle?«

»Eher nicht. Was ist das für ein Fetzen in ihrer Hand?« Ich zeigte auf den Stoff zwischen Safiyes Fingern.

»Eventuell der Rest eines Plüschtiers oder so.«

»Ob sie hungrig ist?«

Wir flüsterten.

»Stellen wir ihr ein Brot und ein Glas Tee ans Bett. Und morgen sehen wir weiter.«

28. NOVEMBER

KAPITEL 33

Kurz vor acht schreckte ich hoch. Warum auch immer, ich hatte das bedrängende Gefühl, mir mehr Ruhe nicht leisten zu können. Schnell schaute ich nach Safiye. Sie schlief. Oder stellte sich schlafend. Der Tee war ausgetrunken, das Brot gegessen. Ich besorgte Nachschub.

Wir mussten etwas unternehmen. Jetzt, wo wir das Mädchen im Haus hatten, blieb keine Zeit für faule Ausreden. Ich tippte eine SMS an Nero: »Melde dich mal telefonisch.« Mein Daumen schwebte über *Senden*. Ich sehnte mich danach, ihm den Fortgang des Falls zu schildern. Zögerte. Ich ahnte, was er verlangen würde: Die Behörden sollten übernehmen. Aber waren die Papiere aus Deckers Schreibtisch Hinweis genug? Würde man mit Ermittlungen überhaupt beginnen, und wenn, wäre Decker nicht gewarnt? Andererseits konnten die gesiegelten Blanko-Geburtsurkunden wichtig für die Mordermittlung sein. Ich löschte die Nachricht, ohne sie geschickt zu haben.

Juliane war bereits wach. Sie kam mit vier Stunden Schlaf pro Nacht gut aus. Längst hatte sie nach Safiye gesehen, die immer noch schlief, die Klamotten des Mädchens in die Waschmaschine gesteckt und auf *Intensivwaschgang* gedrückt. Jetzt goss sie Kaffee auf.

»Ruf Patty an!«, befahl sie.

»So früh?«

»Meine Güte, Kea!« Sie zeigte mir einen Vogel.

Patty reagierte alarmiert. Vor allem, weil wir Safiye bei uns hatten.

»Ich komme zu Ihnen raus.«

»Passen Sie auf, dass Ihnen niemand folgt«, bat ich sie.

»Mache ich.«

Kopfschüttelnd legte ich das Handy weg. Wurden wir alle allmählich paranoid?

»Wie lange wird es dauern, bis der Knabe vor deiner Tür merkt, dass du ausgeflogen bist?«

»Kommt darauf an, wie clever er ist. Außerdem muss er auch mal schlafen. Mein Alter kommt mir zupass! Wahrscheinlich geht er davon aus, dass Greisinnen nachts sowieso zu Hause sind.«

»Jemand muss ihn geschickt haben. Vielleicht Decker? Und was, wenn der Typ sich erkundigt, wo du sonst herumgeistern könntest? Wenn er wieder bei der hilfsbereiten Pfarrersfrau nachhakt? Die dann fröhlich zwitschert: ›Aber ja, Frau Lompart hat eine gute Freundin, Kea Laverde, die wohnt ein wenig außerhalb, wenn Sie gleich die Straße Richtung Amper weiterfahren und an der dritten Kreuzung abbiegen …‹«

Juliane grinste. »Ich kann ja nun nicht für ewig bei dir einziehen, ohne dass es jemand merkt.«

»Wenigstens leidest du nicht unter mangelndem Pragmatismus.«

Endlich kam Patty. Unter dem Arm trug sie ein kistengroßes Paket mit Brötchen und Croissants.

»Fürs Frühstück! Haben Sie übrigens gemerkt, dass es aufgehört hat zu regnen?«

»Tatsache!«, sagte ich erstaunt und gleichgültig zugleich.

»Sie haben also Safiye gefunden. Wo hat sie gesteckt?«

»Wir vermuten, sie versuchte, ihren Onkel Abdul aufzutreiben«, erklärte ich. »Juliane hat erfahren, dass es in der Waldstraße eine WG mit arabisch aussehenden Männern gibt, und dort wollten wir vorbeifahren, um zu schauen, ob an den Ohlkirchener Gerüchten was dran ist. Da rannte Safiye weg. Direkt vor meinem Auto sauste sie über die Straße.«

»Kluges Kind. Also hat sie rausgefunden, wo ihr Onkel wohnt.«

»Oder sie wusste es zuvor schon. Kann er es ihr gesagt haben?«, fragte Juliane.

»Denkbar.«

»Er hätte seine klatschnasse Nichte sicher reingelassen, wenn er zu Hause gewesen wäre, oder?« Ich goss Patty Kaffee ein.

»Jeder normale Mensch würde das tun. Entweder ist er unnormal, war nicht zu Hause oder hat triftige Gründe, Safiye aus seinem neuen Leben rauszuhalten.«

»Neues Leben!« Abfällig wedelte Juliane mit der Hand. »Niemand wird mich für spießig halten, aber ein neues Leben beginnt nicht damit, dass man nachts nicht zu Hause ist. Was das für ein Leben ist, können wir uns alle denken!«

»Ich habe mich über Decker kundig gemacht.« Patty nippte am Kaffee. »Die Leitung des Heims war keinesfalls seine erste Wahl. Er hat an seiner letzten Arbeitsstelle, dem Standesamt München, eine Mitarbeiterin begrapscht. Man stellte ihn vor die Wahl: Anzeige oder neuer Job an neuem Ort. Er wählte Letzteres.«

»Fuck!« Ich schlug mit der Hand auf den Tisch. »Vermutlich ist diese berufliche Neuorientierung mit einem Gehaltsknick verbunden?«

»Würde erklären, warum er Geld mit anderen Mitteln verdienen muss.« Patty seufzte.

Juliane winkte ab. »Halb so wild! In zwei, drei Jahren versetzen sie ihn an eine andere lukrative Stelle. Die Machonetze sind solide gewebt.«

Patty grinste schief. »Ich habe gestern mit Andrea von Suttner gesprochen. Sie wissen, die Dame im Landtag, die sich für Kinderrechte starkmacht. Sie folgt in allem den Argumenten der Adoptionslobby. Kinder brauchen ein sicheres und stabiles Zuhause. Adoptionsagenturen, die in der EU zugelassen sind, halten sich an das Haager Übereinkommen über den Schutz von Kindern. Blabla. Auslandsadoptionen nur, wenn sich im Heimatland keine Familie findet, die genau dieses Kind aufnimmt. Aber in der Flüchtlingskrise geraten die Grundlagen aus den Fugen. Es gibt kein eigenes Land mehr, in dem man nach Adoptionseltern suchen könnte. Flüchtlingskinder sind so gesehen die ideale Ware. Vor allem kleine, die noch nicht sagen können, woher sie kommen und wie sie heißen.«

»Ich habe im Radio von Suttners warmen Worten gehört«, sagte ich. »Frage: Warum gibt man Waisen nicht erst mal in Pflegefamilien? Wenn man ihnen das Heim ersparen möchte?«

»Das ist der offizielle Plan, und Suttner behauptet, genau so würde es laufen. Doch wir von *Children only* wissen, dass sich hier längst Leute in das Business eingemischt haben, die keine Skrupel kennen. Die auf ihre Etiketten das Kindeswohl kleben, aber letztlich wollen sie die Geschäfte jetzt abwickeln, zu einem Zeitpunkt, an dem sie sich besten Gewinn versprechen. Die Quelle wird irgendwann versiegen.« Patty blickte aus dem Fenster. »Wobei ein Heim nicht das Schlechteste ist. Viele ältere Jugendliche bevorzugen es sogar gegenüber der Pflegefamilie. Ich war selbst in einem Internat.«

»Ich habe mir die halbe Nacht den Kopf zerbrochen, warum die Frau ermordet wurde. Die im Flüchtlingsheim«, erklärte Juliane. »Hat sie etwas mitbekommen? War sie eine unliebsame Zeugin?«

»Unlogisch«, widersprach ich. »Sie ist erst angekommen, als Gadi schon verschwunden war.«

»Ich meine nicht, dass sie die Entführung beobachtet hat. Sondern, dass sie etwas über Deckers Machenschaften wusste. Manchmal kriegt man Dinge durch Zufall mit.«

»Spekulation, leider!«, sagte Patty. »Obwohl ich persönlich nichts für unmöglich halte. Fangen wir beim Nächstliegenden an. Ich habe eine Dolmetscherin angerufen. Asifa wird bald hier sein und mit Safiye sprechen.«

»Können wir ihr trauen?«

»Sie gehört zu *Children only*, für sie lege ich beide Hände ins Feuer!«, protestierte Patty.

Ich nickte nur, wechselte einen kurzen Blick mit Juliane. Seit wir Safiye aufgelesen hatten, waren wir Gefangene. Das Mädchen musste in Sicherheit gebracht werden. Alles andere hatte sich diesem Ziel unterzuordnen.

KAPITEL 34

Asifa war eine junge Frau von 24, die gerade ihr Arabistik-Studium abschloss. Parallel studierte sie Lehramt für Englisch und Geschichte. »Das ewige Streben nach Sicherheit!«, lachte sie. »Im Moment übernehmen sie gern Leute mit Migrationshintergrund in den Staatsdienst. Man hofft, dass wir die Kastanien aus dem Feuer holen, fürchte ich.«

Sie war in Deutschland geboren. Ihre Eltern stammten aus Syrien. Der Vater ein hochkarätiger Onkologe, der für ein halbes Jahr zwecks Forschungsaufenthalt mit seiner Frau nach München gekommen und geblieben war. Ihr Deutsch hatte einen deutlich oberbairischen Einschlag. »Es glaubt mir keiner, dass ich aus München stamme. Selbst wenn ich ein Dirndl trage. Zur Wiesn.« Sie grinste frech.

Patty setzte ihr auseinander, worum es uns ging.

Anschließend ging Asifa ins Schlafzimmer zu Safiye.

Wir warteten und warteten.

»Nicht stören!«, warnte Patty, wann immer Juliane oder ich aufstanden, weil wir unsere Anspannung einfach nicht unterdrücken konnten.

Ständig warf ich Blicke aus dem Fenster. Kein verdächtiger Wagen, der mehrmals die Straße entlangfuhr. Der Regen hatte wieder eingesetzt, dünne, graue Schnüre trieben über das kahle Land.

Irgendwann ging Juliane, um die Waschmaschine zu leeren und die Klamotten in den Trockner zu stopfen.

Endlich tauchte Asifa in der Küche auf.

»Uff«, machte sie.

Drei Augenpaare klebten an ihren Lippen.

»Was hat sie gesagt?«

Asifa legte einen Zettel auf den Tisch. »Sie hat sich eine Autonummer gemerkt. Das ist erst mal das Wichtigste. Ein Mann in einem Wagen hat sie angesprochen. Auf Arabisch. Sie stammt aus Raqqa. Der Mann sprach wie die Leute aus ihrer Heimat. Er wollte sie zu ihrer Schwester bringen.«

»Zu Gadi?«, rief Juliane entgeistert.

»Genau. Aber Safiye bekam Angst und rannte weg. Übrigens scheinen sich die Leute aus Raqqa hier die Klinke in die Hand zu geben: Safiye sagt, die Frau, der sie ihre kleine Schwester überließ, kurz bevor Gadi verschwand, stammte auch von dort.«

Ich rieb mir die Augen. Hätte ich mir nie träumen lassen, dass ich mal über die Unterschiede arabischer Dialekte nachdenken würde.

»Sie hat sich die Nummer gemerkt!« Patty nahm den Zettel in die Hand. »Das ist ein Hauptgewinn, Ladys!«

Asifa fuhr ungerührt fort: »Sie hat sich gegenüber der Wohnung verkrochen, in der angeblich ihr Onkel Abdul wohnt. Das muss die Polizei überprüfen. Sie wollte mehrmals bei ihm unterschlüpfen, woraufhin er ihr anscheinend verklickert hat, dass er einen wichtigen Job macht und sich nicht um sie kümmern kann, nicht sofort, aber später.«

»Leeres Versprechen«, murmelte ich.

»Kann sein, am Ende ist es vielleicht wirklich seine Absicht gewesen, erst Geld zu verdienen und im Anschluss die beiden Schwestern zu holen.«

»Oder hat der Onkel die Kleine verkauft? Um Startkapital zu erwirtschaften?«

»Ich fürchte, das hält Safiye auch für möglich. Wenngleich sie es nicht deutlich sagt.«

»Weiß sie, um was für einen Job es geht?« Es juckte mich in den Fingern, endlich Jassmund anzurufen.

»Nein, Abdul sagte wohl nur, er müsste sich bewähren.«

Juliane kratzte sich am Kopf. »Ha. Ha. Ha.«

Asifa lächelte. »Safiye ist eine Überlebenskünstlerin. Sie hat auf dem Grundstück gegenüber zwei, drei Nächte durchgehalten. So genau erinnert sie sich nicht. Zuerst unter einem riesigen Baum im Garten, dann schaffte sie es, in der Garage unterzukriechen. Die Eigentümer haben wahrscheinlich nichts mitgekriegt.«

Patty nickte bestätigend. »Flüchtlingskinder lernen auf der Flucht eine Menge. Zum Beispiel, sich zu verstecken. Man hört immer wieder Geschichten von den unglaublichsten Unterschlupfen.«

»Hat sie etwas über den Mord an der Frau gewusst?«, fragte ich.

Asifa zögerte. »Nein. Sie hat immer nur den Kopf geschüttelt. Ich habe zwei, drei Mal nachgehakt. Da kam nichts. Mir geht das nahe. Safiyes größter Kummer ist der Verlust der kleinen Schwester. Sie fühlte sich für Gadi verantwortlich, das war schon die ganze Flucht über so. Obwohl die Mutter den Onkel inständig bat, die Mädchen zu beschützen, hatte Safiye das Gefühl, letztlich auf sich gestellt zu sein. Gadi muss irgendeine Nahrungsmittelunverträglichkeit haben. Sie litt ständig unter Durchfall. Was sie auch aß, rutschte durch wie nichts, nur Joghurt und Quark konnte sie bei sich behalten. So wie ich ihre Berichte verstehe, war Gadi zu klein für ihr Alter. Schwächlich. Sie hätte zunächst einmal medizinische Behandlung nötig gehabt.«

»Die Kinder werden nach der Ankunft ärztlich untersucht«, wandte Juliane ein.

»Ich denke, Safiye hat zu dem Zeitpunkt nichts über Gadis Essprobleme gesagt. Aus Angst und falsch verstandenem Beschützerinstinkt. Nur das eine Mal, als die Kleine quengelte und eine Frau anbot, auf sie aufzupassen, hat sie die Verantwortung für ein paar Minuten abgegeben.«

»Die Frau, die niemand gesehen haben will. Außer Safiye.«

»Ich wette, dass andere sie gesehen haben, aber die Leute reden nicht. Die sind vorsichtig. Sie haben Angst, schon halb im Polizeigewahrsam zu sitzen, wenn sie den Mund aufmachen. Sie kommen aus Ländern, wo man den Behörden nicht über den Weg traut, selbst dann nicht, wenn man sie vorher bestochen hat.« Asifa fuhr sich durchs Haar. »Jedenfalls hat Safiye das Mützchen, das sie für ihre Schwester noch aus der Kleiderkammer geholt hat, immer bei sich. Das lässt sie nicht aus der Hand. Sie sehnt sich nach ihrer Mutter. Wir werden versuchen müssen, die Mutter aufzutreiben, Patty. Wenn sie noch lebt. Damit Safiye mit ihr telefonieren kann.«

»Unbedingt.« Patty machte sich eine Notiz. »Hast du den Namen?«

»Ja, sogar die Adresse. Raqqa ist jedoch schwer zerstört worden, sie haben selten Strom, und die Machtverhältnisse ändern sich ständig. Manchmal hat der IS das Sagen, manchmal die Rebellen oder wer sonst noch mitspielt.«

»Wir haben Informanten in Syrien«, erklärte Patty Juliane und mir. »Sie tun alles, um zu helfen.«

»Allerdings fürchtet Safiye, dass ihre Mutter sie nicht mehr lieben könnte, weil sie Gadi verloren hat. Sie sagte, sie träumt von einem Blitz. Jede Nacht. Ich habe nicht ganz verstanden, was sie damit meint.«

»Wir schalten eine Kinderpsychologin ein«, sagte Patty sofort.

Übelkeit überkam mich. Aus heiterem Himmel.

»Kann man die Mutter nicht hierherholen?«, fragte ich. Die Worte schmerzten in meinem Hals.

Patty sah mich aufmerksam an. »In einer zivilisierten Welt wäre es genau das, was man schnellstens tun würde.«

*

Ich klingelte an der Tür. Eine simple Handlung. Man hebt die Hand und drückt auf einen Klingelknopf. Man wartet, es wird geöffnet. Nicht besonders problematisch.

Ich brauchte eine Ewigkeit, um den Knopf zu berühren. Weiß nicht, wie lange ich da stand, auf diesem Treppenabsatz eines Reihenhauses, während der Schnee fiel, Februarschnee. Nass und matschig. Meine Füße steckten in dicken Stiefeln, dennoch fühlten sie sich an wie Eis. Die Handschuhe hatte ich ausgezogen.

Mein rechter Zeigefinger näherte sich dem Klingelknopf. Zuckte zurück. Näherte sich zuckte zurück wich aus näherte sich legte sich auf das kalte Metall.

Drückte.

Eine Frau öffnete. Ich sah ihr nicht ähnlich. Nicht im Geringsten.

»Hallo«, sagte die Frau. Sie rang nach Worten und versuchte, meinen Namen zu sagen. Es gelang ihr nicht. Ich sagte nichts.

»Komm rein.«

Ich wollte aus den Stiefeln schlüpfen, sie sagte: »Lass doch.«

Sie wollte, dass ich so schnell wie möglich wieder ging. Meine biologische Mutter unterschied sich in nichts von meiner Adoptivmutter.

Ihr Mann war auch da. Er lächelte mich an, wie man einen Kunden anlächelt: Bitte, was hätten Sie gern? Dabei bildeten sich Grübchen in seinen Wangen, die gefielen mir, zogen mich an, ich wusste damals nicht, weshalb, aber heute denke ich, ich kenne den Grund. Ich habe auch diese Grübchen, wie kleine Beulen nach innen.

Ich hatte einen Bruder, der war sieben und fett und peste durch das Wohnzimmer mit einem Feuerwehrauto, das er ein paar Mal gegen die Schrankwand pfefferte.

Bis sein Vater es ihm wegnahm. Der Brocken fing an zu schreien wie am Spieß.

Ich erinnere mich nicht an seinen Namen. Man könnte mich foltern. Ich weiß ihn nicht mehr.

»Halt jetzt die Klappe, wir haben Besuch«, herrschte seine Mutter ihn an. Er begann zu heulen und verkroch sich kurz auf dem Schoß seines Vaters, bevor er wieder runterhopste und Polizeiauto spielte.

In meinem Kopf ging alles durcheinander. Sie wussten nicht, was sie sagen sollten, und ich hatte nur eine einzige Frage, die in meinem Schädel pochte und an allen möglichen Stellen rauswollte. Ich glaubte, meine Augen würden aus meinem Kopf platzen, und gleichzeitig war mir kalt, ich hatte eiskalte Zehen, obwohl das Zimmer überheizt war, sogar die Scheiben beschlugen, und durch den Dunst sah ich eine leere Straße und matschigen Schnee.

Ich scheiterte an der Frage, ob ich sie duzen oder siezen sollte.

Die Frau rückte Tassen zurecht und fragte, ob ich Kaffee oder Tee wollte. Ich wollte nichts. Nur Antworten.

Ein Gugelhupf stand da. Sie schnitt dicke Stücke ab. Der Kuchen roch nach Butter und Vanille. Ich rührte ihn nicht an.

Schließlich goss der Mann mir Kaffee ein. Automatisch griff ich nach dem Kännchen mit der Kondensmilch. Die gelben Tropfen bildeten Schlieren in dem schwarzen Kaffee. Mir wurde schlecht.

Sie sagten, sie hätten sich für die offene Adoption entschieden, nachdem meine Mutter zunächst die Pflegemutter war, bevor sie mich adoptierte. Nach einiger Zeit habe meine Mutter – meine Adoptivmutter – signalisiert, dass sie keinen Kontakt wollte. Dass ich ein kompliziertes Kind sei und sehr sensibel. Dass es deshalb besser sei, wenn ich in der neuen Familie aufwüchse und nichts wüsste.

»Wir haben das schade gefunden«, sagte die Frau.

Sie sagte »schade«, als wenn eine Vase zerbrochen sei, auf die man so viel Wert nicht mehr gelegt hatte.

Die Kälte war unglaublich. Ich hatte das Gefühl, der ganze Raum hätte mit Eisblumen überwachsen sein müssen. Stattdessen liefen dem Mann Schweißperlen übers Gesicht. Vielleicht vor Nervosität. Ich ertappte mich dabei, wie ich Mitleid mit ihm spürte. Ich mochte ihn instinktiv. Er war ein wenig wie mein Adoptivvater. Gelassen, ruhig, abwartend.

Aber mein Adoptivvater war tot.

Der Schock war so stark, dass ich wie in Trance den Kaffee trank, obwohl er ekelhaft schmeckte.

»Iss doch ein Stück Kuchen«, forderte der Mann mich auf.

»Mein Adoptivvater ist vor ein paar Monaten gestorben. Ich habe erst da erfahren, dass ich adoptiert wurde.«

»Ich war 17, als ich schwanger wurde. Nicht viel älter als du jetzt.« Die Frau sprach sehr schnell. »Meine Eltern waren furchtbar wütend. Sie wollten, dass ich die Schwangerschaft unterbreche. Aber das konnte ich nicht. Das hätte ich mir nie verziehen. Sie sagten, ich wäre allein nicht in der Lage, dich großzuziehen. Ich hatte gerade eine Ausbildung angefangen. Deswegen redeten alle auf mich ein, dass ich kein Kind gebrauchen konnte in dieser Situation.«

»Du musst das verstehen.« Der Mann beugte sich vor. »Sie war sehr einsam. Niemand wollte ihr wirklich helfen. Ihre Eltern bestanden darauf, das Gesicht zu wahren. Die Fassade zu erhalten. Sie hatten Angst vor Gerede.«

»Ja, daher … nun, ich musste umziehen, zu einer Tante, dort bekam ich dich, und dann kehrte ich zurück und machte mit der Ausbildung weiter.«

Ich wollte fragen, wie das war, ob sie mich angesehen hatte, als sie mich geboren hatte, ob sie wissen wollte, wie ich aussah.

»Zuerst dachte ich, wenn ich die Ausbildung fertig habe und Geld verdiene, nehme ich dich wieder zu mir.« Die Frau betrachtet ihre Hände. Die Finger sind kurz und fett. »Aber. Immer ein Aber, nicht?« Sie lachte verlegen. »Ich spürte, dass deine neuen Eltern dich sehr lieb hatten. Sie kümmerten sich liebevoll um dich, und du warst schon zwei, du hattest schon eine feste Bindung an sie. Wie hätte ich dich da rausreißen sollen?«

Ich sah mich im Zimmer um. Braune Sessel. Beiger Teppichboden. Eine Stereoanlage. Ein großer Fernseher. Ein paar Fotos an den Wänden. Nur Häuser. Alte Häuser mit alten Bäumen davor.

»Schließlich lernte ich Ralf kennen.« Sie zeigte auf ihren Mann. »Wir heirateten. Endlich hatte ich das Recht auf eine Familie.« Sie schluchzte. Dicke Tränenkugeln rollten über ihre schlaffen Wangen.

Ich dachte, sie hätte sich wehren können. Für mich kämpfen oder für ihren Traum von einer Familie, anstatt vor ihren Eltern zu kuschen. Ich dachte, *ich* hätte das getan.

Der Mann lächelte. »Wir bekamen einen Sohn: diesen kleinen Racker hier.«

Der Racker spürte die Aufmerksamkeit und setzte sich mit mehr Geheul und mehr Gezappel in Szene.

»Er ist dein Halbbruder.«

Nein, dachte ich. Danke, aber: nein.

»Wer ist mein Vater?«

»Ich habe keinen Kontakt mehr zu ihm.« Sie sagte einen Namen. Tausende von Männern könnten so heißen. »Wir waren damals gerade drei Monate zusammen. Er machte eine Lehre in einem Autohaus.«

Ich ging zur Garderobe, nahm meine Jacke, trat vor die Tür. Der Schock hatte meine Ohren verschlossen. Die Stimmen der beiden Leute und das Gekreische des Kindes drangen nur noch ganz leise zu mir durch. Ferne Klänge, die sich rasant entfernten. Der Schnee fiel auf meinen Kopf. Mein Haar wurde sofort nass. Ich streckte die Arme aus und fing Schneeflocken mit den Händen. Auf meinen kalten Handflächen schmolzen sie nicht. Ich wischte die Flocken weg und fing neue. Legte den Kopf in den Nacken, sammelte Schnee im Mund, drehte mich, tanzte die Straße entlang. Das Kältekind tanzte Schneewalzer.

Mir war kalt, ohne dass ich es spürte.

Als ich nach Hause kam, legte ich mich ins Bett, angezogen, nur die Stiefel hatte ich abgestreift. Meine Mutter kam rein und meckerte deswegen. Ich schickte sie raus. Meine Stimme erkannte ich nicht wieder.

KAPITEL 35

Patty machte sich auf die Socken, um »ein bisschen was zu organisieren«. Sie bat uns inständig, Jassmund noch nicht anzurufen.

»Das gefällt mir überhaupt nicht«, murmelte Juliane, als Patty davonfuhr.

»Was wird mit Safiye?«

Juliane rieb sich das Gesicht. »Das Jugendamt steckt sie in ein Heim. Und was ist das Ende vom Lied? Uns ist der Zugriff versperrt.«

»Also musst du eigentlich ähnlich wie Patty die Meinung vertreten, dass die Polizei uns nicht viel helfen kann«, argumentierte ich und dachte an den Ärger, den ich nicht nur mit Peter Jassmund, sondern vor allem mit Nero bekommen würde.

»Ich mag ihre Selbstgerechtigkeit nicht.«

»Pattys?«

»Wessen sonst?«

Erstaunt sah ich Juliane an. »Ich weiß nicht. Mir ist nichts Selbstgerechtes aufgefallen.«

»Mir schon.« Damit kramte Juliane ein Buch aus dem Rucksack, kuschelte sich aufs Sofa und begann zu lesen.

Ich ging ins Schlafzimmer. Sprach ein wenig mit Safiye. Sie drehte sich zur Wand, das Mützchen gegen ihr Gesicht gepresst. Es widerstrebte mir, sie einfach weiter im Bett liegen zu lassen, doch zugleich hatte ich nichts Besseres im Angebot.

»Sie ist erschöpft nach dem Gespräch mit Asifa!«, erklärte mir Juliane, als ich in die Küche zurückkam.

Ich vertrieb mir die Zeit mit Aufräumen und beschloss, im Supermarkt Vorräte einzukaufen.

»Kann ich dich eine Weile allein lassen?«

»Brauche ich einen Babysitter?«

»Alte Grantlerin!«

Sie winkte mir zu, ohne ihre Lektüre zu unterbrechen.

Ich fuhr los. Am Rand von Ohlkirchen war in den letzten Jahren eine Ansammlung von Supermärkten und Discountern entstanden, die dem Ortszentrum das Leben raubten. Ein Bäcker und ein Metzger im Ort, alteingesessen, hatten mittlerweile zugemacht, ihnen war die Konkurrenz nicht bekommen. Ich fuhr dennoch nicht nach Ohlkirchen hinein. Wollte Zeit sparen.

Juliane misstraute Patty. Mir war das ganz unverständlich. Auf mich wirkte Patty integer. Überengagiert, klar, aber das musste sie sicher, um *Children only* am Laufen zu halten. Nachdenklich nahm ich Käse aus dem Regal, fragte mich, was Safiye essen würde, wählte an der Fleischtheke Hähnchenschenkel und lud schließlich eine Menge Nudeln in meinen Wagen. An der Kasse klingelte mein Handy.

»Was ist los, Juliane?«

»Vor deinem Haus, direkt an der Straße, steht ein Van.«

Mir wurde binnen Millisekunden so kalt, dass meine Hände zitterten und das Wechselgeld fallen ließen.

»Was?«

»Ja. Getönte Scheiben. Könnte derselbe sein, der bei mir Wache schob.«

»Verdammt!«

Die Kassiererin sah mich neugierig an.

»Ich nehme an, der Hintereingang bringt uns nicht viel.

Zudem kann ich nicht mit dem Kind an der Hand in den Wald rennen.«

Ich gab auf, die Münzen vom Boden aufsammeln zu wollen. Schob meinen Einkaufswagen Richtung Parkplatz.

»Ich rufe Jassmund an.«

»Das hätten wir längst tun sollen!«

»Kannst du das Kennzeichen lesen?«

»Der Wagen parkt längs der Straße. Dafür müsste ich raus.«

»Nein! Besser, der weiß nicht, dass du ihn gesehen hast.«

»Die meisten Leute sind zwar nicht besonders gescheit, trotzdem rechnen sie mit allem.«

»Warte noch. Ich telefoniere jetzt mit Jassmund.«

Wie vermutet, flogen mir die Fetzen um die Ohren.

»Ich weiß«, gab ich reuevoll zu. »Aber es ist jetzt, wie es ist. Komm zu mir raus. Wir haben ein Kennzeichen.«

»Was für ein Kennzeichen?«

Ich konnte förmlich sehen, wie Jassmund vor Wut schäumte.

»Die Notiz liegt zu Hause. Ich bin beim Einkaufen. Fahre jetzt los.«

Damit entzog ich mich für eine kurze Weile seinem Zorn. Ich steuerte den Spider vom Parkplatz und Richtung Heimat. Den grauen Van sah ich schon von Weitem. Ich fuhr im Schritttempo daran vorbei. Spähte zum Fahrerfenster hinein, konnte jedoch nur schemenhaft einen Mann hinter dem Steuer erkennen, der die Sonnenblende herunterklappte.

Der Regen pladderte auf die Windschutzscheibe. Als ich einen knappen Kilometer weiter Platz zum Wenden fand, hörte der Regen plötzlich auf, und Sonnenstrahlen,

Beweise für ein längst vergessenes Gestirn, das wir Erdlinge unaufhörlich umkreisten, brachen durch die Wolken. Ich fuhr zurück, starrte auf das Kennzeichen des Vans. Es stimmte nicht überein. Eine Münchner Nummer; Safiye hatte sich FFB gemerkt. Da konnte keine Verwechslung bestehen.

Ich bog in meine Einfahrt, stieg aus, sah zurück. Nichts regte sich im Van. Dann sah ich Jassmund in einem Zivilwagen die Straße entlangrasen, hart an der Grenze zur massiv überhöhten Geschwindigkeit.

Der Van fuhr an, beschleunigte und war kurz darauf aus meinem Blickfeld verschwunden. Ich murmelte das Kennzeichen vor mich hin. Nur der Polizei gegenüber nicht noch mehr Angriffsfläche bieten!

Jassmund sprang aus dem Wagen.

»War er das?«

Ich nickte.

»Kea, verdammt!«

»Komm erst mal rein.«

Er stapfte hinter mir her. Sein Groll kroch mir das Rückgrat hoch.

»Wo ist das Kind?«, legte er los, ohne Juliane zu begrüßen.

»Im Schlafzimmer.«

»Ich muss das Jugendamt anrufen. Wir benötigen die Aussage der Dolmetscherin. Kea, verdammt, ich hätte dir mehr Verstand zugetraut!«

»Wir wollten Safiye vor dem Heim bewahren.«

Er warf mir einen wütenden Blick zu.

In der nächsten halben Stunde telefonierte er halb München ab. Schließlich hatte er seinen Kollegen an der Strippe. Er diktierte ihm das Kennzeichen, das Safiye sich gemerkt hatte.

»Hast du? In Ordnung. Kea, wie war das Kennzeichen des Vans?«

Ich öffnete den Mund; schloss ihn wieder.

»Fuck.«

Als sie sich zum Haus umdrehte, wünschte ich mir einen Schildkrötenpanzer. Aber ich hatte die Nummer nicht mehr im Kopf. In der Aufregung hatte ich sie nicht gleich notiert. Oblivion.

»Verdammt. Okay, check diese Nummer und ruf mich gleich an.« Jassmund knallte sein Handy auf das Küchenbüffet.

»Willst du einen Kaffee?«

»Nein.«

»Bist du bereit für unsere Version?«

»Eure?«

»Juliane und ich haben zusammen mit der Vorsitzenden von *Children only* …«

»Ach was.« Er lachte zynisch. »Heute schon Zeitung gelesen?«

»Wie?«

Er griff sich sein Handy und scrollte auf dem Bildschirm herum, bis er endlich die gewünschte Seite gefunden hatte.

Hoffnung für Paare mit unerfülltem Kinderwunsch. Die vielen Waisen, die mit den Flüchtlingsströmen nach Europa gespült werden, stellen die Sozialsysteme vor Herausforderungen. Adoptionen sind dennoch nicht leichter möglich als früher, wie Eberhard Schmidt, der Chef der in München ansässigen Adoptionsagentur BOLA, betont. Von Adoptiveltern wird einiges an sozialer und persönlicher Eignung erwartet. Schmidt will Kinder vorwiegend über solche Unteragenturen weitervermitteln, die sich durch unterschiedliche Förderungen um Kinder verdient gemacht haben. Ein neues Konzept sieht vor, dass Einrichtungen durch geeignete Maßnahmen Verdienstpunkte, sogenannte Credits, erwerben. Nur, wer eine bestimmte Menge an Kreditpunkten erworben hat, kommt bei der Vermittlung zum Zug.

»Was ist das?« Ich wechselte einen schnellen Blick mit Juliane, die noch keinen Ton gesagt hatte, seit Jassmund im Raum war.

»Lies. Ein Interview mit einem Mann, der sich für diese Waisen engagiert. Kinder wie das Mädchen in deinem Bett, das die Wand anstarrt.«

»Verdammt, stellen Sie Ihren selbstgerechten Ärger zurück und hören Sie sich an, was wir zu sagen haben!« Juliane verschränkte die Arme vor der Brust. Trotz ihrer skeletthaften Magerkeit wirkte sie mehr wie ein Bollwerk, als jede Planierraupe es gekonnt hätte. Sie war gereizt, kurz vor dem Platzen, ich sah es an der Art, wie ihr Kinn zuckte und die Kreolen zu schaukeln begannen.

Jassmund starrte sie an.

Und Juliane legte los. Sie fasste zusammen, was wir herausgefunden hatten. Sprach über ihren Einbruch in Deckers Schreibtisch und dass derselbe Van in ihrer Straße auf Beobachtungsposten gewesen war.

»Die guten Taten von BOLA sind nicht der alleinige Punkt«, schloss sie.

Jassmund drehte sich zu mir um. »Ich möchte jetzt doch einen Kaffee.«

Ich machte mich ans Werk.

»Ihr habt mit der Vorsitzenden von *Children only* Freundschaft geschlossen?«

»Ja.« Ich stellte ihm eine Tasse hin.
»Dann lies den letzten Absatz des Artikels.«
Ich nahm das Handy.

Schmidts Organisation sah sich in der Vergangenheit vielfach Kritik von nicht-staatlichen Einrichtungen ausgesetzt. So wirft ihm die von der Irin Patty O'Brian geführte Kampagne Children only *vor, Kinder als Ware für kinderlose Eltern zu sehen. Schmidt: »Früher haben mich diese ungerechtfertigten Anschuldigungen sehr beunruhigt. Mittlerweile weiß ich, dass schlicht Persönliches dahintersteckt. Frau O'Brian ist geschieden und hat eine Tochter im Teenageralter. Da klappt nicht alles, was man sich wünscht. Das Mädchen hat einen Suizidversuch hinter sich. Das ist nun wirklich tragisch und tut mir leid für Frau O'Brian und ihre Tochter, aber jeder Psychologe wird Ihnen bestätigen, dass die Angriffe der Frau auf mich etwas von einer Übersprungshandlung haben. Wer bis zum Hals in familiären Schwierigkeiten steckt, missgönnt anderen Eltern womöglich ihr Glück.*

Ich schüttelte den Kopf. »Was ist das denn für eine Nummer?«
Juliane winkte ab. »Wann ist der Artikel erschienen?«
»Heutige Ausgabe. Ich habe das Online-Abo vom *Merkur*, weil ich mit dem Altpapier nicht mehr zurande komme«, sagte Jassmund. Er war dabei, sich wieder in den gemütlichen Vollbartträger zu verwandeln, den wir kannten.
»Dann ist es wahrscheinlich, dass dieser Schmidt das Interview erst gestern gegeben hat.«
Sie verfiel in Schweigen.

»Und?«, insistierte ich.

»Denk mal nach! Wenn Decker diesem Schmidt Kinder liefert, hat er ihm längst gesteckt, dass jemand – ich – an seinem Schreibtisch war.« Sie drehte sich zu Jassmund um. »Schmidt geht vorsichtshalber in die Offensive. Seine Credits kann er sich ans Körperteil schmieren! Das ist ja ein üblerer Nepp als diese Flugmeilen oder sonstigen Verdienstpunkte, die sie einem im Supermarkt immer andrehen wollen.«

»Er diskreditiert Patty und *Children only*. Sie muss darauf reagieren!«, warf ich ein.

»Ich nehme an, darauf zielt er ab. Gib mir auch noch einen Kaffee.« Juliane hielt mir ihre Tasse hin.

»Hat ihre Tochter wirklich einen Selbstmordversuch hinter sich?«

»So was kommt vor. Wer weiß, was dahintersteckt. Deswegen muss Patty keine Rabenmutter sein.«

»Ein beliebter Vorwurf gegen Frauen, wenn du mich fragst.«

»Eben deshalb macht Schmidt das ja!« Juliane schlug mit der flachen Hand an ihre Stirn. »Nachdenken lohnt sich, Kea.«

Jassmunds Handy klingelte. Ich gab ihm das Gerät zurück. Ein Kollege gab den Halter des Wagens durch, der Safiye am Supermarkt angesprochen hatte.

»Ein gewisser Kalil Ybn Said. Seit 20 Jahren ansässig in Bayern. Verheiratet mit einer Deutschen. Ausgebildeter Ingenieur, arbeitete bis vor drei Jahren in einem Architekturbüro. Dann kündigte er. Aus gesundheitlichen Gründen.« Irritiert sah Jassmund von seinen Notizen auf. »Gleich kommt die Frau vom Jugendamt. Benehmt euch, okay?«

Er machte sich auf die Socken.

KAPITEL 36

Ich wählte Pattys Mobilnummer. Mailbox.

Ratlos sank ich aufs Sofa.

Juliane stand am Fenster und starrte hinaus. Der Regen hatte sich an den Horizont zurückgezogen. Wind war aufgekommen und heulte ums Haus. Safiye lag in meinem Bett und schlief oder tat so als ob.

»Hör mal, Kea.« Juliane drehte sich zu mir um.

»Hm?«

»Was ist eigentlich wirklich Pattys Intention mit all dem, was sie tut?«

»Intention?«

»Vermutlich führt sie einen Kreuzzug gegen Schmidt.«

»Juliane, lässt du dich jetzt ködern von einem lausigen Journalisten, der nicht besonders gut formulieren kann und …«

»Sprache ist deine Sache, nicht meine. Und ich lasse mich auch nicht ködern.«

»Was wir herausgefunden haben, kann doch nicht völlig harmlos sein. Zumindest die blanko gesiegelten Geburtsurkunden nicht.«

Sie knetete ihre Unterlippe. »Ich sage nicht, dass Schmidt harmlos ist. Sondern dass Patty uns und Safiye benutzt, um zum ganz großen Schlag gegen BOLA auszuholen.«

»Also …«

»Nehmen wir an, sie will BOLA vor Gericht bringen. In dem Fall interessiert sie sich in erster Linie nicht für Safiye und ihre Schwester, sondern dafür, die Beweiskette gegen BOLA wasserdicht zu kriegen. Mit uns als willigen Helfern.«

»Fall doch nicht auf Schmidts billige Propaganda rein. Angeblich hat sie Schwierigkeiten mit ihrer Tochter. Welche Mutter hat die nicht?«

»Das meine ich nicht. Dieser Hinweis war nur eine kleine Stichelei. Oder eine Nebelrakete. Wenn Patty wirklich gegen BOLA vorgehen will, ist Safiye eine prima Zeugin. Sie ist jung, man kann ihrer Erinnerung ein paar Beigaben hinzufügen. Das Mädchen ist manipulierbar!«

Ich starrte Juliane fassungslos an. »Du meinst, Patty könnte Beweise zusammenschustern?«

Juliane zuckte die Achseln. »Vorhin, als sie hier reinrauschte, kam sie gar nicht auf die Idee, nach Safiye zu sehen. Ihr reichte die Info, dass *wir* das Mädchen haben, nicht das Jugendamt. Dort käme Patty sehr viel schwerer an die Kleine heran.«

Das Gift des Misstrauens rieselte bereits durch meine Adern.

»Mir geht es jedenfalls immer noch darum, die kleine Gadi wiederzufinden. Möglich, dass Patty am gleichen Strang zieht. Dass sie Gadi findet und gleichzeitig beweisen kann, dass Schmidt an der Entführung beteiligt war oder sie in Auftrag gegeben hat.« Sie drehte sich um. »Und reg dich nicht auf: Der Van ist wieder da.«

Ich sprang hoch. Tatsache. Der Wagen bezog Posten an derselben Stelle wie zuvor. In den Windböen wackelte er wie Pudding.

»Und jetzt?«

Juliane marschierte zur Tür. Ich beobachtete, wie sie die Auffahrt hinunterstapfte in meinen Gummistiefeln, die ihr zwei Nummern zu groß waren. Im Van tat sich nichts. Ich stand da wie festgefroren. Sollte ich hinterher? Oder im Haus bleiben? Hoffte unser Beobachter, dass wir Safiye allein im Haus ließen, wenngleich nur für Minuten? War das alles eine prima Finte, auf die zwei nervöse Weiber sofort hereinfallen würden?

Ich sah, wie Juliane ein paar Meter vor dem Van stehen blieb und sich das Kennzeichen einprägte. Dann klopfte sie an die Scheibe auf der Fahrerseite. Die Kaltschnäuzigkeit musste man erst mal haben.

Die Scheibe wurde heruntergelassen. Ich sah ein Gesicht, ein Mann mit einem Bart. Sonnenbrille. Er sagte ein paar Worte, reichte einen Zettel raus, gab Gas und fuhr davon. Juliane starrte ihm hinterher. Als sie sich zum Haus umdreht, sah ich ihren verdatterten Gesichtsausdruck. Ich rannte zur Haustür.

»Juliane!«, brüllte ich gegen den Wind. »Was war das denn?«

Sie stiefelte durch den Matsch die Auffahrt hinauf. Die ich nie mehr pflastern würde. So viel war klar.

»Er hat einen Handel angeboten.«

»Was?«

»Wir sollen Safiyes Aussage vergessen. Als Gegenleistung erfahren wir, wo Gadi ist.«

Tausend Gedankenblitze versetzten mein Hirn in Aufruhr. »Wie soll das gehen? Bevor wir Jassmund angerufen haben, hätten wir uns gegebenenfalls darauf einlassen können, aber jetzt …«

»Es gibt mehr als genug Möglichkeiten, Kea.« Juliane kam die Treppenstufen hinauf. Sie hinkte ein wenig. Es musste an den übergroßen Stiefel liegen. »Hilf mir.« Sie streckte mir ihren Fuß entgegen. Ich zog am Stiefel. Erdklumpen fielen herab. »Jetzt den anderen. Verdammte Kälte.«

Wir gingen rein.

»Wir könnten Asifa anrufen und sie bitten, ihre Aussage, die sie bei der Polizei zweifellos machen muss, ein wenig zu revidieren. Safiye hat nichts gesehen, und da war keine Frau, und Gadi ist einfach so verschwunden. Vielleicht weggelaufen. Ein Kind bildet sich schon mal was ein, ein traumatisiertes zumal. Viele Kinder denken sich auch dramatische Geschichten aus, um Aufmerksamkeit zu bekommen.«

»Okay, aber Gadi kann nicht mehrere Tage überleben, ohne dass jemand sich um sie kümmert.«

Juliane winkte ab. »Eine gefakte Geschichte kann man immer aushecken, Kea. Das ist nicht der Punkt.«

»Sondern?«

»Wenn es unserem Kumpel Schmidt ernst ist mit dem Deal, heißt das nur eins: Gadi ist noch nicht weitervermittelt.«

»Mich trifft der Schlag. Du ziehst diesen Kuhhandel ernsthaft in Erwägung?«

»Was haben wir denn vom offiziellen Weg, Kea? Meinst du, jemandem wie Schmidt wird das Handwerk gelegt? Sollte es überhaupt je zu einem Prozess kommen, in ein paar Jahren, bis sämtliche Anwälte und Gerichte entsprechende Akten ergattert und bearbeitet haben, zieht der sich über Monate hin. Herauskommen wird nichts. Vermutlich erlebe ich die Urteilsverkündung nicht.«

»Juliane …«

»Leute wie Schmidt sichern sich ab. In alle Richtungen. Sie haben Kontakte.«

»Dennoch machen sie Fehler. Decker ist eine Schwachstelle.«

»Lecks kann man abdichten. Denk an die Suttner und ihr schwülstiges Gerede davon, wie das Flüchtlingsheim Ohlkirchen jetzt Extramaßnahmen zur Förderung der Kinder ergreift. Darf ich lachen?«

»Politiker sind nicht die zuverlässigsten Freunde«, gab ich zu bedenken. »Suttner könnte einknicken.«

Juliane setzte sich aufs Sofa und schlang eine Decke um ihre Beine.

»Wir müssen das jetzt entscheiden, ehe die Frau vom Jugendamt aufkreuzt. Wollen wir dafür sorgen, dass Safiye ihre Schwester zurückbekommt? Oder uns damit anfreunden, dass Gadi morgen in einem Flugzeug nach sonstwo sitzt und am Ankunftsort von emotional durchgeschüttelten Adoptiveltern in die Arme geschlossen wird? Dann ist es aus.«

»Gadi kann längst weitervermittelt sein. Er hat nicht gesagt, wir bekommen Gadi zurück, sondern erfahren, wo sie ist.«

»Der Deal ist *jetzt* heiß, Kea. Nicht heute Abend und nicht in drei Tagen.«

Mein Handy klingelte. Jassmunds Nummer.

Juliane nahm das Gerät und schob es unter ein Kissen.

»Also?«

»*Du* kommst ja nicht mehr in den Knast!«

Juliane lachte zynisch. Gedämpft quoll das Klingeln unter dem Kissen hervor.

»Wohin?«, fragte ich.

»Denk nach.«

KAPITEL 37

Der sogenannte Plan bestand darin, dass Juliane mit Safiye bei Claude-Yves bleiben würde, während ich den Deal mit Schmidt eintüten sollte. Unsere Handys hatten wir zu Hause gelassen. Ich fühlte mich seltsam nackt, als ich meinen Spider in die schmale Durchfahrt zum Innenhof des *Méditerranée* bugsierte. Statt moderner Technologie befanden sich immer noch die Einkäufe in meinem Kofferraum.

»Nanu nana!«, machte unser kanadischer Chef de Cuisine, als ich an die Küchentür klopfte, die von dem winzigen Hof in die Restaurantküche führte.

»Wir konnten uns nicht telefonisch anmelden. Sind deine Leute schon da?«

»Mein Sous-Chef kommt in einer halben Stunde.«

»Du hast bestimmt Platz für ein Kind und eine Seniorin?«

Juliane warf mir einen giftigen Blick zu.

Claude-Yves guckte von einer zur anderen. »Ihr sagt mir jetzt nicht, dass ihr ein Kind gekidnappt habt.«

»Wir beantragen Asyl«, mischte Juliane sich ein. »Und los, los, Kea muss mit dem Wagen von hier verschwinden, bevor jemand dieses auffällige italienische Fahrzeug erkennt.«

Juliane überredete Safiye, auszusteigen. Sie hatte mein Bettzeug mit auf die Rückbank gelegt, damit das Mädchen etwas Vertrautes um sich hatte, und irgendwie begann die Kleine, Juliane als Leittier anzuerkennen. Sie krabbelte gehorsam aus dem Auto und huschte an Julianes Hand ins Haus. ging. Eilig trug ich Julianes Rucksack hinter den beiden her.

An der Wohnungstür sahen wir einander kurz an. Juliane streckte die Hand aus und berührte meine Wange.

»Das muss klappen«, sagte sie leise.

Ich nickte. »Wünsch mir Glück.«

Mit dem butterzarten Gefühl ihrer Finger an meinem Gesicht hastete ich die Treppen wieder hinunter.

Claude-Yves stand über meinen Kofferraum gebeugt. Angesichts meiner Vorräte schlug er die Hände über dem Kopf zusammen.

»Mon dieu, Kea, Tiefkühlhähnchen, wie tief kann der Mensch sinken!«

»Hilf schnell ausladen.«

»Du glaubst doch nicht …«

»Ich kann's ja nicht wegschmeißen.«

»Worauf seid ihr aus?« Er hob beide Hände. »Ich sage nichts weiter.«

»Ich muss weg, bevor mich jemand sieht. Es ist möglich, dass wir Safiyes Schwester wiederkriegen. Juliane glaubt fest daran.«

»Du bist dir nicht sicher?«

Ich zuckte die Achseln. Jetzt hatte ich mich auf diese gewagte Aktion eingelassen. Was blieb mir übrig, als wenigstens den kleinen Rest meines Urvertrauens zusammenzukehren und in die Waagschale für die gute Sache zu werfen?

»Bonne chance. Ich halte Juliane für eine der klügsten Personen auf diesem Erdball, weißt du.«

Klar, er musste wieder übertreiben.

»Und wenn Juliane glaubt, dass es klappt, wird es klappen.«

Ich umarmte ihn. Ich war dabei, kriminell zu werden. Wer weiß, wohin dieser neue Lebenswandel führte. »Man sieht sich.« Damit schwang ich mich auf den Fahrersitz und startete den Motor. Als ich aus der Einfahrt steuerte und nach links abbog, Richtung München, wurde mir bewusst, dass das Essen immer noch im Kofferraum lagerte. Kalt genug für eine längerfristige Vorratshaltung war es allemal.

Ich parkte in Giesing an der Straße. Stieg aus. Nero ging mir durch den Kopf. Schon die ganze Zeit, seit wir von zu Hause weggefahren waren. Diese Aktion wäre eine Belastung für unsere Beziehung. An Peter Jassmund wollte ich gar nicht denken, doch auch dessen Gesicht drängte sich in mein Bewusstsein, als ich die Straße entlanglief. Wieder fiel Regen, jetzt noch angepeitscht vom Wind. Ich stülpte mir den breitkrempigen Regenhut, den ich vor der Abfahrt noch rasch aus dem Schrank gefischt hatte, über den Kopf. Wenigstens würde sich niemand über die Vermummung wundern.

Mit der U-Bahn fuhr ich zum Marienplatz. Das typische unterirdische Chaos hatte ich lange nicht miterlebt, ich benutzte die öffentlichen Verkehrsmittel so gut wie nie. Im Gedränge roch es nach Frittierfett, nassen Kleidern und muffiger Kälte. Ich musste niesen. Danke, eine Erkältung wäre jetzt genau das Richtige.

In Freimann stieg ich aus und suchte nach einer Telefonzelle. Hier herrschte noch der Geruch, der sich mir einstmals eingeprägt hatte. Meine Generation vergaß den nicht. Abgestandener Rauch, Schweiß. Ein klebriger Hörer und das dringende Bedürfnis, die Sprechmuschel so weit wie möglich von den eigenen Lippen wegzuhalten. Immer die Schuhspitze in der Tür, damit wenigstens ein Minimum an Frischluft hereinkam. Himmel, auf diese Zumutung war man in der Zeit vor der Handykommunikation angewiesen! Ich wählte die Nummer auf dem Zettel. Eine Handynummer. Natürlich. Wahrscheinlich prepaid und gerade erst aktiviert. Mein Herz raste.

»Wer spricht dort?«

»Kea Laverde.«

»Sie wünschen?«

»Es geht um die beiden Schwestern. Können wir uns treffen?«

»Sie sind schnell.«

»Wo?« Ich zwang mich, ruhig zu atmen. »Ich bin in Freimann.«

»Oh.« Ein klein wenig Erstaunen in der ansonsten glattgebügelten Stimme. »Dann im *Café Kleist*.«

Die Leitung war tot.

Ich stieß die Tür auf. Fragte einen Passanten nach dem Café und bekam eine umständliche Erklärung. Fünf Minuten später stand ich davor. Rundum gediegene Mietshäuser. Anwaltskanzleien. Hier würde ich bestimmt Rechtsberatung finden. Nötig hätte ich sie schon bald, so viel stand fest. Neben dem Café hatte ein Tierarzt seine Praxis. Ein Mann mit einem Katzenkorb kam gerade heraus. Das eingesperrte Tier randalierte.

Ich betrat das Café. Was wohl Jassmund gerade tat? Hatte die Frau vom Jugendamt schon gemeldet, dass wir ausgeflogen waren? Vermutlich telefonierte er sich die Finger wund, um mich zu erreichen. Am Ende nahm er nicht einmal an, dass ich freiwillig abgetaucht war, sondern fürchtete um meine Sicherheit.

Ich setzte mich an einen Tisch in der hintersten Ecke. Außer mir waren nur zwei Studenten mit Laptops und einem Berg Unterlagen da, die über ihren Papieren brüteten. Kurz dachte ich an mein bevorstehendes und erst spärlich vorbereitetes Uniseminar.

»Was darf's sein?«

»Ein Americano.«

Die Bedienung, ein Kerl mit Dreadlocks und Bart, nickte bestätigend, als würde er meine Wahl vor dem Hintergrund eines politischen Programms beurteilen. »Was zum Knabbern dazu?«

Ich nickte. »Gute Idee.« Hatte ich eigentlich heute schon etwas gegessen?

»Was denn? Schokomuffins? Schichtkuchen?«

»Beides.«

Er zog grinsend ab.

Ein Mann betrat das Café, kaum dass ich mich aus meinem nassen Mantel geschält hatte. Ich behielt den Regenhut auf. Warum auch immer.

Zielstrebig kam er zu mir.

»Frau Laverde oder Frau Lompart?«

»Kea Laverde.«

»Schmidt.«

Wir nickten einander zu. Er setzte sich.

»Gut, dass Sie kommen konnten«, sagte er. Unter dem Mantel trug er einen dunklen Anzug. Ein Business-Typ. Jemand, der Wertpapiere, Aktien, Immobilien oder eben Kinder verkaufte.

Kaffee und Kuchen kamen. Ich stürzte mich darauf wie ein Habicht auf seine Beute. Amüsiert bestellte er ebenfalls einen Americano.

»Sie interessieren sich für ein Kind?«

»Für ein bestimmtes. Ja.«

Er nickte. »Sie haben Glück. Das Mädchen war krank und konnte nicht abreisen.«

»Sie ist noch in Deutschland?«

»Bis morgen. Sie hat nun ein neues Flugticket. Die Adoptiveltern sind sehr aufgeregt. Die ganze Situation ist ohnehin ein überwältigendes Erlebnis, nach langer Wartezeit soll die Kleine endlich kommen. Überraschend wird sie krank, und ihre Ankunft verzögert sich weiter …«

»Kann ich sie sehen, bevor sie fliegt?«

Schmidts Kaffee kam. Er bedankte sich übertrieben höflich bei dem Dreadlock-Typen.

»Was soll das bringen?«

»Das ist meine Bedingung.«

Er lächelte. »Sind Sie in der Situation, Bedingungen zu stellen? Ist der Stand der Dinge nicht genau umgekehrt?«

»Ich wüsste nicht, weshalb.«

»Frau Laverde, wie ich sehe, sind Sie und Ihre Freundin der Meinung, ich würde schreckliche Dinge tun. Kinder verkaufen, die ich zuvor geraubt habe. So ist es nicht.«

»Das Mädchen, das Sie morgen verticken, ist mit falschen Papieren ausgestattet.«

»Es ist alles ganz legal.«

»Das ist es nicht, und Sie wissen es. Wir müssen hier nicht Katz und Maus spielen. Legen Sie die Karten auf den Tisch! Meinetwegen ist die Geburtsurkunde echt. Keine Behörde könnte Gadis Ausreise verhindern. Aber die Papiere sind als Blankovorlagen gestohlen worden. Und noch schlimmer: Das Mädchen wird nie von seiner echten Abstammung erfahren. Sie wird sich irgendwann fragen, warum sie anders aussieht als ihre Eltern, und wenn diese sie über die Adoption informieren, wird sie glauben, sie käme aus Guatemala. Sie wird zu gegebener Zeit sogar dorthin reisen und sich tief drinnen fragen, ob ihr in dem Land etwas vertraut vorkommt. Sie versauen ein Leben!«

»Aber, aber. Sehen Sie, Kinder brauchen Schutz und Fürsorge. Das legt die Basis für Vertrauen ins Leben, und mit dieser Grundausstattung kann jeder von uns meistern, was gemeistert werden muss. Niemand kann eine Garantie dafür abgeben, dass die vermittelten Kinder wirklich glücklich sein werden. Doch wir tun das Möglichste. Und das geschieht im wichtigsten Alter: in der Kindheit.«

»Ich will Gadi sehen.«

»Gadi? Kenne ich nicht.«

»Sie lügen.«

»Ach?«

»Ich habe Dokumente. Ich kann beweisen, was Sie und Decker tun.«

Er trank seinen Kaffee aus, zückte seine Brieftasche, legte einen Schein auf den Tisch. »War mir ein Vergnügen. Und grüßen Sie Frau Lompart.«

Kaum wandte er sich zum Gehen, drehte er sich noch einmal um. »Im Übrigen, ich schätze das *La Méditerranée* auch sehr. Wäre schade, wenn der Meisterkoch zumachen müsste. Sagen wir … wegen Kindesentführung?«

KAPITEL 38

Er war nicht auf den Kopf gefallen. Und er kam aus einer Kultur, in der Kommunikation großgeschrieben wurde. In Deutschland setzte man sich in einem Bus so weit wie möglich weg von anderen Passagieren. In seiner Heimat setzte man sich so nah wie möglich zu den anderen Mitfahrern und fing an zu plaudern. Resmi kam aus diesem Muster schlecht raus. Zu Anfang hatte er wegen seiner dürftigen Deutschkenntnisse nur schweigen können. Mittlerweile sprach er ganz gut und er redete gern mit den Leuten. Im Supermarkt an der Kasse. Beim Tanken. Er begriff die kleinen Plaudereien als Deutschunterricht. Gerade weil er spürte, dass die Deutschen recht maulfaul waren – vielleicht auch nur die Bayern, das mit den Bundesländern hatte er noch nicht durchschaut –, genoss er die wenigen Minuten, in denen er sich mit anderen menschlichen Wesen verband. Resmi akzeptierte seine neuen Lebensverhältnisse, schließlich hatte er Glück gehabt, er hatte sogar einen Job. Aber Einsamkeit war ein hoher Preis, und den zahlte er tagtäglich. Da musste er einfach ab und zu schwatzen.

Diesmal hatte das kurze Gespräch beim Bäcker etwas gebracht. Der Mord im Flüchtlingsheim war immer noch Thema Nummer 1 in Ohlkirchen, und die Leute nutzten jede Gelegenheit, um ihre eigenen Theorien zu überprüfen und die Denkansätze von anderen abzugreifen. Wer hatte die Frau ermordet? Warum gerade diese Frau? Und warum nur ein Messerstich? Es musste jemand aus dem

Heim gewesen sein, oder? Von außen kam wohl niemand in Betracht, wie?

Resmi mochte die Bäckerin in der winzigen Backstube gleich am Markt. Er liebte den Geruch nach Vanille, und wann immer er in der Nähe war, kaufte er dort etwas.

Diesmal hatte er den absolut heißesten Tipp bekommen.

Das Haus schien verlassen zu sein. Er war wieder hingefahren, hatte lange gewartet. Musste bedauerlicherweise durchgeben, dass der Vogel offenbar ausgeflogen war.

Man war darüber nicht sehr erfreut. Resmi bekam den Auftrag nachzuforschen, wo die Frauen mit dem Mädchen sein könnten.

Hier kam die Bäckerin ins Spiel. Sie berichtete, dass sie echte französische Baguettestangen übrig habe, weil sie sich in einer Bestellung getäuscht hatte. Für das *Méditerranée* hatte sie doppelt so viele Baguettes gebacken wie geordert. So kam das Gespräch auf das Restaurant und auf die Kundschaft, die dort ein und aus ging. Resmi war nie dort gewesen. So ein Lokal konnte er sich nicht leisten. Einmal hatte er im Schaukasten draußen die Liste der Speisen und deren Preise gesehen. Du lieber Himmel!

Als er mit dem Chef telefonierte, bekam er einen klaren Auftrag. Er sollte bis abends warten, ungesehen, das verstand sich von selbst. Falls er eine größere Summe benötigen sollte, spielte Geld keine Rolle.

Resmi fröstelte, als er den Auftrag hörte. Das wäre Mist. Großer Mist. So etwas hatte er noch nie getan.

Noch lange, nachdem er aufgelegt hatte, dachte er darüber nach, dass er dabei war, eine Grenze zu überschreiten. Was, wenn er mit dieser Sache in Verbindung gebracht wurde? Von offizieller Seite? Wenn er Ärger mit der Justiz bekäme, würde das auf die Ausreise seiner Töchter und vor allem ihre Einreise nach Deutschland Auswirkungen haben?

Resmi musste nicht lange grübeln, um sich eine Meinung zu bilden. Zudem fand er, dass es sich nicht gehörte, alte Frauen und Kinder zu verängstigen. Doch seinen Job durfte er auf keinen Fall verlieren. In den letzten Tagen hatte er eine Menge Überstunden gemacht. Sogar im Auto geschlafen. Das machte ihm nichts aus, man hatte ihm einen guten Schlafsack gegeben und er brauchte jeden Cent, den er verdienen konnte.

Aber dies hier ...

Er ließ den Wagen am Markt stehen und ging zu Fuß zum Restaurant. Er konnte das erklären. Sich als Arbeitslosen ausgeben, fragen, ob in nächster Zeit eine Aushilfe gesucht würde. Er sprach gut genug Deutsch, er würde zurechtkommen.

KAPITEL 39

Ich fuhr kreuz und quer mit der U-Bahn durch die Stadt, um sicherzugehen, dass mir niemand folgte, bis ich eine Telefonzelle betrat und Claude-Yves anrief.

»Er weiß von euch«, keuchte ich anstelle einer Begrüßung, noch bevor er etwas sagen konnte.

»Was meinst du?«

»Schmidt weiß, dass Safiye bei dir ist. Überprüfe, ob das Restaurant beobachtet wird.«

»Du meinst …«

»Ich meine nichts. Jetzt gib mir Juliane.«

Grummelnd reichte Claude-Yves sein Telefon weiter.

»Kea, was ist denn los?«

»Seid vorsichtig. Schmidt hat offen gedroht. Er muss einen oder mehrere Spitzel in Ohlkirchen haben. Sicherheit geht vor.«

»Dass so ein Spruch ausgerechnet von dir kommt!«, lästerte Juliane. »Ich hoffe, du verlangst nicht noch von mir, dass wir die Polizei anrufen und uns stellen.«

»Das machen wir morgen. Wenn wir Gadi haben.«

»Wie stellen wir das an?«

»Ich fahre zu Andrea von Suttner. Passt auf euch auf.«

»Zu der Politikertante? Kea, ich weiß nicht …«

Politiker waren Juliane suspekt. Sie hasste Spielchen.

»In dem Fall haben wir keine andere Chance. Um das Nachspiel zu verkraften, sind wir auf einen starken Partner angewiesen.«

»Such uns lieber gleich einen Anwalt.«

»Sei nicht so defätistisch«, uzte ich. »Durchhalten lautet die Parole. Ich melde mich wieder.«

Ich legte auf. Wenn ich bei der Landtagsabgeordneten zum Zuge kommen wollte, brauchte ich ein Pfund, mit dem ich wuchern konnte. Zunächst einmal musste ich von meiner Mission selbst überzeugt sein. Und ich brauchte Informationen.

Ich rief im evangelischen Pfarrhaus in Ohlkirchen an. Mia Lessner nahm nach dem ersten Klingeln ab.

Ich hüstelte, stellte mir mich selbst als eine blonde Abiturientin vor, die 50 Kilo wog, und flötete in den Hörer: »Hallo, ich weiß jetzt gar nicht, ob ich bei Ihnen richtig bin. Ich habe im Sommer Abitur gemacht und noch immer keinen Studienplatz bekommen. Ich würde jetzt gern was Nützliches machen. Gibt es die Möglichkeit, als Flüchtlingshelferin zu arbeiten?«

»Natürlich. Das ist immer möglich. Aber ich bin nicht die richtige Ansprechpartnerin. Wenden Sie sich an Doktor Decker, den Heimleiter, oder seine Sekretärin.«

»Ich habe dort schon angerufen, wurde jedoch an Sie verwiesen.«

»So?« Überraschung, die schnell abklang. »In Ordnung, kommen Sie einfach morgen Nachmittag ins Heim, ich habe dann auch Dienst, und wir sehen, was wir tun können.«

»Das mache ich gern. Es ist sicher nicht gefährlich?«

»Gefährlich?«

»Wegen … dem Mord.«

»Ach du Schreck, nein, Helfer sind bei uns noch nicht zu Schaden gekommen.«

»Aber die Frau …«

Mias Stimme stockte. »Was für ein Drama …bloß … Wir können nicht aus Angst die Flüchtlinge im Stich lassen. In diesem Land geschieht zu viel aus Angst, finden Sie nicht?«

Für Bruchteile von Sekunden hätte die Kea Laverde in mir gern lauthals »Ja!« gerufen. Doch als blonde Abiturientin hatte ich mich im Griff.

»Ich habe Gerüchte gehört. Dass Kinder …«

»Ja. Dieses Gerücht kursiert. Wissen Sie«, Mia Lessner schien froh, endlich ihre eigenen Theorien loswerden zu können, »in verzweifelten Situationen – und die Flüchtlinge sind alle in einer verzweifelten Situation, weil keiner von ihnen so genau weiß, wie es weitergeht – also in verzweifelten Situationen kochen Gerüchteküchen immer über. Man darf nicht alles glauben, was geredet wird. Das sage ich als Pfarrersfrau, Sie werden lachen.«

»Also …«

»Und solange unser Doktor Decker seine, wie soll ich sagen, Lebensverhältnisse nicht klärt, ist es kein Wunder, wenn sich allerhand Gerede Bahn bricht.«

»Lebensverhältnisse?«

»Nun, jeder weiß von Irmi Dahlbeck, nur er denkt immer noch, sie wäre sein geheimes Verhältnis.«

Mein Herz beschleunigte seinen Takt. »Ist sie auch eine Helferin?«

»Nein, nein.« Mia räusperte sich. »Dennoch fühlt sie sich berufen, über Dinge zu spekulieren, die, wie soll ich sagen, wenig hilfreich sind. Nur weil sie an besagtem Tag ins Heim kam! Also, kann ich morgen mit Ihnen rechnen?«

»Ja, natürlich.«

»Also bis morgen. Ach, verraten Sie mir noch Ihren Namen?«

Ich legte auf.

Irmi Dahlbeck.

Ich blätterte durch das ziegelsteindicke Telefonbuch. Der Name war in München nur einmal verzeichnet. Dahlbeck, I.

Was tun? Wozu fühlte Irmi Dahlbeck sich berufen? Gerüchte in die Welt zu setzen? Worüber?

Ich rief mir ihr Gespräch mit Decker, das ich beim Italiener belauscht hatte, ins Gedächtnis. Sie wollte nicht über den Mord sprechen.

Niemand hätte damit gerechnet und ich kann mich nicht mehr …

Irmi Dahlbecks unvollendeter Satz hämmerte in meinem Kopf einen verwegenen Rhythmus. Am Tag, als die Frau erstochen wurde, kam Irmi Dahlbeck nach Ohlkirchen ins Heim.

Langsam wählte ich die angegebene Nummer.

»Dahlbeck?«

Womit hatte niemand gerechnet? Mit einem Mord? Das war zu profan. Logischerweise rechnete niemand mit einem Mord.

»Hallo?« Ein leiser Alarm in der Stimme. »Wer spricht denn da!« Der Regen verstärkte sich und trommelte auf die Telefonzelle. Die Scheiben beschlugen.

Sie musste gesehen haben, wer … Ich bekam weiche Knie. Asifas müdes Gesicht, ihr fast scheues Eingeständnis: *Mir geht das nahe.*

»Hallo?«, tönte Irmi Dahlbecks schrille Stimme durch den Hörer.

Safiye wusste nichts über den Mord im Flüchtlingsheim zu sagen. *Sie hat immer nur den Kopf geschüttelt. Ich habe zwei, drei Mal nachgehakt. Aber da kam nichts.*

»Sie haben den Mord beobachtet«, brachte ich heraus.

»*Was*?« Eine Rückfrage, die nur aus einem Aufkeuchen bestand. »Wer sind Sie?«

Sie hatte.

»Wir müssen reden.«

»Sind Sie von der Polizei?«

»Ich brauche Sie, Frau Dahlbeck. Das spurlos verschwundene Kind wird schon morgen ins Ausland weitergereicht. Es wird nie seine Wurzeln kennen, und seine Schwester erleidet ein Trauma, das vielleicht niemals heilen kann.«

Es war eine Weile still am Ende der Leitung.

»Wenn Sie aussagen, steigt unsere Chance auf eine einstweilige Verfügung gegen BOLA. Sie müssen doch wissen, dass die Papiere eine gewisse …«

»Ja. Ich weiß.«

Ich atmete ganz langsam aus. »Frau Dahlbeck, sind Sie bereit zu helfen?«

»Sie sind nicht von der Polizei?«

»Nein. Die Schwester des verschwundenen Kleinkinds befindet sich in meiner Obhut. Ich schramme haarscharf an allem, was legal ist, vorbei.« Das war vorsichtig ausgedrückt.

»Wie Eberhard.«

»Aber ich verdiene nicht daran.«

Wieder Stille.

»Frau Dahlbeck, mir läuft die Zeit davon!«

»Ich habe nichts gesagt, weil ich … nun, ich dachte, wenn ich sage, was ich gesehen habe, kann dieses Mädchen niemals …«

»Treffen wir uns im Hofgarten? In einer halben Stunde?«

»In Ordnung.«

KAPITEL 40

Ich lief durch das Westtor und durch den Schnürlregen zum Dianatempel. Der Hofgarten lag wie ausgestorben. Wo sich bei schönem Wetter Leute auf den Bänken vom Großstadttrouble erholten und Touristen Selfies mit dem Nymphenbrunnen im Hintergrund schossen, spielte der Wind sein gleichgültiges Spiel mit dem nassen Laub. Die Dämmerung kroch bereits aus den Arkadengängen.

Irmi Dahlbeck wartete auf mich. Ihr schwarzes Haar glänzte vor Nässe. Der Lippenstift war in perfekter Kontur aufgetragen.

»*Sie* sind das!«, rief sie.

»Gestern Abend. Sie erinnern sich?«

»Du liebe Zeit!«

»Ihr kleines Stück Italien gleich bei der Münchner Freiheit«, zitierte ich.

Sie lachte traurig auf. »Was haben Sie vor? Wie viel wollen Sie?«

»Ich will Sie nicht erpressen. Ich will, dass Sie mir helfen, diese Geschichte zu einem anständigen Abschluss zu bringen. Sie wissen Bescheid über die Machenschaften bei BOLA.«

»Na, *Machenschaften* …«

»Sie leben in Scheidung und wollen finanziell sicher einiges rausholen. Aber das hindert Sie nicht daran, ein paar Aussagen über das Geschäftsmodell Ihres beinahe Ex-Mannes zu machen. Ich will ihn nicht vernichten, falls Sie das denken.« Nein, im Moment wollte ich eigentlich nur aus dem Dauerregen raus in mein Haus. Peter Jassmunds bärtiges Gesicht ging mir durch den Kopf. Ich schob das Bild weg. »Ich will in diesem einen Fall so etwas wie Gerechtigkeit.«

»Was ist Gerechtigkeit? Einem Kind die Chance auf ein neues, besseres Leben in den USA zu nehmen?«

»In den USA?«

»Die Flüchtlingswaisen werden alle nach Amerika vermittelt. Europa ist zu heiß.«

»Die Mutter des Kindes ist wahrscheinlich noch am Leben.«

»Woher wollen Sie das wissen?«

»Sie hat die Kinder auf die Reise geschickt. Ist in Syrien geblieben. Um den kranken Schwiegervater zu versorgen. Vermutlich auch aus Geldmangel. Die Reserven reichten nur für die Flucht der Töchter.«

Irmi Dahlbeck bohrte die Fäuste in die Manteltaschen. »Sie kann längst tot sein.«

»Sie kann. Muss aber nicht. Und sie hat ihr Einverständnis zu einer Adoption ganz bestimmt nicht zum Ausdruck gebracht.«

Irmis Kiefer mahlten.

»Frau Dahlbeck, Ihr Mann verdient nicht wenig, und noch ein paar andere halten auch die Hand auf bei diesem Business. Ich nehme an, alles Fahrer hochwertiger Automobile. Da sind etliche 10.000 Euro geflossen! Nur bei diesem einen Deal!«

»Die Kosten sind hoch.«

»Machen Sie sich nicht lächerlich.«

»Es ist alles legal.«

»Ist es nicht. Es gibt sich nur den Anschein, legal zu sein. Ihr neuer Freund Decker mischt kräftig mit. Hat er nicht hervorragende Kontakte nach Mittelamerika? Bei deren Pflege er Ihre sprachliche Unterstützung braucht? Um Blanko-Geburtsurkunden zu kriegen?«

Irmi Dahlbeck sah weg. Ich würde sie auf meine Seite bekommen, und wenn ich mich vor ihr in einer Pfütze wälzte.

»Sie können niemanden mit der Aussage überzeugen, es wäre alles im Rahmen des Gesetzes. Ich habe Belege und Zeugen. Wenn es nicht für eine Anklage reicht – an die Presse werden wir auf jeden Fall damit gehen. Definitiv. In der Folge zerzaust es nicht nur Ihren Ex, sondern genauso seinen Herzensnachfolger.«

»Das geht Sie nichts an.«

»Nein, aber Sie geht es was an. Die Sache mit dem Mädchen geht Ihnen nahe. Was Sie gesehen haben, werden Sie nie mehr vergessen!«

Wir sahen einander an, und sie wusste, dass ich wusste. Es gibt manchmal dieses zweifellos Ehrliche im Blick eines Menschen.

Endlich sagte sie: »Selbst wenn ich darüber spreche, kann das die Reise des kleinen Mädchens nicht mehr aufschieben. Und wenn sie sie erst in den USA haben, stehen die Behörden hier ohnehin auf dem Schlauch.«

»Also geben Sie uns eine Chance. Wir haben noch ein paar Stunden.«

»Warum sollte ich das tun?«

»Aus demselben Grund wie ich: weil wir Menschen sind. Weil wir spüren, dass der Verkauf von Kindern verabscheuungswürdig ist. Umso mehr, wenn man an Edelmut und Hilfsbereitschaft appelliert!«

»Welche Aussichten hätte die Kleine hier in einem Flüchtlingsheim?«

»Keine sehr rosigen, zumindest kurzfristig. Immerhin wäre sie bei ihrer Schwester, und es besteht immerhin die hauchfeine Chance, dass ihre Mutter noch lebt. Bevor das nicht geklärt ist …«

»Glauben Sie, für jeden Toten in Syrien wird ein Totenschein ausgestellt?«

»Die Frau könnte ein Handy haben.«

»Falls das Netz …«

»Scheiße, Frau Dahlbeck!«, schrie ich sie an. »Entscheiden Sie sich jetzt! Seien Sie ein Kerl, verdammt noch mal.«

Sie grinste schief. »Vom Feminismus haben Sie auch noch nie was gehört, oder?«

»Finden Sie heraus, auf welchen Flug das Mädchen gebucht ist.«

Sie holte tief Atem. »In Ordnung.«

KAPITEL 41

Ich bekam einen Fuß in die Tür. Hatte mich daran erinnert, dass Andrea von Suttner ihr Privatauto abgestoßen hatte. Ein zerfledderter Stadtplan, der in der U-Bahn liegen geblieben war, reichte, um einen kühnen Plan zu schmieden. Andrea von Suttner würde nach Feierabend ihr Büro in der nicht mehr ganz neuen Parteizentrale in der Mies-van-der Rohe-Straße verlassen und zu Fuß zur Tram in der Anne-Albers-Straße gehen. Es sei denn, man fuhr sie im Dienstwagen zu einem späten Termin.

Ich nahm selbst die Tram und lobte mich innerlich, wie stark ich heute auf die Öffis vertraut hatte. Da hieß es immer, man sollte was für die Umwelt tun. Doch selbst in diesem miesen Wetter vermisste ich meinen Spider. Wahrscheinlich könnte ich mich nie daran gewöhnen, den zur Verfügung stehenden geringen Raum mit einer Unmenge sterbensmüder Mitbürger zu teilen, die alle nur eins wollten: raus aus der Tram. Heim.

München kuschelte sich in die spätherbstliche Dunkelheit, als ich auf den Glasbunker zuging, den die große bayerische Partei vor knapp zwei Jahren bezogen hatte. Hinter Fenstern leuchteten Bürolichter, flackerten Bildschirme, eilten dunkel gekleidete Leute hin und her. Eine Limousine brauste davon. Nicht weit vom Eingang entfernt parkte ein Wohnmobil auf dem Gehsteig, entnervt beendete der Fahrer ein Gespräch auf seinem Handy.

Ein Handy.

Ich war schon an dem Camper vorbei, da drehte ich mich um.

»Sie haben nicht zufällig eine Flatrate?«, fragte ich.

»Hä?«

»Dürfte ich mir kurz Ihr Smartphone ausleihen?« Wenn man Kinder kidnappte, konnte man auch um ein Handy bitten. »Nur kurz. Ich habe einen Termin da drin.« Ich wies auf den Glaspalast.

Gleichgültig hielt er mir das Gerät hin. »Von mir aus. Ist eh alles im Eimer.«

»So schlimm?«

»Meine Frau und ich wollten nach Südfrankreich und dann weiter nach Lissabon. War immer ihr Traum, Weihnachten da unten am Atlantik.«

»Aber?« Ich googelte bereits eine Telefonnummer.

»Schlaganfall. Heute früh, aus heiterem Himmel, wir sind gerade erst losgefahren. Ich war bis eben bei ihr in der Klinik, jetzt ist mir die Bullerei aufs Dach gestiegen, weil der Camper noch hier steht. Ein Unglück kommt selten allein, Sie verstehen? Der Motor springt nicht mehr an. Ich warte auf den ADAC. Kann noch dauern. Da war ein schwerer Unfall auf der A 9.« Er zeigte in die Dunkelheit, wo die Autobahn endete und in einer breiten Asphaltschleife auf den Mittleren Ring mündete. Gedämpft drangen die Verkehrsgeräusche durch die Dunkelheit.

Ich fand die Nummer der Parteizentrale. »Schlaganfall?«, fragte ich zerstreut.

»Ja, verflucht!«

»Das tut mir leid.«

»Die Ambulanz war schnell hier. Sie kam sofort in die Klinik.« Er legte den Kopf in den Nacken und sah in den Himmel. Regentropfen sammelten sich auf seinem Gesicht. »Da hat wohl einer die Hand über sie gehalten. Wie man so sagt.«

Ich wählte. Sagte dem Herrn, der den Hörer abnahm, ich hätte einen Termin mit Frau von Suttner, mich aber verspätet, ich hoffte, sie sei überhaupt noch im Haus.

»Sie ist gerade im Moment im Aufbruch.«

Ich redete mich raus und legte auf. Googelte nach einem Foto von Andrea von Suttner. Prägte mir das runde, von blonden Haaren umrahmte Gesicht ein, bevor ich das Smartphone seinem Besitzer zurückgab.

»Danke.«

»Sie sind gar nicht verspätet.«

»Bei Politikern muss man alle Tricks anwenden, um nicht über den Tisch gezogen zu werden.«

Der Mann achtete nicht weiter auf meine Problemchen, sondern redete über seine Frau. Über die geplatzte Reise. Über die moderne Medizin. Er war die perfekte Tarnung. Ich hörte zu, wie er seine Sorgen loswurde, gab ab und zu einen Kommentar ab. Unvermittelt hetzte eine Frau an uns vorbei, die Absätze ihrer Pumps schrappten über den Asphalt.

»Alles Gute für Ihre Frau!«

Ich lief, den Regenhut tief in der Stirn, Richtung Tram.

An der Haltestelle klappte sie ihren Schirm ein und lehnte sich gegen die Glaswand des Unterstands.

»Erschöpft?«

Sie fuhr herum.

»Die Tage werden auch immer länger.« Ich setzte mich auf den Sitz aus Drahtgeflecht.

»Hm.«

»Ich brauche Ihre Hilfe.«

Sie war nicht einmal überrascht »Wenden Sie sich an …«

»Nicht an Ihr Sekretariat. *Ihre* Hilfe, Frau von Suttner. Noch heute Abend. Heute Nacht, wenn es sein muss.«

»Wie?«

»Sie kennen Eberhard Schmidt?«

»Schmidt, Schmidt …«

»BOLA!«, half ich aus.

»Nun, sicher …«

»Ein Ja würde genügen. Sie hängen mit drin.«

»Bitte?«

»In den Geschäften von BOLA.«

Sie stieß sich von der Glaswand ab. »Ich muss mir das nicht anhören.«

»Nein. Aber Sie könnten verhindern, dass morgen ein gestohlenes Kind in die USA geflogen wird. Mit einer gefälschten guatemaltekischen Geburtsurkunde. Das Kind aus dem Heim, welches Sie gestern so medienwirksam besucht haben.«

Sie bedachte mich mit einem langen Blick. Das Gesicht rund, irgendwie alterslos im Zwielicht der Haltestellenbeleuchtung. Das Haar klebte ihr feucht an der Stirn.

Gedankenverloren schüttelte sie ihren Schirm.

Wir fuhren ein paar Stationen und stiegen in Schwabing aus. Betraten ein Café. Ich bat, telefonieren zu dürfen, und wurde angeschaut, als sei ich soeben aus einer fliegenden Untertasse gefallen und trüge noch Reste von Sternenstaub im Gesicht.

»Wir sind in der *Mocca-Bar* in der Muffatstraße«, sagte ich zu Irmi, die sofort am Apparat war. »Haben Sie was herausgefunden?«

»Das Mädchen ist auf den Mittagsflug gebucht. Morgen, 12.15, mit American Airlines direkt nach Philadelphia.«

»Philadelphia. Okay. Kommen Sie her?«

»Bin unterwegs.«

Ich wählte Claude-Yves' Nummer. Er meldete sich nach dem zweiten Klingeln. »Kea?«

»Alles in Ordnung bei euch?«

»Nero hat angerufen. Angeblich hängt diese Patty beständig bei ihm in der Leitung und macht ihn meschugge, weil sie dich nicht erreicht.«

»Hast du ihn auf den neuesten Stand gebracht?«

»Nero? Tu es un peu foufou? Nie im Leben.«

»War die Polizei bei euch?«

»Nein.«

»Und der Van?«

»Niemand beobachtet uns. Wir waren mehrmals unten auf der Straße und haben uns umgesehen.«

Ich unterdrückte ein Stöhnen. »Hör zu: Schmidt weiß vom *Méditerranée*, klar? Diesen Vorsprung nutzt er, da kannst du Gift drauf nehmen. Passt auf euch auf. Ihr könnt mich die nächste Stunde in der *Mocca-Bar* in Schwabing erreichen, kapiert?«

»Na gut, wenn du meinst.«

»Haltet durch.«

»Immer wieder gern.« Er legte auf.

Nero würde noch eine Weile warten müssen.

Andrea von Suttner fummelte an ihrem Handy, als ich an unseren Tisch zurückkam. Sie hatte zwei Gläser Rotwein geordert.

»Ich brauche was zum Beruhigen. Und zum Warmwerden«, erläuterte sie entschuldigend.

»Da bin ich dabei.« Ich nahm einen großen Schluck. »Können wir reden?«

»Ich bitte darum.«

Ich legte los. Berichtete von Julianes und meinen Recherchen. Von Patty. Von Irmis Beobachtungen.

»Es spricht alles dafür, dass BOLA Kinder verkauft, Frau von Suttner«, insistierte ich. »Wir können es noch nicht beweisen …«

»Sie werden es nie beweisen können.«

»Aber …«

»Diese Patty O'Brian steht alle paar Tage in meinem Büro. Mit einer Impertinenz, für die man erst mal die Kaltschnäuzigkeit aufbringen muss.«

»Ihr geht das mit den Kindern nahe und …«

»Sie irren sich, Frau Laverde. Patty O'Brian kämpft an einer ganz anderen Front.«

Ich stellte mein Glas ab. »Front?«

»An der Heimatfront, wenn Sie so wollen, obwohl ich militärische Floskeln verabscheue.«

»Ich verstehe nicht.«

»Sie hat *Children only* ins Leben gerufen, um ihr ganz persönliches Trauma aufzufangen.«

»Was meinen Sie damit?«

»Ich habe Nachforschungen über sie anstellen lassen. Nachdem sie mir in ihrer mitleidlosen Art dermaßen auf die Füße gestiegen ist. Das finden Sie vielleicht verwerflich. Aber ich bin wirklich einmal angetreten, um die Interessen der Guten zu vertreten. Und musste feststellen, dass ich allen möglichen Strategen zu Gefallen sein sollte.«

»Wie BOLA.«

Andrea von Suttner winkte ab. »BOLA ist ein Konstrukt aus Agenturen, das niemand so richtig durchschaut. Sie koordinieren eine Reihe von Unteragenturen, die dann ihrerseits Adoptionen einleiten.«

»Deswegen das Punktesystem?«

»Ja, sie vergeben Credits an die Subagenturen, wenn die etwas für die Kinder tun. In Kindergärten, Sportaktivitäten oder Bildungsmaterial investieren. Daran ist nichts Schlechtes.«

»Aber wenn man Geld ausgegeben und Credits gehamstert hat, will man schließlich auch die Kinder haben!«

Die Suttner drehte ihr Glas.

»Habe ich recht?« Ich hätte sie am liebsten am Kragen gepackt und geschüttelt.

»Sie haben irgendwie recht.«

»Irgendwie recht haben geht nicht. Was wahr ist, ist wahr! Da werden Begehrlichkeiten geweckt und das

Gefühl erzeugt, man hätte ein Recht auf Kinder, weil man gefördert hat. 1000 Punkte machen 100 Kinder. Die aus einem Flüchtlingsheim entführt werden. Sie wollen mir doch nicht sagen, dass Sie sich das noch nie überlegt haben?«

Plötzlich stand Irmi Dahlbeck neben unserem Tisch. Die beiden Damen begrüßten einander.

»Sie kennen sich?«, fragte ich.

Irmi winkte der Bedienung und zeigte auf unsere Weingläser.

»Sicher«, seufzte Andrea von Suttner.

Mit einem Mal hüllte mich eine unsägliche Erschöpfung ein. Wie eine Überdosis Schmerzmittel bemächtigte sie sich meiner Arme und Beine. Ich konnte kaum noch nach meinem Glas greifen.

»Wenn Sie uns helfen, können Sie sich auf Ihre Parteifahne schreiben, alles zu tun, um Unehrlichkeit mit Stumpf und Stiel auszurotten«, hörte ich mich sagen. Ich durfte jetzt nicht einschlafen.

Die Bedienung brachte Irmis Wein. Ich bestellte einen doppelten Espresso.

Unschlüssig sah Andrea von Suttner zwischen Irmi Dahlbeck und mir hin und her. »Sie wollen verhindern, dass das Mädchen ausreist?«

»Wir können beweisen, dass BOLA in Verbindung mit der Ohlkirchener Heimleitung krumme Dinger dreht.« Ich lehnte mich zurück. »Von ausreichend Material für einen Gerichtsprozess sind wir noch weit entfernt, aber zumindest Gadi Al Ybis Ausreise können wir zu stoppen versuchen. Dazu sind wir auf juristischen Beistand, einen guten Draht zu den Behörden und Publicity angewiesen.«

»Mein Bruder ist Jurist«, sagte Irmi Dahlbeck. »Ich habe ihn angerufen. Er hat mir die Nummer eines Anwalts gegeben, der uns vertreten würde. Er kommt so schnell wie möglich hierher.«

»Danke.« Das war mehr, als ich zu hoffen gewagt hatte. »Und was haben Sie zu bieten, Frau von Suttner?«

Pause. Mein Espresso kam. Ich schüttete das heiße Getränk in mich hinein, zu aufgeregt, um zu spüren, wie ich mir die Kehle verbrannte.

»Ich helfe Ihnen. Unter einer Bedingung: Patty O'Brian bleibt außen vor.«

»Was haben Sie mit Patty für ein Problem?« Das Wort *Trauma* schaukelte durch meinen Kopf.

»Der Punkt ist«, unterbrach die Politikerin, »dass Patty O'Brian BOLA bekämpft, weil sie den Dämon in sich selbst noch nicht besiegt hat. Sie ist selbst ein Adoptivkind. Wussten Sie das nicht?«

*

Die Schwester hat mir gesagt, ich könnte bald nach Hause. Ich will das eigentlich nicht. Keine Ahnung, wie ich da leben soll.

Man hat mir eine neue Zimmergenossin zugewiesen. Sie ist älter als ich, schminkt sich, dass sie aussieht, als hätte sie eine Schicht Kleister auf dem Gesicht und keine Miene mehr verziehen kann, und redet ansonsten kein Wort. Mit niemandem.

Das kommt mir entgegen. Ich muss viel nachdenken, und dazu brauche ich Ruhe.

Mag sein, dass ich bereit bin, der Welt bald ins Auge zu sehen.

Gestern hat es sogar kurz geschneit. Nur ganz kurz, bis die Wolkendecke aufriss und das erste Mal, seit ich hier bin, Sonnenlicht auf die überschwemmte Wiese fiel. Der See unten zieht seine Tentakeln ein. Wenn es aufhört, wie bisher weiterzuregnen, ist das Basketballfeld bald wieder bespielbar. Drängt sich die Frage auf, ob ich bis dahin noch hier sein werde.

Die Therapeutin hat mich gefragt, ob ich mir vorstellen könnte, die Schule in einem Internat fertig zu machen.

Keine schlechte Idee.

Sie meinte, meine Noten wären gar nicht so übel, wenn ich mich freiwillig ein Jahr zurückstellen ließe, könnte ich locker aufholen. Sie gab mir ein paar Webadressen von Internaten, die infrage kämen. Vielleicht hätte ich Lust, es zu versuchen. Es wäre etwas Neues. Ich glaube, das Schlimmste wäre, wenn ich zurück müsste in mein altes Leben, wo nur der Hass wartet, die Abscheu, das zerstörte Vertrauen.

Die vergangenen paar Therapiestunden waren ganz in Ordnung. Seit ich von der Beerdigung meines Adoptivvaters erzählt habe, war da plötzlich ein Draht zwischen der Therapeutin und mir. Obwohl es mir immer noch sehr schwerfällt, über alles zu reden. Als ich ihr von dem Besuch bei meiner biologischen Mutter berichtete, spürte ich den Schock wieder und die Kälte. Meine Arme und Beine wurden taub. Als ich aufstand, um zurück in mein Zimmer zu gehen, schwankte ich. Fiel beinahe hin.

Ich weinte die ganze Nacht, bis ich am Morgen einschlief, als die Klinik erwachte.

Die Schwester ließ mich in Ruhe. Im Halbschlaf hörte ich, wie meine Tür aufging und sie hereinsah, doch sie sagte nichts, schloss nur die Tür wieder, sehr behutsam.

Die Therapeutin hat mir erklärt, dass ich unter Schock stand und dass ich nichts dafürkonnte. Ich verstehe jetzt: Ich fühlte Schuld am Tod meines Adoptivvaters. Hätte ich mich typisieren lassen. Hätten meine Werte gepasst. Wäre ich seine biologische Tochter gewesen ... Womöglich hätte er überlebt.

Aber es war nicht so. Es stand nicht in meiner Macht, ihn zu retten. Nicht einmal, mit ihm über die Adoption zu reden.

Es tut mir weh. Immer noch. Dieser Schmerz wird noch eine lange Weile anhalten, hat die Therapeutin gesagt. Kann sein, dass er ein Teil von mir wird. Es ist gut zu wissen, dass Schmerz dazugehören kann. Man muss ihn nicht mit Gewalt loswerden. Das funktioniert sowieso nicht. Eine Erkenntnis, die ich in diesem Tagebuch dick mit grünem Filzer unterstrichen habe. Weil sie wahr ist. Schmerz ist ein Teil des Lebens, und jeder Mensch trägt seinen eigenen mit sich herum. Meine biologische Mutter den Schmerz über ihre Eltern, die ihr nicht halfen, sie stattdessen unter Druck setzten. Meine Adoptivmutter schleppt sicher auch Schmerz mit sich herum. Den, dass es mit mir nicht geklappt hat. Dass wir keine richtige Beziehung haben. Wir sind aneinandergekettet, bis ich 18 bin, das ist in zehn Monaten. Die bringe ich rum. Danach bin ich für mich selbst verantwortlich.

Damals, als ich von meiner biologischen Mutter nach Hause kam, hat mich niemand aufgefangen. Das, sagt die Therapeutin, war noch schlimmer, noch zerstörender als der Schock selbst. Wenn jemand mit mir gesprochen, mich gehalten hätte, mir das Gefühl gegeben hätte, dass mein Schmerz existiert und dass ich ein Recht auf ihn habe, hätte er anfangen können zu heilen.

Doch ohne Zuneigung, nur mit der Aufforderung, weiter zu funktionieren, mich zusammenzureißen, wie meine Mutter es mir zu verstehen gab, kam ich nicht weit. Für zwei Jahre hielt ich die Fassade aufrecht. Laut der Therapeutin rutschte ich in eine Depression. War zunächst funktionierend depressiv, weil man mir beigebracht hatte, mich nicht unterkriegen zu lassen, trotz allem Schlimmen durchzuhalten, dazu kam noch die Trauer um meinen Adoptivvater und der ganze Mist mit der Pubertät. Doch mit 16 baute ich vollends ab. Alte Freundschaften hatte ich abgehakt. Es gab keine Vertrauten mehr. Der Sport war keine Freude, sondern Last. Die Aufmunterungsrufe meiner Adoptivmutter, ich solle nach vorn blicken und die Lage wäre eben so, drückten mich noch tiefer runter.

»Ich glaube, meine Adoptivmutter hat mich nie wirklich geliebt«, sagte ich zur Therapeutin.

Sie versuchte nicht, abzuwiegeln.

»Mag sein. Mag auch nicht sein. Menschen können lieben, ohne je in der Lage zu sein, es zu zeigen. Andere spielen Liebe vor, aber tief drinnen ist nichts.«

Ich finde beides nicht besonders hilfreich.

Noch nie habe ich mich in einen Jungen verliebt. Manchmal denke ich, es wäre eine schöne Erfahrung, und ich möchte das. Dann wieder sage ich mir, ich brauche gerade jetzt nicht noch mehr Stress.

Wenn ich dem Rat der Therapeutin folge, werde ich meine Adoptivmutter irgendwann fragen, ob sie mich je geliebt hat. Aber sie hat es mir freigestellt. Ich soll nichts übers Knie brechen. Lieber in mich hineinhören, ob es Zeit für Fragen ist oder lieber dafür, die Wunden erst mal in Ruhe zu lassen.

Ich glaube, ich will auf ein Internat.

Ich sehne mich nach etwas Neuem. Möchte Erfahrungen machen, die nur mir gehören. Außerdem sehne ich mich nach Freundinnen.

Es gibt da ein Sportinternat. Das wäre was.

Das Tagebuch ist voll.

Genug geschrieben.

Patty

KAPITEL 42

Juliane trat vom Fenster zurück. Der Regen wehte von Westen heran, klatschte gegen die Fenster. Safiye hockte auf dem Sofa. Der Ortswechsel aus Keas Haus in Claude-Yves' Wohnung schien sie noch mehr verstört zu haben. Wie lang soll man das Kind herumzerren?, fragte sich Juliane zum hundertsten Mal.

In den letzten Monaten war ihr der Schwung abhandengekommen. Sie merkte es erst jetzt. Die Verantwortung für das Mädchen. Das Wetter. Die traurigen Erlebnisse im Flüchtlingsheim.

Claude-Yves hatte seinem Sous-Chef die Verantwortung für den Abend übertragen und war in der Wohnung auf und ab getigert. Sie hatten beide keine Beobachter ausmachen können, obwohl sie mehrmals nach draußen auf die Straße gegangen waren. Schließlich war Juliane die

Nervosität des Chefkochs auf den Geist gegangen und sie hatte Theres gebeten, ihn ins Restaurant abzukommandieren. Nun hockte sie seit Stunden in Gesellschaft der schweigenden Safiye in der trübsinnigen Wohnung. Sie wagte nicht, die Deckenlampe anzuschalten, da Claude-Yves bei der Ausstattung seiner Räume auf Vorhänge und Rollläden verzichtet hatte. Ihr Kopf brummte vom Grübeln.

Wenn sie an die Papiere aus Deckers Schreibtisch dachte, wurde sie noch trübsinniger. Sie hatten bloß Fotos von Dokumenten. Die echten hatte der Mann längst verschwinden lassen. Was meinten sie und Kea eigentlich, beweisen zu können? Womöglich war es besser, Jassmund anzurufen, damit alles seinen Gang gehen konnte. Safiye würde ihre Schwester nicht wiedersehen, aber immerhin wäre sie besser betreut …

»Fuck!«, fluchte Juliane halblaut. Sie war früher um keine Zote verlegen gewesen, doch mit der abnehmenden Beschwingtheit war ihr die Lust zu fluchen vergangen.

Seit wann gehst du den geraden Weg?, fragte sie sich im Stillen. Seit wann achtest du Autoritäten? Wolltest du jemals brav sein? Oder angepasst?

Wenn es erst Frühling würde, käme das vitale Lebensgefühl bestimmt zurück. Sie seufzte leise. Wenn man Safiye mit etwas beschäftigen könnte. Sie spürte, wie Kea ihr fehlte. Die Anwesenheit einer jüngeren, stärkeren Frau. Sie sehnte sich nach jemandem, der die Dinge in die Hand nahm, sodass sie nur mitzuziehen brauchte.

Fuck.

Es klopfte an der Wohnungstür.

»Ja?«

»Ich bin's, Theres.«

Juliane drehte den Schlüssel.

»Komm rein.« Juliane kannte die junge Frau, seit sie den Kinderschuhen entwachsen war, lange bevor sie im *Méditerranée* als Bedienung angefangen hatte. Auch eine von denen, die keine leichte Kindheit gehabt hatten. Und Pech mit Männern.

»Habt ihr keinen Hunger?« Theres hielt einen Teller mit Pfannkuchen hoch. »Alle Kinder mögen Pfannkuchen, oder?«

Juliane lächelte. »Wahrscheinlich.«

Safiye stand tatsächlich auf, nahm sich einen Pfannkuchen und aß.

»Armes Kind. Ist völlig ausgehungert.« Theres stellte den Teller ab. »Na, iss mal ordentlich.«

Sie ging.

Juliane starrte auf den Teller. Später dachte sie, noch vor einem Jahr hätte sie den Braten schneller gerochen. Wenngleich es nicht unbedingt am Alter liegen musste. Nicht ausgeschlossen, dass sie mittlerweile zu leicht anderen vertraute, vor allem, wenn sie Menschen lange kannte. Was in ihrem Lebensabschnitt auf eine große Gruppe Menschen zutraf. Sie war immer die Älteste.

Jetzt erst fiel ihr Blick auf die Wohnungstür. Der Schlüsselbund, der eben noch von innen gesteckt hatte, war verschwunden.

KAPITEL 43

Der Anwalt, den Irmi Dahlbecks Bruder in die *Mocca-Bar* geschickt hatte, sah aus, als hätte man ihn direkt vom Set der Rosenheim-Cops abgezogen. Ein Bajuware in den 30ern, ein Reptil der Hippie-Generation mit Pferdeschwanz und einer Lederjacke voller Fransen. Ich hatte längst vergessen, dass es jemals Hippies gegeben hatte.

»Ich bin der Waldritter Bernhard«, stellte er sich vor. Und brachte Struktur in die Sache. Wir bestellten mehr Espresso und Rotwein, Weißbier für den Anwalt sowie Omelett und Wurstsalat, und während wir warteten und abwechselnd Bericht erstatteten, machte sich Waldritter Notizen auf einem aufgerissenen braunen Briefumschlag.

Immer mehr Gäste betraten die Bar. Inzwischen war jeder Tisch besetzt. Jemand drehte die Musik lauter. Irmi Dahlbeck und Andrea von Suttner schraubten die Stimmen höher, sich in ihrer Sicht der Dinge permanent unterbrechend.

Schließlich hob Waldritter die Hand, um die beiden Frauen verstummen zu lassen.

»So wie ich die Sache sehe, gibt es folgende Probleme: Sie wollen Gadis Ausreise verhindern und glauben, dass Fotos von Dokumenten, die eine alte Dame aus dem Schreibtisch des Ohlkirchener Heimleiters nicht einmal entwendet, sondern nur unbefugt abfotografiert hat, hinreichen, um einen Richter zu überzeugen?«

»Aber …«, preschte ich vor.

»Augenblick.« Er hob die Hand. »Sie, Frau Dahlbeck, können bestätigen, dass Sie ab und zu zweifelhafte Behördenunterlagen aus anderen Ländern für Ihren Ex-Mann übersetzt haben?«

Irmi nickte langsam.

»Wobei«, Waldritter sah auf sein Gekritzel, »Sie in einer Beziehung zu Doktor Decker, dem Heimleiter, stehen? Sie wissen, was das bedeutet?«

»Jetzt bringen Sie sie doch nicht noch auf die Idee!«, rief ich. Mir war sonnenklar, dass Irmi Dahlbeck jederzeit einen Rückzieher machen konnte, wenn ihr auffiel, dass ihre Aussage beide Herren ziemlich in die Bredouille bringen würde.

Irmi funkelte mich an. Ich zuckte entschuldigend die Achseln.

»Und Sie, Frau von Suttner?«

»Wie ich schon sagte, ich unterstütze BOLA nicht.« Diese Feststellung schien der Abgeordneten wichtig zu sein. »Ich vertrete die Rechte von Kindern, und sollte BOLA krumme Dinger gedreht haben, bin ich die Erste, die auf Aufklärung pocht.«

Ein Grinsen spielte um Waldritters Lippen. Schnell verlosch es. »Das reicht nicht, meine Damen.« Er trank sein Bier aus, orderte ein neues. »Damit trete ich vor keinen Richter. Für eine einstweilige Verfügung, die Gadis Abflug verhindern oder wenigstens hinauszögern kann, ist das zu wenig.«

»Wir sollten Patty ins Boot holen«, sagte ich. »Sie hat was in petto.«

»Ausgeschlossen.« Die Suttner schaltete in ihren Politikermodus. »Mit Frau O'Brian arbeite ich nicht zusammen. Sie setzt alles daran, BOLA den Todesstoß zu versetzen, einzig und allein aus dem Grund, weil sie mit ihrer Vergangenheit nicht klarkommt.«

»Vergangenheit?« Waldritter lehnte sich zurück. »Welcher Vergangenheit?«

»Sie ist selbst ein Adoptivkind. Als sie es im jugendlichen Alter von 14 herausfand, versuchte sie, sich das Leben zu nehmen, und kam in die Psychiatrie. Als man sie entließ, ging sie auf ein Internat.«

Ich fand diese Enthüllung lange nicht so spektakulär, wie die Suttner sich vermutlich erhoffte. Natürlich regte sich so etwas wie Mitgefühl für Patty. Ein Suizidversuch war ein krasses Ding. Aber mit 14 waren wir alle nicht Herr unserer Sinne gewesen. Juliane pflegte zu sagen, das Alter sei ein Klacks im Vergleich zur Pubertät.

»Das ist für unsere Absichten wurscht«, erklärte Waldritter.

»Ist es nicht. Es macht ihre Intentionen unglaubwürdig. Sie verteufelt BOLA, weil sie Adoptionen an sich verteufelt, und das wiederum nur, weil sie nie mit der Adoptivfamilie zurechtkam.«

»Nein, nein, Frau von Suttner, als Anwalt muss ich Ihnen sagen, dass das keine Rolle spielt.«

Die Suttner kniff die Lippen zusammen.

»Nur mit Ihnen können wir die nötige Publicity herstellen«, sagte ich leise. »Bitte, Frau von Suttner. Im Übrigen können Sie die Story politisch ausschlachten. Oder nicht?«

Sie lachte auf. »Je nachdem, wie sie ausgeht, andernfalls kann ich mir mein eigenes Grab vorbestellen.«

Ich überlegte, seit wann sie mit Schmidt kooperieren mochte. Vielleicht nur locker, indem sie Kontakte herstellte oder ihren Namen medienwirksam hergab. Möglicherweise auch substanzieller. Womöglich war sogar Geld geflossen. Mir war klar, dass sie ihre Chancen durchrechnete; würde sie mit uns untergehen? Oder als Aufklärerin im Namen der Menschlichkeit eine Sprosse auf der Karriereleiter hochklettern?

»Ich bleibe dabei: Mit Frau O'Brian ziehe ich nicht am gleichen Strang.«

Irmi zupfte an ihrer Bluse. »Was treten wir da eigentlich los? Wird Anzeige gegen meinen Mann und Doktor Decker erstattet?«

Ich riss einen Zettel aus meinem Block.

»Das kommt darauf an.« Waldritter lehnte sich zurück.

»Worauf?«

Aus dem Gedächtnis schrieb ich Pattys Handynummer drauf. Unter Druck war mir schon immer das abstruseste Zeug eingefallen.

»Auf alles Mögliche. Ladys, wenn ihr wollt, dass wir dieses Kind in Deutschland behalten, überlegt euch, wo wir Material herkriegen, das für sich spricht. Zeugenaussagen wären zum Beispiel nicht schlecht.«

Irmi rutschte auf ihrem Stuhl herum.

Ich schrieb »Patty« neben die Nummer und rollte den Zettel zusammen. Waldritters Bier kam. Irmi bestellte ein Wasser, und Andrea von Suttner checkte ihr Handy. Ich berührte kurz Waldritters Bein. Er grinste mich an.

Himmel, das ist keine Anmache, nimm den Zettel, du Depp!

Ich schnitt eine Grimasse. Endlich streckte er die Hand unter den Tisch und nahm mir das Papierchen aus den Fingern.

Guckte drauf.

Die Bedienung ging weg, die Suttner tippte eine SMS.

Die Musik wurde noch ein bisschen lauter gedreht.

Waldritter nahm einen großen Schluck Bier und erhob sich.

»Beraten Sie sich, ich gehe mal für kleine Buben.«

Ich sah ihm nach, wie er zur Toilette abbog.

»Frau Dahlbeck, haben Sie noch etwas in der Hinterhand?« Ich beugte mich zu ihr vor.

Die Suttner war immer noch mit ihrem Handy beschäftigt.

Irmi schüttelte den Kopf. In ihren Augen las ich Widerstand.

»Es war Safiye, oder?«, flüsterte ich.

Die Bässe wummerten. Sie konnte mich kaum hören.

Aber sie nickte.

Ich lehnte mich zurück. Deutete mit dem Kinn in die Richtung, in die der Anwalt verschwunden war.

Sie schüttelte den Kopf.

Was sie gesehen hatte, würde sie nicht für immer in sich vergraben können. Ganz abgesehen von dem, was Safiye durchmachte. Aber half uns die Erkenntnis für die Aktion Gadi? Wir konnten jetzt keine zweite Baustelle gebrauchen.

Waldritter kam zurück, feixend.

»Ladys, Hauptgewinn.«

Wir sahen zu ihm auf. Die Hühner und der Hahn.

»Rana Al Ybi ist gefunden worden.«

»Wer?«, riefen Irmi Dahlbeck und Andrea von Suttner gleichzeitig.

Mein Magen begann zu hüpfen.

»Gadis und Safiyes leibliche Mutter!« Ich schrie es. Gegen die Musik, den Kneipenlärm, die Verzweiflung in meinem Herzen.

»Exakt. Sie ist in Raqqa, Syrien. Dort gab es heute einige Stunden Strom. Es gelang ihr, ein Fax nach Deutschland zu schicken, in dem sie bestätigt, dass sie Safiyes und Gadis Mutter ist. Sie hat außerdem die Geburtsurkunden ihrer Kinder und die entsprechenden Seiten aus dem Familienstammbuch mitgeschickt.«

Andrea von Suttner legte ihr Handy weg. »Wie haben Sie das geschafft?«

»Das war nicht ich. Das war *Children only*. Oder Patty O'Brian, wenn Sie so wollen.«

Die Bedienung kam zu uns an den Tisch.

»Heißt jemand von Ihnen Kea Laverde?«

Ich nickte. »Ich.«

»Sie werden am Telefon verlangt.«

Mit weichen Knien stand ich auf. Jetzt, wo sich alles zum Guten wendete, wo uns Waldritter diese sensationelle Neuigkeit überbracht hatte, brach anderswo etwas ein. Ich griff nach dem Telefon.

KAPITEL 44

Alles scheint um mich zu schweben. Seit Langem habe ich keinen Hunger mehr. Seit Langem ist mir warm. Um mich ist alles finster, die Frau macht das Licht nicht an, nur eine kleine Lampe brennt. Da sind 1000 Fragen in mir. Aber ich bin nicht mehr hungrig, das ist schon was. Wenn die Fragen hochbrodeln, aus mir herausströmen wollen, esse ich was. Es ist immer genug da. Auch zu trinken.

In der Wohnung ist es warm. Mein Kopf ist manchmal ganz duselig von der Wärme. Dann schließe ich die Augen. Und wenn die Bilder darin aufhören sich zu drehen, mache ich sie wieder auf. Ich halte das Mützchen in der Hand. Von Zeit zu Zeit kommen Tränen hoch, die lasse ich nicht raus. Ich will nicht weinen. Ich will nicht, dass die alte Frau mit den kurzen Haaren denkt, ich wäre ein Weichling. Sie ist sowieso furchtbar nervös. Seit vorhin, seit eine andere Frau die Pfannkuchen gebracht hat. Ich habe fast alle gegessen, nur einer liegt noch auf dem Teller. Die Frau hat nichts angerührt. Sie kauert am Fenster und starrt auf die Straße.

Sie hat Angst. Die Angst streift um sie herum, ein Wehen wie von einer eiskalten Mähne, das kenne ich. Die Angst ist immer dabei, sie sitzt hinter deinem Ohr oder auf deiner Schulter und plustert sich auf. Ein dreister Vogel mit einem scharfen Schnabel, den er gern an deinem Herzen wetzt. Einer, dessen harte Federn dein Gesicht streifen und blutige Striemen hinterlassen.

Ich drücke das Mützchen ganz fest. Blut. Viel Blut.

Ich halte nur das Mützchen, der Stoff ist schon ganz rau. Ich muss doch Gadi beschützen!

Die Tür geht auf. Ein Mann kommt rein. Er trägt einen dünnen Bart und lächelt mich an. Er grüßt mich in meiner Sprache.

»Marhaba.«

Ich flüstere: »Marhaba.«

Die Frau am Fenster fährt herum. Ihre Ohrringe baumeln hart gegen ihren dünnen Hals.

Der Mann geht auf sie zu. Er senkt leicht den Kopf und spricht Deutsch mit ihr. Sie hört ihm zu. Ich sehe, wie ihre Lippen sich runden und spreizen, ich höre die Wörter, und das eine oder andere kommt mir bekannt vor. Doch ich verstehe nicht, und wenn ich nicht verstehe, ist die Angst noch gehässiger. Dann krächzt der graue Vogel in mein Ohr und verhöhnt mich. Ich drücke mich tiefer in den Sessel. Vielleicht vergessen sie, dass ich hier bin.

Was kann der Mann wollen? Haben sie es herausgefunden? Dann werden sie mich zurückschicken, aber dort wird niemand sein. Niemand.

Mama, denke ich, ist vielleicht tot und der Opa auch. Unser Haus ist bestimmt ganz und gar eingestürzt. Die Straße ist nicht mehr da, kein Asphalt mehr mit Löchern drin, sondern einfach gar nichts. In meinem Leben ist auch nichts mehr. Ich bin eine Hülle, die der Vogel Angst ganz leicht zerfetzen kann.

Was geschieht, wenn ich Gadi wiederfinde? Werden sie mich ins Gefängnis werfen, sobald sie es herausfinden?

Ich presse die Hände auf meine Ohren. Schließe die Augen, drücke sie ganz fest zu. Für eine kurze Weile tragen mich meine Gedanken fort, und alles, alles war nur ein Traum. Da war keine Frau. Da war kein Messer. Da war kein Blut. Nicht einmal ein Spielplatz. Nichts war da.

Zwei Hände berühren mich. Ich rieche einen Geruch, den ich kenne. So, genau so, roch mein Vater. Ich öffne die Augen. Der Mann steht vor mir.

»Ich bin Resmi.«

Ich nicke.

»Safiye?«

Wieder Nicken.

»Ich muss euch wegbringen. Ihr seid hier nicht sicher.«

Meine Augen suchen die Frau. Sie steht hinter Resmi, drückt ein Telefon an sich, als wäre es ein lebendiges, warmes Tier.

»Warum?«, frage ich.

»Weil …«

Die Frau sagt etwas.

»Ich will zu Gadi«, sage ich.

Resmi verzieht sein Gesicht. Ich sehe Schmerz in seinen Augen. Schmerz, der so laut brüllt, dass ich nicht hören kann, was er antwortet.

»Ich will zu meiner Schwester!« Ich möchte schreien, aber da kommt nur ein Flüstern aus meinem Mund.

»Ich habe drei Töchter«, sagt der Mann. »Eine ist verheiratet. Die anderen beiden will ich hierher holen. Nach Deutschland.«

Ich bedecke mein Gesicht mit meinen Händen. Wieder sagt die Frau etwas, und Resmi antwortet.

Blut. So viel Blut. Das Messer. Ich weiß nicht, wo das Messer ist. Ich will nicht ins Gefängnis. Lieber sterbe ich. Wenn sowieso alle tot sind, bin ich bei ihnen, und das ist besser. Nur Gadi ist dann noch hier.

Ich darf Gadi nicht allein lassen!

»Ich bringe dich und die Frau an einen sicheren Ort«, verspricht Resmi.

»Nein!« Ich ziehe die Knie an meine Brust, halte mich an ihnen fest. »Ich muss zu Gadi.« Jetzt wird er mir versprechen, dass er mich zu meiner Schwester bringt, und ich werde ihm nicht glauben. Nur ein bisschen, falls er die Wahrheit sagt. Nur hat mir bisher niemand wirklich die Wahrheit gesagt. In Deutschland hast du ein besseres Leben. Gelogen. Dort habt ihr eine Zukunft, du und Gadi. Gelogen. Abdul passt auf euch auf. Gelogen.

Resmi will mich hochheben, davontragen, ich trete ihn. »Geh weg!«, schreie ich.

Er wird grob, packt mich, hebt mich hoch. Ich trete und schlage mit den Armen. Erwische sein Gesicht. Er zuckt zusammen. »Safiye!«, sagt er leise. Seine Stimme klingt freundlich. Obwohl ich ihm wehtue. Meine Fäuste prasseln auf ihn nieder, mit einem Mal schlage ich und blende alle Stimmen aus, die sagen, dass ein Mädchen sich nicht so benimmt.

»Safiye, ich bringe dich zu Gadi.«

»Du lügst!« Ich tobe. Ich schreie. Hinter Resmis Schulter sehe ich die Frau stehen, die immer noch das Telefon hält. Resmi klemmt mir die Arme an den Oberkörper, ich kann nicht mehr schlagen, und meine Tritte gehen ins Leere.

Die Frau sagt was. Resmi sagt was. Wieder die Frau. Resmi schiebt mich nahe zu ihr, er antwortet ihr, leise, eindringlich. Sein Griff wird locker. Ich eise einen Arm los. Greife nach dem Telefon. Reiße es der Frau aus der Hand. Ich will Resmi damit schlagen, stattdessen rutscht es mir aus den Fingern und trifft die Frau am Kopf.

Sie geht in die Knie. Sackt auf den Boden und bleibt leblos liegen.

Resmi lässt mich los. Ich stürze. Bodenlos. Schwarz.

KAPITEL 45

Man musste einsehen, wenn es brenzlig wurde. Dann gab es kein Zögern. Entscheidungen waren dafür da, getroffen zu werden. Dümmliches Abwarten half keinem.

Eberhard Schmidt kam mit wenig aus. Er packte seinen persönlichen Laptop in die Umhängetasche und bestückte seinen Aktenkoffer mit dem Nötigsten. Alles andere konnte man kaufen. Er würde nicht als Verlierer aus dieser Sache hervorgehen. Noch nicht.

Umsichtig kontrollierte er die Papiere. Alles da.

Seiner Sekretärin hinterließ er eine kurze Notiz. Sie wusste, wie zu verfahren war. Das Bargeld steckte er in einen Umschlag und ließ ihn an der vereinbarten Stelle.

Der Regen klatschte gegen die Scheibe. Vorhin hatten sie im Radio von Hochwasser gesprochen. Wieder waren es die kleinen Bäche und Flüsschen in Niederbayern, die als Erste über die Ufer traten. Wieder die gleichen Ortschaften, die schon einmal weggefegt worden waren von der Kraft des Wassers. Schmidt nahm sich zwei Sekunden für Mitgefühl.

Das Mädchen würde morgen ausreisen. Er ließ nichts anbrennen. Immerhin hatte er einen Gutteil seiner Arbeitskraft in den Aufbau von Kontakten gesteckt. Und für das ältere Mädchen wäre auch gesorgt. Er klappte den Deckel des Aktenkoffers zu. Im letzten Moment fiel ihm das Ladegerät fürs Handy ein. Endlich schnappten die beiden Kofferschlösser zu. Leise Vorfreude überkam ihn. Wenigstens käme er aus dem miserablen Klima weg.

KAPITEL 46

Claude-Yves liebte die schönen Dinge des Lebens und mit ihnen das Leben selbst. Er hatte vor Jahren beschlossen, medial aufgeputschtes Grauen, alltäglichen Ärger und zwischenmenschliche Feindseligkeiten nicht mehr an sich heranzulassen. Seine Kraft und Energie pumpte er in seine Kunst – gutes Essen. Die Freundschaft mit Kea trug ihm mitunter all das Tiefsinnige, Dunkle heran, das er sich so sehr auszuschalten bemühte. Aber wenn man eine Wohnung betrat, in dem eine 85 Jahre alte Dame zu Boden ging und ein Mann ein Mädchen umklammert hielt, was sollte man tun?

»Was ist hier los!«, polterte Claude-Yves, nicht mehr ganz Herr seiner Sinne. Eben noch hatte er mit seinem Sous-Chef über Crème brulée diskutiert. Rein akademisch.

Der Mann fuhr herum, ließ das Mädchen los, das schreiend hinter dem Sofa verschwand.

Der Mann rannte, stieß Claude-Yves zur Seite, erreichte die Wohnungstür.

»Haltet ihn auf!«, donnerte Claude-Yves.

Schon jagte der Eindringling die Treppen hinunter.

»Johann, verdammt, wo steckst du?«, brüllte er nach seinem Sous-Chef.

Anstelle von Johann taumelte Karl Brenner den unteren Korridor entlang, wieder einmal von der Toilette aus auf dem Rückweg in die Gaststube. In seinem Tran berührte er die Wand mit beiden Händen, um den Weg zu finden. An der Treppe musste er sie loslassen. Karl Brenner, Quartalssäufer und Ohlkirchens Vorzeigealkoholiker, konzentrierte sich, torkelte weiter ohne die stützende Wand. Der Mann, der ihm entgegenstürmte, war der ideale Halt in der für einen Betrunkenen etwas verwirrenden Anlage von Flur und abgehenden Türen. Karl Brenner breitete beide Arme aus und wankte mit strahlendem Lächeln dem Flüchtenden entgegen.

Der Mann versuchte auszuweichen. Karl, tänzelnd, lächelnd, lallend, verstellte ihm den Weg. Umarmte ihn und klammerte sich an ihm fest, als habe er einen lange verloren geglaubten Sohn wiedergefunden.

»Wie schön«, murmelte Karl Brenner immer wieder. »Nicht wahr? Wie schön.«

Schnaufend war Claude-Yves am Fuß der Treppe angekommen.

»Johann!«

Endlich tauchte der Sous-Chef in der Küchentür auf. Er war ein stämmiger Ostallgäuer, aus anderem Holz geschnitzt als Claude-Yves.

»Halt ihn fest! Ich rufe die Polizei. Und einen Krankenwagen.«

Beides hatte er schnell erledigt. Jetzt kam die wahre Herausforderung: Er musste Kea erreichen.

KAPITEL 47

Ich hatte es immer geahnt: Irgendwann würde mir mein Leben um die Ohren fliegen.

Konnte gut sein, dass heute die Nacht gekommen war, die mich in ihr schwarzes Herz saugen sollte. Claude-Yves' Anruf hatte mich aus der *Mocca-Bar* katapultiert. Jetzt konnte ich nur noch auf Bernhard Waldritter vertrauen. Und auf Patty, trotz der Unkenrufe, deren Andrea von Suttner nicht müde wurde.

Juliane war zusammengebrochen. Ein Mann hatte versucht, Safiye zu entführen.

Waldritter fuhr mich nach Ohlkirchen.

»Warum engagieren Sie sich für so einen irren Fall?«, fragte ich.

»Spaß an der Freud.«

»Tatsache?«

»Okay, nennen Sie es Arbeit. Auch in Ordnung.«

»Haben wir eine Chance?«

»Die Ausreise des Mädchens zu verhindern? Nun, ich denke, die Schwester fällt uns heute Abend ja noch vor die Füße, sodass es sicher einiges an Infos zusätzlich gibt.«

»Das Mädchen hat die Frau erstochen.«

»Was?«

»Irmi hat es gesehen.«

»Irmi!« Er schlug mit der Hand auf das Steuerrad. »So was! Sie ist wirklich für alles gut. Und gleichzeitig für nichts.«

»Kennen Sie sie näher?

»Ich bin mit ihrem Bruder Robert befreundet. Sie ist viel älter als wir beide, Robert und ich. Robert war der Nachzügler in der Familie, das Nesthäkchen. Das hat Irmi nicht ausgehalten und ist ziemlich früh von zu Hause ausgezogen. Wollte wohl unbedingt einen Mann mit Geld, um von den Eltern unabhängig zu werden, die den Stammhalter hätschelten wie nicht gescheit. Na ja, Robert hat die überkandidelte Liebe nicht geschadet. Er ist ein engagierter Anwalt, eine große Nummer in ökologischen Fällen. Lebt mit einer Geheimnummer, weil er sich so viele Feinde gemacht hat.«

»Was wird aus Safiye?«

»Gar nichts. Sie ist nicht strafmündig, wenn sie wirklich erst zwölf ist.« Er setzte den Blinker. »Das werden wir bald wissen, wenn wir die Geburtsurkunden einsehen. Zudem haben wir es juristisch nicht mit einem Mord zu tun. Ich würde dem Mädchen weder Absicht noch Heimtücke noch Planung unterstellen. Wahrscheinlich hat sie geglaubt, in der Frau am Spielplatz die andere wiedererkannt zu haben, die ihr Gadi weggenommen hat. Sie befand sich nach der Flucht und dem Verschwinden ihrer

Schwester in einem absoluten Ausnahmezustand. Kann auch sein, dass die Frau, als sie das Messer in Safiyes Hand sah, versuchte, es ihr wegzunehmen. Früher oder später wissen wir mehr. Geduld ist gefragt.«

»Wie kam sie an das Messer?«

»Du lieber Himmel, vielleicht hat sie einfach eines dabeigehabt?«

»Eine Zwölfjährige?«

»Frau Laverde, es gibt alles. Sie kann sich bedroht gefühlt haben, hat das Messer irgendwo mitgehen lassen, oder jemand hat es ihr geschenkt. Nach der Tat hat sie es weggeworfen. Gut möglich, dass sie die Tat komplett verdrängt. Da spielt so viel mit rein! Sie ist traumatisiert von der Flucht, sie ist getrennt von ihrer Mutter, hat niemanden, an den sie sich wenden kann … Wenn wir mit den drängendsten Problemen durch sind, müssen wir sehen, dass wir eine vernünftige psychologische Betreuung für das Mädchen organisieren.«

»Ihr Engagement ehrt Sie.«

»Quatsch. Es ist menschlich. Oder nicht?«

»Mag sein. Können wir die Mutter der Kinder nach Deutschland kriegen?«

»Härtefallregelung. Darauf wird es hinauslaufen. Ich hänge mich rein.«

»Wer bezahlt Sie eigentlich?«

»Sie?« Er lachte.

Ich schwieg.

Wir rollten durch das nachtschlafende Ohlkirchen. Ich lotste Waldritter zum Krankenhaus.

»Bitte kommen Sie mit rein.« Ich sehnte Nero herbei. Urplötzlich. »Krankenhäuser schüchtern mich ein. Ich hatte vor Jahren ein paar üble Operationen.«

»Na gut. Aber wir dürfen nicht zu viel Zeit verlieren.« Er stellte den Motor ab. »Was waren das für Operationen?«

»Künstliche Hüfte und ein bisschen anderer Kram.«

»In Ihrem Alter?«

»Bombenanschlag.«

Er sah mich an. »Wow.«

»Nichts, wofür man mich bewundern sollte.«

»Das meinte ich nicht. Von solchen Dingen liest man im Internet.«

»Ja, man möchte es nicht erleben.«

»Keinesfalls.« Er legte kurz die Hand auf meine. »Kommen Sie. Suchen wir Ihre Freundin.«

Zwei nach Kneipe stinkende Individuen machten sich nicht unbedingt beliebt, wenn sie nach 22 Uhr Einlass in ein Hospital forderten. Zum Glück kannte mich die diensthabende Schwester, und Waldritter half mit ein paar Hinweisen auf Gesetze aus, von denen ich vermutete, dass er sie erfunden hatte.

»Frau Lompart ist bei Bewusstsein. Sie ist von einem Gegenstand an der Schläfe getroffen worden und gestürzt. Dabei hat sie sich die Schulter ausgerenkt. Das haben wir in Ordnung gebracht, aber die Sache ist sehr schmerzhaft, und sie steht nun unter dem Einfluss von Analgetika.«

»Ihr habt sie ausgeknockt?«

Die Schwester lachte säuerlich. »Nicht wirklich. Kommen Sie.«

Juliane verschwand beinahe in dem riesigen Bett. Vor dem weißen Kopfkissen verschwamm das Weiß ihres Haars, sodass ich zuerst dachte, sie sei kahl.

»Juliane?«

»Wer ist der gut aussehende Knabe neben dir?«

»Bernhard Waldritter. Unser Anwalt.«

»Meine Verehrung«, sagte Waldritter.

»Was war los?«, fragte ich.

»Ein Syrer wollte Safiye entführen. Ich glaube allerdings ... Nun, ich glaube, er meinte es ehrlich.«

»Ehrlich?« So viel zur Wirkung der Schmerzmittel. Ich kannte das. In zugedröhntem Zustand hatte man das Gefühl, neben sich selbst spazierenzugehen.

Sie versuchte, sich aufzurichten, sackte jedoch sofort in die Kissen zurück. »Verdammte Schulter. Ich denke, Schmidt oder irgendwer hat ihm aufgetragen, Safiye zu holen. Du musst den Kerl ziemlich aufgescheucht haben. War wohl keine gute Idee, direkt in die Höhle des BOLA-Löwen zu marschieren.«

»Kann sein.« Viel Kritik würde ich heute nicht mehr ertragen.

»Aber ich hatte den Eindruck, er wollte etwas anderes. Er wollte Safiye in Sicherheit bringen. Hat mir eine Menge erklärt, der Syrer. Nur leider fehlt mir hier ein Stück. Der Sturz hat ein paar Minuten gelöscht.«

»Wenn nicht mehr.«

Waldritter räusperte sich. »Ich nehme an, Schmidt wollte Safiye als Zeugin aus dem Weg haben.«

»Kea, spätestens morgen holst du mich hier raus, ja?«, bat Juliane.

»Morgen Mittag sind wir am Flughafen und halten Gadi auf.«

»Da will ich mit.«

»Vergiss es.«

»Ich enterbe dich, solltest du mich hier versauern lassen. Ausgerechnet, wenn es spannend wird!«

Ich starrte sie böse an. »Wo ist Safiye jetzt?«

»Claude-Yves hat die Polizei angerufen. Keine gute Idee, oder?«

»Fuck! Dann ist das Jugendamt nicht weit.«

»Diese Männer, total unselbstständig!«

»Frau Laverde«, ließ sich Waldritter vernehmen. »Ich glaube, wir sollten uns auf die Socken machen.«

KAPITEL 48

Patty O'Brian putzte mich herunter, als sie mich sah.

»Warum haben Sie mir nicht vertraut? Hat die Politikertante Ihnen ihr Gift in die Ohren geträufelt?«

Ich war müde und ausgelaugt, sorgte mich um Juliane und wollte nur eines: in mein Haus, in mein Bett. Allein.

Matt hob ich die Hand. »Lassen Sie uns später darüber reden«, bat ich. »Darf ich Ihnen unseren Anwalt vorstellen?«

»Ich bin der Waldritter Bernhard.« Er schüttelte Patty die Hand. »Wir bringen das hier in Ordnung. Haben Sie die Faxe?«

»Altmodische Technologie, gleichwohl immer wieder nützlich.« Patty reichte ihm einen Ordner.

Wir saßen im *Méditerranée*. Die letzten regulären Gäste waren gegangen. Karl Brenner hockte mit am Stammtisch, den Kopf auf die Tischplatte gelegt, leise schnarchend.

»Karl hat den Syrer gestellt«, flüsterte Claude-Yves mir zu.

»Und wo ist der jetzt?«

»Ich habe ihn weggeschickt.«

Ich verdrehte die Augen.

»Glaub mir und meiner Menschenkenntnis. Es war besser so. Er hätte sich bei seinem Boss nur in die Nesseln gesetzt. Und was wäre dabei rausgekommen?«

»Sie haben doch die Autonummer«, gab ich zu bedenken.

»Jassmund hat den Halter festgestellt. Das ist kein Syrer, sondern eine gewisse Silvia Korb. Sie ist Schmidts Schwester.«

Jassmund drehte sich zu uns um. »Kea, ich drehe dir den Hals um, wenn wir das hier fertig haben.«

»Tu, was du nicht lassen kannst.«

»Du solltest Nero anrufen. Er hat mir die Hölle heißgemacht.«

Eine Frau funkelte mich ebenfalls böse an. Sie musste die Dame vom Jugendamt sein, die mitten in der Nacht einsprang und dem Steuerzahler unnötige Kosten verursachte.

»Zunächst müssen wir für das Kind sorgen«, hob sie an.

»Safiye schläft auf meinem Sofa. Das ist schon in Ordnung«, sagte Claude-Yves. »Lassen Sie sie schlafen.«

»Ich denke ähnlich«, erklärte Jassmund.

Waldritter räusperte sich. »Wenn ich kurz um die Aufmerksamkeit aller Anwesenden bitten dürfte«, begann er. Und legte einen Plan hin. Ohne Spickzettel. Punkt für Punkt. Jassmund, der dank Waldritters Sprachduktus bei Rückfragen immer mehr in seinen angestammten Dialekt verfiel, griff sich sein Handy und machte ein paar Telefonate. Ich hörte Ausdrücke wie »den Richter ins Boot holen« und »Deutsche Botschaft in Beirut«.

»Können wir Safiyes Mutter herholen?«

Patty seufzte. »Wir brauchen einen Verpflichtungsgeber. Jemand, der mit seinem Vermögen für die Frau bürgt.«

»Das könnte die Suttner machen. Und damit ausschlachten, wie menschenfreundlich sie ist.«

Patty grinste schief. »Daraufhin muss das Original der Verpflichtungserklärung zu Rana Al Ybi, die muss damit in den Libanon. Die Frage ist: Kommt sie aus Syrien raus?«

»Sie haben doch Leute da.«

»Haben wir. Wir tun, was wir können.«

»Sie sind selbst ein Adoptivkind, stimmt das?« Die Müdigkeit baute die Hemmungen ab. Ich wagte eine Frage, von der ich spürte, dass sie vorlaut war. Und an diesem Tisch nichts zu suchen hatte.

»Bin ich. Sonst noch was?«

»Die Suttner beruft sich darauf: Pattys Kampf gilt nicht, weil sie ein Trauma abarbeitet.«

»Das ist Nonsens. Ich kämpfe für die Kinder, nicht für mich.«

Jassmund stand auf. »Herrschaften, damit wäre alles geregelt. Sehen wir zu, dass wir ein paar Stunden Schlaf bekommen.«

Von den Anweisungen für morgen hatte ich so gut wie nichts mitgekriegt.

KAPITEL 49

Als Irmi Dahlbeck in ihre Wohnung am Elisabethplatz zurückkehrte, schlug ihr die Leere ins Gesicht. So viel Wein hatte sie seit Monaten nicht konsumiert! Ihr drehte sich alles. Trotz des Omeletts, das ihr im allgemeinen eine gute Grundlage war. Heißhungrig auf Saures und Salziges riss sie die Kühlschranktür auf.

Waldritter! Was waren er und ihr Bruder Robert für Milchbubis gewesen. Als Irmi mit ihrem ersten Freund geknutscht hatte, waren die beiden gerade dem Kindergarten entwachsen. Meine Güte, und plötzlich waren sie erwachsen und nahmen die Dinge in die Hand.

Sie nahm ein Glas Rollmöpse aus dem Kühlschrank. Unmöglich, den Deckel aufzudrehen! Wütend schüttelte sie ihre schmerzende Hand. Deswegen hatte frau einen Mann im Haus. Dazu waren sie doch gut! Die Brüder, die Ehemänner, die Geliebten. Eberhard allerdings hatte sich in dieser Hinsicht als Pleite erwiesen. Unpraktisch bis ins Mark. Wenigstens hatte in der Ehe mit ihm das Geld gestimmt. Streng genommen waren sie noch verheiratet. Und obwohl sie Alwin Decker wirklich mochte, fühlte sie mit einem Mal ein starkes Gefühl für ihren baldigen Ex in sich hochkommen. Eberhard war kein schlechter Mensch. Einer, der aus einer Akademikerfamilie stammte und es nicht geschafft hatte, mit den Ansprüchen des Vaters mitzuhalten. Wenigstens am Einkommen wollte er sich mit seinem Altvorderen messen. Und hatte ein Geschäft gewählt, wo man verdiente. All die vermeintliche Uneigennützigkeit, die er immer wieder hervorkehrte, weil es angeblich um arme, chancenlose Kinder ging, war reine Spiegelfechterei. Eberhard hatte kein Herz. Er hatte emotionale Bedürfnisse, die er mit Hilfe von Geld befriedigte. Die Erkenntnis, dass er sich etwas leisten konnte, wofür sein Vater länger und härter hätte arbeiten müssen, gab ihm den Kick.

Irmi nahm ein Messer und bohrte es in die Ritze zwischen Deckel und Glas. Ein leises PLOPP. Gierig angelte sie sich einen Rollmops, aß ihn im Stehen.

Sie sollte Eberhard nicht ins offene Messer laufen lassen. In diesem Moment, als sie den herrlich sauren Geschmack der Rollmöpse auf der Zunge spürte, schoss ihr durch den Kopf, dass Eberhard mit einer weniger strengen, weniger im Materiellen verhafteten Familie sicher einen anderen Start ins Leben gehabt hätte. Und sie selbst? Ohne Robert gäbe es den Waldritter Bernhard nicht in ihrem Leben. Den sie manchmal auf einen Kaffee getroffen hatte, als er noch studierte, und der oft genug keinen Heller für ein anständiges Mittagessen übrig hatte. Sie hatte ihn gesponsert von Eberhards Geld. Nun würde er Eberhard gewaltige Schwierigkeiten machen, und der hatte sie verdient. Irmi aß einen weiteren Rollmops. Sie stellte sich ans Fenster. Stille, Schwärze, Nacht. Wie sehnte sie sich nach den lauen Sommerabenden, wenn unter ihr München tanzte, fröhlich, heiter, selbstgewiss, wie es nur in Bayern funktionierte. *Mir san mir.* Dabei war München längst so international wie jede Großstadt. Dennoch kultivierte man die bayerische Lebensart, das gefiel ihr, sie stammte aus dem Allgäu, vom Land, und deswegen mochte sie Waldritters Dialekt so gern, den sie sich selbst längst abgewöhnt hatte.

Warum schweifen all die Gedanken so weit?, grübelte Irmi. Weil ich einsam bin. Weil eine Scheidung kein Spaziergang ist; vor allem, weil sie endgültig ist, ein echter, dicker, fetter Schlussstrich. Mit Alwin ging sie gern essen, sie mochte es, wenn er sie umschwänzelte, all das Gentlemenzeug machte, dessen Eberhard sich nie bewusst gewesen war. In den Mantel helfen, die Tür aufhalten – das genoss sie. Ein bisschen wenig als Grundlage für eine Beziehung. Zumal er alles andere als spontan war und generell nicht gern die Kontrolle aufgab. Sie dachte daran, wie sie ihn besuchen wollte, einmal, zu Hause, und er im Pyjama vor dem Fernseher gehockt hatte. Ihm war es peinlich, er überspielte die Situation schlecht, sie ging bald. Trotzdem hatte sie noch einmal einen Überraschungsbesuch gestartet, draußen in Ohlkirchen. An jenem verhängnisvollen 23. November. Eigentlich erst fünf Tage her, dachte Irmi bedrückt. Wie diese Kea Laverde nur den Braten gerochen hatte? Wie konnte sie draufkommen, dass Safiye die Frau ... Ein Kind!

Irmi mochte nicht daran denken. Es war so unsinnig. Der Tod der Frau – absurd nach all dem, was sie wahrscheinlich auf der Flucht und zuvor durchgemacht hatte.

In den vergangenen Nächten hatte Irmi zu wenig geschlafen. Immer wieder hatte sie gesehen, wie Safiye die Frau am Spielplatz angeschrien hatte. Wie die Frau die Arme hob, um zu signalisieren, ich weiß von nichts. Wie sie dann langsam auf Safiye zuging, mit freundlichem Gesicht. Und Safiye wie aus dem Nichts ein Messer in der Faust hielt, weit von sich gestreckt. Wie die Frau redete, mit erstaunter Miene, weil man ja nicht glaubt, dass ein zwölfjähriges Mädchen einen in der nächsten Minute tötet. Wäre sie weggegangen, die Frau, dachte

Irmi, hätte Safiye sich nicht bedroht gefühlt. So aber hatte die Frau immer noch einen weiteren Schritt auf Safiye zu gemacht, bevor sie im Matsch ausrutschte und auf Safiye fiel, hilflos, haltlos, der Boden war zu aufgeweicht, sie konnte sich nicht mehr fangen, also stürzte sie, so banal war das Unheil. Safiye hielt das Messer und starrte auf die in sich zusammensackende Frau, riss das Messer aus dem zuckenden Körper und warf es in hohem Bogen über den Zaun.

Da war Irmi weggefahren. Hatte Gas gegeben, in Panik, denn was sie gesehen hatte, wollte sie nicht in ihrem Leben haben. Sie leugnete es, während sie kreuz und quer durch das Fünf-Seen-Land fuhr, bis sie in Weßling hielt und einmal um den See lief. Im Sturmschritt. Und als sie durchnässt wieder bei ihrem Wagen ankam, war sie beinahe der Meinung, sie hätte sich alles nur eingebildet.

Seufzend bediente Irmi sich am Rollmopsglas. Es könnte nicht schaden, Eberhard anzurufen. Reden können hatten sie noch immer. Selbst nach der Trennung.

29. NOVEMBER

KAPITEL 50

Mein Handy klingelte um acht. Ich hatte ungefähr vier Stunden geschlafen. Zuvor noch bis mindestens zwei Uhr mit Nero telefoniert. Ohne ihn zu unterbrechen, hatte ich mir seine Tiraden angehört. Deren Schärfe schien sich über die Distanz zwischen Brüssel und meinem Haus am Ende der Welt zu verlieren. Zugleich zwang ich mich, die Vernünftige zu spielen und seine Einlassungen reuevoll zu kommentieren. Es war weniger stressig so, als wenn ich Gegenargumente vorbrachte. Dabei war ich überzeugt: Dadurch, dass ich Irmi überzeugt hatte, an einem Strang mit uns zu ziehen, und die Suttner ebenfalls für unsere Sache gewonnen hatte, konnten wir überhaupt erst Waldritter gewinnen, der uns half, gegen BOLA ins Feld zu ziehen.

Ich duschte, zog mich an. Föhnte mein Haar. Gab mir richtig Mühe, schließlich würde ich heute die Früchte all der Aufregungen ernten. Und viel später würde ich erst mal schlafen. Nur schlafen.

Mein Handy klingelte. Es lag noch unter dem Kissen, wo Juliane es versteckt hatte. Die Nummer war mir unbekannt.

»Hallo?«

»Kea? Ich habe mich gerade selbst entlassen. Holst du mich ab auf dem Weg zum Flughafen?«

»Juliane, du spinnst.«

»Nicht mehr als du.«

Damit hatte sie zweifelsfrei recht.

Ich stieg in den Spider und fuhr los. Es regnete nicht, aber dunkle Wolken sperrten das Licht aus. Der erste Advent stand vor der Tür. Das Thermometer zeigte null Grad an. Es wurde kälter. Eventuell kam statt des Regens jetzt der Schnee, und wir konnten uns in unsere Höhlen zurückziehen, bis wir irgendwann wieder auftauten.

Juliane stand bereits vor der Klinik. Ihr Arm steckte in einer Schlinge; sie tat natürlich so, als wäre alles in bester Ordnung.

»Da drin mutierst du zum Drogenabhängigen«, beschwerte sie sich, kaum dass sie unter Mühen den Gurt angelegt hatte. »Und alle husten und rotzen und wollen dir ihre Bakterien reinreiben. Nicht mit mir.«

Ich klärte sie über die Planungen auf.

»Das wird haarig.«

»Waldritter sorgt dafür, dass der Staatsanwalt mitkommt.«

»Soso. Euer ritterlicher Anwalt.«

»Lästerst du gerade?«

»Kommt ganz darauf an.«

»Worauf?«

Juliane wollte dazu keine Angaben machen. Sie sah aus dem Fenster. »Ich glaube, es schneit bald.«

»Den Eindruck habe ich auch.«

»Was für ein Glück, dass Patty ausgerechnet gestern Nachmittag diese Dokumente gefaxt bekam.«

»Das kannst du laut sagen.«

»Weißt du, irgendwie hat die Suttner vielleicht doch nicht ganz unrecht.«

»Du drückst dich sehr vorsichtig aus. Hast du so viele Hintertürchen nötig?«

»Nein, ich benutze mehr Worte, damit ich die Zeit bis zum Flughafen unterhaltsamer überbrücke.«

Ich seufzte. »Es kann ja sein, dass Patty von ihren Erfahrungen beeinflusst wurde und deshalb gegen BOLA kämpft. Trotzdem ist es kurzsichtig, ihr Engagement auf einen Racheakt zu reduzieren. Sie hat recht mit ihrer Ansicht, dass Kinder keine Ware sein dürfen. Sie kann illegale Praktiken in vielen Fällen nachweisen. Denk nur, Gadi wurde zur Waise erklärt, aber ihre Mutter lebt.«

»Was ist mit dem Großvater der Mädchen?«

»Der ist gestorben.«

»Irgendwann erwischt es jeden. Ich bin auch bald dran.«

»Halt bloß die Klappe!«, meckerte ich sie an. »Ich kann jetzt nicht über den Tod nachdenken. Ich brauche all meine Konzentration, um mich zu erinnern, wie es laufen soll.«

»Was?«

»Die Aktion am Flughafen. Wir halten uns im Hintergrund, sollen aber bereitstehen … Fuck!«

»Was ist los?«

»Verdammt, ich sollte Claude-Yves und Safiye abholen!« Ich trat auf die Bremse. Schrilles Hupen hinter mir. Ich hörte mein Handy klingeln. »Gehst du ran?«, rief ich Juliane zu, während ich ein todbringendes Wendemanöver einleitete.

KAPITEL 51

Es war selten klug, andere dabeizuhaben, wenn es brenzlig wurde, und es erwies sich so gut wie nie als sinnvoll, sich für andere einzusetzen. Eberhard Schmidt war mit der S-Bahn zum Flughafen gefahren. Wie jedes Mal fluchte er innerlich über diese verkehrstechnische Fehlplanung, keine schnelle Verbindung zum Airport zu haben. 45 Minuten ab Hauptbahnhof, den er auch erst einmal mit der U-Bahn erreichen musste. Lästig, um nicht zu sagen himmelschreiend. Es war eine Sache, Steuergelder für Blödsinn zu verschwenden, aber eine andere, damit nichts Sinnvolles zu tun.

Er betrat Terminal 1 und ließ sich in der nächstbesten Kaffeebar nieder. Irmi! Dass sie ihn angerufen hatte … das rechnete er ihr wirklich hoch an.

Der Espresso schmeckte nach nichts. Zu wässrig.

Wann er wohl zurückkäme? Er beobachtete die Reisenden in warmen Mänteln, die durch das Terminal hasteten. Manche locker wie er, nur mit Aktentasche, andere mit Gepäckwagen voller Koffer.

Er war kein Verlierertyp. Er hatte stets noch einen Trumpf im Ärmel. Eine Karte, die er sparte für die Spiele, in denen es wirklich darauf ankam. Dafür verzichtete er auf schnelle Siege.

Das war sein Erfolgsrezept. Es würde auch diesmal funktionieren.

KAPITEL 52

Claude-Yves war eingeschnappt. Ich konnte mich entschuldigen, wie ich wollte. Schlafentzug, Stress, Kopfschmerzen anführen.

»Du hast mich vergessen«, sagte er voll ungläubigen Staunens. »Und diese junge Dame dazu! Wie kann das sein?«

»Jetzt vertragt euch, Kinder!« Juliane wurde laut. »Es kommt auf das Team an. Hast du ein Frühstück dabei, Meisterkoch?«

Immer noch verstimmt, reichte Claude-Yves eine Box mit Muffins nach vorn. »Bedient euch.«

Im Rückspiegel warf ich einen Blick auf Safiye. Sie wusste noch nicht, warum man sie an diesem Morgen über düstere Straßen kutschierte. Dass ihre Mutter am Leben war. Rana Al Ybi musste nur durchhalten. Und wir mussten Gadi abpassen.

Als der Flughafen in Sicht kam, seufzte Claude-Yves auf. »Stellt euch vor, jetzt abheben. Irgendwohin, wo es warm und sonnig ist.«

»Sonnig würde reichen«, erklärte Juliane. »Meine alten Knochen sind ohne Sonne aufgeschmissen, dann wird das nichts mehr mit dem Vitamin D.«

»Nimm Tabletten«, schlug ich vor.

Sie winkte ab. »Ich hasse Tabletten. Ich kann die nicht schlucken. Für die kleinste Pille brauche ich einen halben Liter Wasser.«

Ich lachte. Es tat gut, sich abzulenken.

Dann stand der Spider im Parkhaus. Ich stellte den Motor ab. Stille. Keiner von uns rührte sich.

»Also was ist?« Juliane schnallte sich ab. »Es geht los. Weiß unsere Kleine eigentlich, dass sie bald ihrer Schwester gegenübersteht?«

»Nein, noch nicht. Asifa kommt hierher und kümmert sich um Safiye. Sie erklärt ihr alles.«

Safiye reckte den Kopf, als sie ihren Namen hörte. Juliane warf ihr eine Kusshand zu. Das Mädchen verzog die Lippen zu etwas, was ein Lächeln hätte sein können.

»Was ist eigentlich mit dem Onkel?«, fragte Claude-Yves.

»Der wird wohl nicht zu viel nutze sein«, erwiderte Juliane. »Ich für mein Teil verlasse mich ungern auf Männer.«

»Hexe!« Claude-Yves kniff Juliane in den Nacken.

Wir stiegen aus.

In Terminal 2 trafen wir auf Jassmund, Waldritter, Patty, Asifa, die Frau vom Jugendamt und den Staatsanwalt, einen groß gewachsenen Mann mit Hakennase, der sich als Doktor Weiß vorstellte. Safiye freute sich so über ein vertrautes Gesicht, das noch dazu zu einer Person gehörte, die ihre Sprache sprach, dass sie Asifa juchzend umarmte. Ein Mann in Uniform brachte uns in den Sicherheitsbereich. Mit einem Aufkleber auf dem Pullover, der uns als Besucher auswies, wurden wir in einen kahlen Raum geführt.

Jetzt kam es darauf an. Die Passagierliste für den American-Airlines-Flug nach Philadelphia war überprüft worden. Gadi reiste mit einer Betreuerin, die Namika Hahn hieß.

»Ihr richtiger Name«, sagte der Mann in Uniform. »Sie ist Syrerin und mit einem Deutschen verheiratet. Das Mädchen reist unter dem Namen Mercedes Ramón. Es sind die einzigen Passagiere, die vom Alter her passen. Sonst keine Frau mit Kleinkind.«

»Der Zugriff erfolgt, sobald sie die Passkontrolle passieren«, sagte der Staatsanwalt.

»Was kann schiefgehen?« Juliane sah herausfordernd im Raum umher.

»Nicht viel. So ein Flughafen ist ein geschlossenes System. Sie können nicht weglaufen.«

»Und danach?«, fragte ich.

»Bringen wir Gadi und Safiye zusammen.«

Ich hatte dennoch das diffuse Gefühl, dass etwas in die Binsen gehen würde.

Mein Handy klingelte. Alle sahen mich an. Die Gespräche verstummten. Es war, als wäre ich irgendeine letzte Instanz.

»Hier spricht Kea Laverde, hallo?«

»Irmi Dahlbeck hier.«

Sie legte ohne Umschweife los. Mir klingelten die Ohren.

»Da haben wir den Salat«, sagte ich und ließ das Telefon sinken. »Schmidt wusste Bescheid. Echte Maulwurfsarbeit.«

Jassmund, der Uniformierte und der Staatsanwalt sahen aus, als wollten sie unverzüglich ihre Schusswaffen ziehen. Waldritter starrte mich ungläubig an. »Irmi?«, sagte er halblaut.

Ich nickte. »Sie hat ihren Ex angerufen. Noch gestern Nacht wurde der Flug für Gadi und die Betreuerin umgebucht. Sie weiß nicht, auf welchen Flughafen und auf welchen Flug.«

Der Staatsanwalt klatschte in die Hände. »An die Gewehre!«

»Das ist ein Ding der Unmöglichkeit«, wehrte der Uniformierte ab.

»Denken Sie doch mal nach! Sie werden nicht gleich mit dem Auto nach Hamburg fahren, um von dort zu starten. Checken Sie die großen Airports in der Nähe. Nürnberg, Stuttgart …«

»In welchem Hotel sind die Frau und das Kind abgestiegen?«

»Weiß jemand, mit welchem Wagen …? Wir haben die Kennzeichen?«

»Die Halterin ist eine Silvia Korb, woher kenne ich den Namen?«

»Die Schwester?«

»Überprüfen, welche Flüge infrage kommen. Direktflüge oder typische Umsteigeverbindungen!«

»Frankfurt, Paris, Amsterdam.«

Die Stimmen rasten hin und her wie Flipperkugeln. Safiye klammerte sich an Asifa und weinte. Sie spürte die allgemeine Panik und konnte sich keinen rechten Reim drauf machen. Ich konnte nur hoffen, das Asifa ihr noch nicht von ihrer Schwester erzählt hatte und wie nah wir ihr gewesen waren. Was würde es in ihrer Seele anrichten, wenn sie Gadi nun erneut verlöre?

»Was für eine falsche Schlange!« Patty baute sich neben mir auf. »*Ihr* haben Sie vertraut? Da waren Sie ziemlich schiefgewickelt. Verflucht, ich muss hier raus! Ich brauche frische Luft.«

KAPITEL 53

Patty O'Brian fegte durch das Terminal. Ihre Absätze knallten auf den Boden wie metallbeschlagene Militärstiefel. Entgegenkommende wichen schon von Weitem aus. Sie spürten die Wut, die Patty antrieb, und brachten sich lieber in Sicherheit.

»Wenn Gadi erst einmal außer Landes ist«, sagte sie zu mir, die ich Mühe hatte, Schritt zu halten, »wird es kompliziert. Denn die Adoptiveltern werden sich auf ihre Rechte berufen. Das Kind wird schätzungsweise ein halbes Jahr in den USA sein, bis die Gerichte und die ganzen Attachés und Verbindungsbeamten ihre Arbeit gemacht haben. Und dann? Reißt man sie wieder raus? Das wird Prozess über Prozess geben, ich kenne das!«

»Geben Sie mir ruhig die Schuld, aber ich nehme nicht an. Ohne Irmi hätten wir nicht den Tag des geplanten Abflugs erfahren.«

»Der jetzt völlig egal ist!« Wir schlängelten uns an gepäckbeladenen Ankömmlingen vorbei in eine der Drehtüren, die uns in das Atrium zwischen den Terminals brachte. Eisige Luft schlug uns entgegen. »Verdammtes Wetter. Wenigstens hat es aufgehört zu regnen.«

Ich zog den Schal fester um meinen Hals.

»Wie spät ist es?«, fragte sie barsch.

»Haben Sie nicht selbst eine Uhr?«

Sie starrte mich an. »Sie haben Nerven.«

»Und Sie eine Uhr.«

»Gleich halb elf. Der späte Vormittag ist die beste Zeit für Nordamerikaflüge. Aber das wissen Sie sicher. Schließlich sind Sie beruflich viel gereist.«

Ich atmete gierig die frische Luft ein.

»Was soll ich jetzt tun? Beten?«

»Kann nicht schaden.«

»Dann gehen Sie mit gutem Beispiel voran.«

Ihre Vorwürfe trafen mich. Ich fühlte mich verantwortlich, weil ich Irmi vertraut hatte. Doch hatte ich eine Wahl gehabt? Sie hatte uns den Kontakt zu Waldritter vermittelt. Sie hatte den Reisetag und die Flugnummer herausgefunden. Und sie hatte ihren Ex-Mann gewarnt; was ihr nun wieder leidtat. Deshalb der Anruf auf meinem Handy.

»Wissen Sie, was ich glaube?« Patty schob die Hände in die Manteltaschen. »Schmidt wird nicht bleiben. Der Boden ist für ihn zu heiß geworden. Wahrscheinlich verlässt er das Land für eine Weile.«

Ich zuckte die Achseln. Was sollte ich dazu sagen? Lieber beobachtete ich die Wölkchen, die vor meinem Gesicht aufstiegen. »Mir geht ein Kaffee ab. Und Ihnen?«

»Da drüben ist eine Espressobar.« Sie zeigte auf den Eingang zu Terminal 1.

»Nichts wie hin.«

Ich hatte es immer gewusst: Kaffee konnte die Welt retten. Ohne das braune Powergetränk wären wir alle dumpfe Mitteleuropäer im Dauerhalbschlaf.

Wir traten durch die Drehtüren, wandten uns nach links. Stellten uns an die Theke der Bar. Ein junger Mann schraubte an der Espressomaschine herum.

»Zwei Espresso!«, fegte Patty ihn an. »Wir haben es eilig.«

Was nicht stimmte. Ich sah mich um. Die hintere Wand war mit den Namen großer Städte geschmückt. New York, Paris, London. München war natürlich auch dabei. Ich sah einen Mann mit dem Rücken zu uns stehen. Offenbar starrte er auch die Wand mit den übergroßen Schrifttypen an. Irgendwas an ihm kam mir bekannt vor. Er schlüpfte in einen Mantel, griff nach einem Aktenkoffer.

Der Barista schob zwei Tassen über den Tresen. Sagte was. Ich reagierte nicht.

»Glauben Sie, ich bezahle für Sie?«, knurrte Patty mich an.

Ich reagierte immer noch nicht.

Der Mann im Mantel, der sich nun einen Schal vors Gesicht hielt und an uns vorbei zum Ausgang drängte, war Schmidt.

»Halt!«, brüllte ich.

Er war schon weg. Rannte durchs Terminal.

»Patty!«, schrie ich. »Schmidt! Es ist Schmidt!«

Schmidt hatte lange Beine. Ich hielt mit, sah ihn immer tiefer ins Terminal laufen, an den Check-in-Schaltern der Billigairlines vorbei, in dem Gewirr von Läden verschwinden.

Meine Füße hämmerten auf dem glatten Boden, hinter mir hörte ich Patty schreien. »Polizei!«

Laufen. Den Mann nicht aus den Augen verlieren. Aber ich hatte ihn verpasst. Er war mir abhanden gekommen.

»Wo ist er?« Keuchend tauchte Patty neben mir auf. Wir standen neben dem Zeitschriftenladen.

»Keine Ahnung.«

Patty schlenkerte mit den Armen. In jeder Hand hielt sie einen Schuh. »Ich trage gern High Heels. Zum Rennen sind sie allerdings nicht geeignet.«

»Warum konnten Sie nicht wenigstens heute Sneakers anziehen?«

Ich hatte schon mein Handy am Ohr. Bei Jassmund war besetzt. Meine Finger zitterten über den Screen, als ich Waldritters Nummer raussuchte.

»Waldritter?«

»Schmidt ist hier. Der BOLA-Mann. Am Flughafen. Anscheinend bereit, abzuheben.«

»Vorname?«

»Eberhard.«

»Okay. Spätestens an der Passkontrolle haben wir ihn.«

»Er hat gemerkt, dass wir ihn erkannt haben. Der fliegt nicht mehr.« Wenn er schlau ist, jedenfalls nicht, schob ich in Gedanken hinterher.

»Die sollen die S-Bahn blocken«, rief Patty mir zu. »Oder wird er ein Taxi nehmen? Oder den Airport-Bus?«

»Ich gebe Bescheid.« Waldritter legte auf.

»Wenn er Glück hat, schlüpft er durchs Netz«, meckerte Patty. »Die können nicht alle Wege, die vom Flughafen wegführen, so schnell beobachten.«

Ich steckte mein Handy weg. Drehte mich einmal um mich selbst. Plötzlich hatte ich das starke Gefühl, beobachtet zu werden. Mein Nacken kribbelte. Und wenn Schmidt hier noch irgendwo lauerte?

Ich trat an die Schaufenster des Zeitschriftenladens. Zwischen den Regalreihen mit Büchern und Magazinen standen Leute und lasen.

»Lassen Sie uns reingehen.« Mein Nacken kribbelte immer noch. Ich lockerte den Schal.

»Brauchen Sie einen spannenden Krimi?«, höhnte Patty. »Ich für mein Teil finde das Leben aufregend genug.«

»Nun kommen Sie endlich.« Ich schob sie zum linken Eingang.

Ich selbst nahm den rechten.

Da stand Schmidt. In der Reihe mit den Reiseführern. Den Schal hatte er immer noch weit ins Gesicht gezogen. Trotzdem erkannte ich ihn. Und er mich.

Sein Grinsen war glatt und unbeteiligt. Er nahm ein Buch aus dem Regal und sah mir entgegen.

»Wohin würden Sie gern einmal reisen, Frau Laverde?« Seine Worte echoten in meinen Ohren. Ein heller Blitz traf mich. Ich ging zu Boden, mein Kopf ein einziges Dröhnen. Stimmen neben mir, Aufschreie. Ich öffnete den Mund und wollte nach Patty rufen. Rollte mich auf alle viere. Hob den Blick. Da stand Schmidt am Ende des Reiseführerregals, der Aktenkoffer baumelte locker in seiner Hand.

»Sie werden kein zweites Mal eine Frau schlagen«, drang Pattys Stimme durch den Hall in meinem Kopf. »Dafür mach ich Sie fertig. Und für alles andere auch.«

Irgendwo lachte eine Frau auf, grell, überrascht und zugleich angstvoll. Patty hob die Hand und schlug ihren Schuh Schmidt mitten ins Gesicht. Den Absatz vorneweg.

Ich ließ mich auf den Hosenboden sinken und rieb meine Schläfe.

Das war erledigt.

31. JANUAR

EPILOG

Die Sonne ließ die schneebedeckten Wiesen rund um den Flughafen fröhlich glitzern. Der Winter war nun wirklich gekommen, und er brachte mich weniger aus dem Konzept als all die Jahre zuvor. Vielleicht, weil ich ohnehin keine Zeit gehabt hatte, viel über das Wetter nachzudenken. Ich hatte diese Geschichte aufgeschrieben. Parallel zu einem anderen Projekt. Auch ohne Pattys Auftrag hätte ich Safiyes und Gadis Geschichte erzählt, aber *Children only* war fest entschlossen, mein vor ein paar Tagen fertiggestelltes Buch für eine große Publicity-Aktion zu nutzen. Immerhin hatten sie endlich die Politik in Person von Andrea von Suttner ins Boot geholt. Die nächsten Wochen würden mit Buchpräsentationen, Diskussionsrunden, Interviews und dem ganzen anderen Medienkram wie im Flug vergehen. Die Einnahmen brauchten wir dringend, um unseren Anwalt, den Waldritter Bernhard, finanzieren zu können.

Patty hatte eine Familie gefunden, die Safiye und Gadi bei sich aufnahm. *Children only* kümmerte sich außerdem um einen Verpflichtungsgeber, der für Rana Al Ybi bürgte, damit sie ein Visum für Deutschland bekam. Die Verbindungsleute von Pattys Organisation hatten Safiyes und Gadis Mutter geholfen, in den Libanon zu reisen, wo sie aufgrund des anerkannten Härtefalls bei der Terminvergabe an der deutschen Botschaft vorgezogen worden war. Man hatte ihr ermöglicht, bei Helfern von *Children only* im Libanon zu wohnen, bis sie das Visum erhielt und ein Flugzeug nach Deutschland besteigen konnte. In der Zwischenzeit hatte sie mit Safiye am Handy gechattet, und die kleine Familie hatte öfter via Skype miteinander gesprochen.

In einer knappen Stunde würde sie in München landen.

Patty steuerte den Kleinbus, sie war sichtlich fröhlich, legte eine CD mit Filmmusik ein und summte mit. Asifa saß mit den Mädchen auf der hinteren Bank. Die beiden waren aufgeregt; in Safiyes Augen lag ein ängstliches Glimmen. Man hatte für sie eine Psychologin gefunden, die ihr helfen sollte, den Tod der Frau im Heim aufzuarbeiten. Ob das gelang, wusste man nie. Ich kannte mich zwar theoretisch nicht mit Traumata aus, hatte jedoch meine eigene praktische Erfahrung. Nero hatte mich beruhigt. »Sie ist klug. Sie wird das schaffen. Das Beste, was ihr jetzt passieren kann, ist, dass ihre Mutter kommt und sie alle zusammen sind. So gewinnt sie Vertrauen zurück.«

Nero.

Wir hatten viel reden müssen an jenem 29. November, als ich endlich nach Hause getaumelt kam mit einem Pflaster auf der Schläfe. Zunächst am Telefon und pünktlich zum ersten Advent von Angesicht zu Angesicht, nachdem Nero seinen aktuellen Job in Brüssel erledigt hatte.

Schmidt hatte gleich am Flughafen kooperiert, überrumpelt von so viel konzentrierter Übermacht aus Staatsanwalt und Polizei, hatte so getan, als gäbe es nichts zu verbergen, sich auf die Legalität seiner Tätigkeit berufen und Anzeige gegen Patty wegen gefährlicher Körperverletzung erstattet. Hier war jetzt Waldritter gefragt, der Prozess stand kurz bevor. Damals, im November, waren wir alle nur erleichtert, dass Schmidt die Information ausspuckte, auf die wir alle heiß waren: Die sogenannte Betreuerin war mit Gadi noch in der Nacht nach Stuttgart aufgebrochen, wo sie auf die 11.20-Maschine nach Paris gebucht waren. Das Boarding hatte bereits begonnen, als die Stuttgarter Flughafenpolizei Namika Hahn und Mercedes Ramón aus dem Flugzeug herausholte. Am frühen Nachmittag endlich landete Gadi – jetzt wieder Gadi Al Ybi – in München. Asifa, Patty und eine Flughafenseelsorgerin betreuten das Wiedersehen der beiden Schwestern. Patty war danach vollkommen außer Rand und Band. »Die Kleine hat ihre Schwester sofort wiedererkannt! Stellen Sie sich das vor! Das Mädchen ist körperlich geschwächt, aber ihre Psyche muss robust sein wie … wie …« Ich hatte es ihr erspart, einen passenden Vergleich vorzuschlagen.

Was mein Weltbild betraf, war nun so gut wie alles im Lot; die Juristen würden noch eine Weile zu tun haben.

Auch Abdul Al Ybi war wieder aufgetaucht. Jemand hatte kurz vor Weihnachten die Polizei gerufen, weil in der Waldstraße 36 gegen Mitternacht ein heftiger Streit ausgebrochen war. Die Beamten fanden Bargeld in beträchtlicher Höhe. Abdul hatte sich einer Einbrecherbande angeschlossen, die in ganz Süddeutschland auf Raubzug gegangen war. »Homejacking« hieß das neue Stichwort. Hoch spezialisierte Gangs stahlen die Schlüssel sündteurer Pkws und brachten diese noch in derselben Nacht mithilfe eines perfekt funktionierenden Netzwerks außer Landes. Abduls famoser Zukunftsplan brach in sich zusammen. Er saß in Untersuchungshaft.

Eberhard Schmidt nicht. Seine Kooperation mit den Behörden war nicht so weit gegangen, seinen Spießgesellen Doktor Alwin Decker zu verraten. Dem war die Flucht genau an jenem 29. November geglückt. Er sonnte sich anscheinend in Südamerika, wo er zeitgleich vermutlich an neuen Businesskontakten arbeitete. Bis ihm das Geld ausging. Oder ein anderes gut strukturiertes Netz ihn auffing. Man wusste ja nie. Irmi Dahlbeck würde als Zeugin aussagen müssen und hatte sich einen eigenen Anwalt genommen, um eine Anzeige wegen Beihilfe zur Kindesentführung abzuschmettern.

Patty setzte den Blinker und bog zum Terminal ab. »Rana kommt aus Istanbul. Hatte dort drei Stunden Aufenthalt. Hoffen wir, dass mit dem Umsteigen alles geklappt hat.«

»Was soll jetzt noch danebengehen?«, fragte ich.

»Es gibt alles«, entgegnete sie.

Irgendwie war mir dieses Argument in den letzten Monaten ziemlich oft um die Ohren geflogen.

Aufgekratzt hüpften Safiye und Gadi aus dem Bus.

»Alles klar, Safiye?«, fragte Patty.

»Alles klar.«

»Wahnsinn, wie viel Deutsch sie in der kurzen Zeit gelernt hat«, sagte Nero.

»Tja, wenn man die Kinder lässt, lernen sie.« Patty grinste selbstzufrieden.

Wir spazierten zum Terminal. Die Luft war eisig, aber die Sonnenstrahlen hoben meine Laune noch zusätzlich. Es fühlte sich gut an, die Dinge zum Abschluss zu bringen.

Wir reihten uns in den Pulk der Wartenden unter den Bildschirmen ein, die die ankommenden Flüge ankündigten. Gadi flitzte zwischen den Beinen der Leute herum, bis Nero sie sich schnappte und auf seine Schultern setzte. Safiye stand neben Asifa und hielt ihre Hand. Patty ging auf die Suche nach Kaffee.

Endlich wurde der Flug aus Istanbul als im Anflug gemeldet. Dann als gelandet. Schließlich wurde signalisiert, dass das Gepäck ausgegeben wurde. Mein Herz schlug so heftig wie in einem Albtraum. Dabei war dies ein guter Moment. Einer, den ich in Erinnerung behalten würde als einen Tag, der mich mit der Schicksalshaftigkeit der Welt versöhnte. Doch meinem Körper schien es gleichgültig zu sein, ob er von Angst oder Freude durchgeschüttelt wurde.

Patty kam zurück, einen dampfenden Becher in der Hand. Ständig glitten die automatischen Türen auf, Reisende kamen heraus. Manche mit Bergen von schweren Koffern, andere nur mit einem Rucksack. Viele sahen sich nach Abholern um. Fielen ihren Leuten um den Hals. Manche eilten mit verkniffenen Gesichtern durch die Menschentraube. Einsame. Oder solche, die einfach für sich sein wollten. Mich erfasste eine seltsame Panik. Was, wenn Rana Al Ybi nicht mitgekommen war? Wenn Pattys Unkenrufe wahr würden?

Warum sollten sie?

Die Reihen lichteten sich. Die Abholer zogen mit ihren Freunden und Familien von dannen.

»Wann kommt das Flugzeug endlich?«, fragte ein kleiner Junge seine Mutter, der in der Nähe stand und genau wie wir schlicht nicht mehr warten konnte.

Ich reckte mich auf die Zehenspitzen. Wann immer sich die automatische Tür öffnete, versuchte ich, einen Blick in den Sicherheitsbereich zu erhaschen. Safiye hatte mir ein Foto ihrer Mutter gezeigt. Eine Frau mit einem langen Gesicht und sinnlichen Lippen, die sich zu einem vorsichtigen Lächeln verzogen. Ob ich sie erkennen würde?

Mein Blick glitt zu den Infotafeln hinauf. Bei der Istanbulmaschine blinkte schon seit mindestens einer Viertelstunde das Gepäck-Zeichen.

Dann hörte ich Safiyes lauten Aufschrei.

»Mama!«

Meine kleine Welt machte für Sekunden einen Extraschlenker. Solche Momente sollten bleiben. Oder wenigstens ein wenig länger dauern als üblich.

Rana Al Ybi kam durch die automatische Tür, sah sich um. Sie trug Jeans und einen Mantel, das dunkle Haar, das an einigen Stellen deutlich silbrig glänzte, hatte sie hochgesteckt.

Nero setzte Gadi ab. Die Kleine traute sich nicht, weiterzugehen.

Safiye erledigte das.

»Wird die Familie Asyl bekommen?«, fragte ich Patty, die sich gerührt an ihrem Kaffeebecher festhielt.

»Inschallah«, antwortete sie. »Das weiß Gott allein. Aber ich lege mich krumm dafür. Und wie ich die Sache sehe, werden Sie dasselbe tun.«

Weitere Krimis finden Sie auf den folgenden Seiten und im Internet:

WWW.GMEINER-SPANNUNG.DE

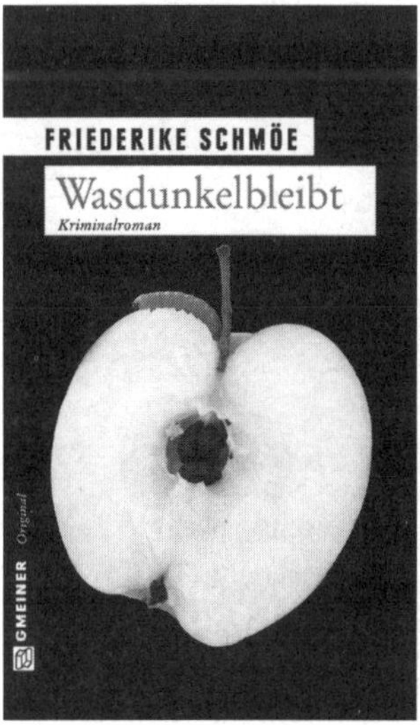

FRIEDERIKE SCHMÖE
Wasdunkelbleibt

978-3-8392-1199-1 (Paperback)
978-3-8392-3759-5 (pdf)
978-3-8392-3758-8 (epub)

ANGRIFF AUS DEM CYBERSPACE Halloween. Ghostwriterin Kea Laverde staunt nicht schlecht, als vor ihrem Haus weit vor den Toren Münchens ein junger Mann seinen Roller parkt. Noch verwirrender ist die Geschichte, die Bastian Hut ihr auftischt: Er sei vor drei Jahren im Alter von 15 von Kriminellen als Hacker angeworben worden. Seine Erlebnisse habe er in einem Text zusammengefasst, aber er brauche die Hilfe der Ghostwriterin, um daraus ein Buch zu machen. Kea sichtet die Aufzeichnungen. Sie hält den Jungen für einen Wichtigtuer, nimmt den Auftrag aber an, um ihre Kasse aufzubessern. Wenig später ist Bastian tot – und ein Hacker namens x03 in das Intranet des LKA in München eingedrungen …

GMEINER SPANNUNG

WWW.GMEINER-VERLAG.DE
Wir machen's spannend

FRIEDERIKE SCHMÖE
Wernievergibt

978-3-8392-1135-9 (Paperback)
978-3-8392-3639-0 (pdf)
978-3-8392-3638-3 (epub)

TOD IM KAUKASUS Die Münchner Ghostwriterin Kea Laverde nimmt einen Auftrag ihrer ehemaligen Agentin Lynn Digas an. Der droht ein Geschäft durch die Lappen zu gehen: eine Reportage über den Tourismus in Georgien nach dem Augustkrieg von 2008. Lynns Reporterin Mira ist zwar nach Tiflis gereist, hat sich aber von dort nicht mehr gemeldet.

Kea tritt die Reise an. Sie sucht Kontakt zu Mira, doch diese ist spurlos verschwunden. Ebenso wie die deutsch-georgische Mezzosopranistin Clara Cleveland, die als gefeierte Künstlerin der Bayerischen Staatsoper ein Konzert in Tiflis platzen lässt …

FRIEDERIKE SCHMÖE
Bisduvergisst

978-3-8392-1034-5 (Paperback)
978-3-8392-3441-9 (pdf)
978-3-8392-3440-2 (epub)

ZEIT DES VERGESSENS Sommer 2009, während der »Landshuter Hochzeit«. Als die 82-jährige Irma Schwand die niederschmetternde Diagnose Alzheimer erhält, beauftragt sie die Münchner Ghostwriterin Kea Laverde, ihre Erinnerungen aufzuschreiben. Die Autobiografie ist für ihre Enkelin Julika bestimmt. Doch kurz nach dem letzten Interview mit Irma wird das Mädchen ermordet aufgefunden.

Während der Kokon des Vergessens sich immer enger um die alte Dame schließt, entdeckt Kea, dass Irma jahrzehntelang einen Mord gedeckt hat – eine Tat, die in den letzten Wochen des 2. Weltkriegs geschah …

FRIEDERIKE SCHMÖE
Dohlenhatz

978-3-8392-2048-1 (Paperback)
978-3-8392-5339-7 (pdf)
978-3-8392-5338-0 (epub)

DIE ZEIT VERGISST NICHT Philipp Heller, Luther-Experte und eher im 16 Jahrhundert als in der Gegenwart zu Hause, wird erpresst. Doch nicht um Geld: Er soll einen Stadtrat umbringen! Entsetzt bittet er Privatdetektivin Katinka Palfy, den Erpresser zu finden. Die entdeckt bald einen Zusammenhang, der weit in die Vergangenheit führt. Eine bizarre Erpressung. Eine aufwühlende Zeitreise. Ein Katinka-Palfy-Fall vom Feinsten.

GMEINER SPANNUNG

WWW.GMEINER-VERLAG.DE
Wir machen's spannend